西 赣 人

刘 密◎著

南京出版传媒集团 南京出版社

图书在版编目（CIP）数据

西赣人 / 刘密著. — 南京 : 南京出版社, 2024.

ISBN 978-7-5533-4992-3

Ⅰ. I247.5

中国国家版本馆CIP数据核字第2024EC0176号

书　　名　西赣人
作　　者　刘　密
出版发行　南京出版传媒集团
　　　　　南京出版社
社　　址　南京市太平门街53号
邮　　编　210016
联系电话　025-83283893、83283864（营销）025-83112257（编务）

策划统筹　王丽红
责任编辑　邹云香
装帧设计　博翰文化
责任印制　杨福彬

印　　刷　南京凯德印刷有限公司
开　　本　787毫米×1092毫米　1/16
印　　张　16.25
字　　数　225千字
版　　次　2024年12月第1版
印　　次　2024年12月第1次印刷
书　　号　ISBN 978-7-5533-4992-3
定　　价　60.00元

本书简介

　　《西赣人》是生命个体历史的记录，完全纪实。

　　笔录者所处的区域，是中国南方赣江流域的西部一端，属于偏僻"蛮野"的赣湘边，古称西赣，是远古楚吴文化的对撞之处。同时，中国现代社会百年来的剧烈变动，也在这块地域充分展现，留下鲜活丰沛的历史遗产，可以触摸到大时代的脉动。笔录者青少年时代的生存和求学经历，便在这种文化和历史的背景中展开，表现了生命个体的精神变迁和追求，因而本书触及了历史和精神两个层面。

　　需要说明的是，《西赣人》特意选择了文学的表现样式，让一部可能单调的个人史，读来会更加轻松一些，体悟也可能自然一点，方便有兴趣的读者阅览。因此，地域性、史料性、文学性，应该是《西赣人》三位一体的走向，也是其个性特征。

目 录

一、东刘古村　　　／ 1

钓山刘　　／ 1

祖　辈　　／ 5

战　乱　　／ 11

二、童稚时光　　　／ 15

芳溪河　　／ 15

中山电影院　　／ 19

独　行　　／ 24

厚　田　　／ 28

三、上水关　　　／ 33

邻　里　　／ 33

读　书　　／ 37

生　计　　／ 41

四、北门岭下　　　／ 45

高士路53号　　／ 45

箭道冬夜　　／ 49

状元洲　　／ 53

恐慌中的阅读　　／ 57

五、梧桐大院　　　／ 61

六、九岭山上　　　／ 65

客家人　　／ 65

龟蛇世界　　／ 69

畸形之学　　／ 74

孩儿王　　／ 78

静静的山湾　　／ 84

蹉跎知青　　／ 91

七、万家里　　　／ 99

八、季节工　　　／ 107

九、喷射的油茶壳　　　／ 115

十、父　亲　　　／ 123

十一、流水岁月　　／　133　　　　风水宝地　　／　208

　　制药车间　　／　133

　　山外枪声　　／　142　　　十二、曲　园　　／　215

　　南北千里　　／　149　　　　研究生楼　　／　215

　　忧伤的高考　　／　158　　　　导　师　　／　224

　　婚　恋　　／　167　　　　兖州之别　　／　232

　　生产科　　／　175　　　　世纪鲁迅　　／　238

　　厦门之试　　／　183　　　　北　京　　／　244

　　烈火冷库　　／　191

　　辗转南京　　／　201　　　后　记　　／　251

一、东 刘 古 村

钩 山 刘

我的老家在东刘。

六百五十多年前，那时是明朝洪武二年，年轻的刘氏兄弟来到了当时的江西瑞州府新昌县东的地面上（今属宜丰县棠浦镇），割茅筑屋分土而居。哥哥住地叫西刘，弟弟住地叫东刘。刘志贞是弟弟，一个非常普通的古代农人，今天已无法知道他的性格和容貌。

我没在老家出生成长，但东刘的神秘感和亲切感，却始终"咬"住了我的灵魂。我父亲和母亲的祖辈，都"睡"在了这块土地上，悄无声息却隐然如梦，令我时时眷顾。

我的先祖是北宋史学家刘恕，他的博识和敏捷惊倒当时的中国文坛。司马光和英宗皇帝的倚重，使他成为《资治通鉴》的重要编纂者之一。但他率性、刚直，因反对变法新政，使熟悉的老乡王安石对他"变色如铁"，绝情而去。可惜他短命，只活四十六岁，寿不永年，长眠在筠州钩山（今高安市灰埠镇）。他的后裔流播赣、川、湘、鄂诸省，习惯上称之为钩山刘。

我到过钩山，那是一个硕大的山丘，横卧数里，披满古尘。山畔村落的学校里，竖立着刘恕的塑像。我惊叹他的风节与后人流布四方，他的血脉延伸到宜丰棠浦河流域，东刘只是众多刘氏中的一个村落。我自然是他嫡传的后人，怅望着硕大山丘，居然似曾相识。当年钧山村那位体形雄健、热情多礼的老支书，紧握着我的手说："我们都是刘恕的子孙。"盯视着钧山日色苍茫的天空，我恍惚看到汉宋的流云鸥影和头束冠髻的人群，仿佛回到古代村落。那沉寂的巨大山丘，一定装满了文言长卷，待我去翻找阅读。钧山的古朴恢宏便落入我的记忆，与对故乡的深深眷恋融为一体。

棠浦河发源于六十里之外的九岭山脉南麓，那里遍布数十座海拔千米以上的山峰，河流从北往南静静流淌，蜿蜒回环。绕过了著名禅宗祖庭洞山寺，又从容纳入汩汩彭源水，那片山峦原野是陶渊明的故土，他二十九岁离开家乡，从此不再回归，却留下很多动人心魄的山水田园诗句。河流一直向南流到东刘村，一座叫"百丈陂"的水坝横空出世，截流引水到数里外的下游墓田村。这是三朝帝师朱轼为他的外祖冷家做下的一件莫大功德。作为冷家的外孙，我亦感光彩。八十里棠浦河，曾经轰轰烈烈，清朝惊天文字狱"字贯"案主犯——举人王锡侯，就是我祖母家沐溪人氏，王家被乾隆皇帝追杀殆尽，我很惊异我祖母家的前辈是怎么脱逃此劫的？近代波澜恶变的"棠浦教案"，洋人猖獗，乡民怒起，又有多少人头落地，血溅中华，饮恨百年？为此，我对中国近代历史屈辱的认知，又多了几分乡土的愤然，常常恨气难抑。

我的先祖对棠浦河寄托着太多的期待，山河绵延，风水云变，所有人都希望这能够为东刘带来旺势。可惜河势百转，抵达东刘已是水缓沙清，鱼翔浅底。老辈人说"水清龙瘦"，东刘出不了大人物。有位举人出身的官员，当到湖南衡阳知府，但上任没几天就患恶疾死去，此后无人能逾越他的职位，也包括他的厄运。据说祖辈为了引来北面山势佳妙的风水，点定了四十八朵莲花绵衍而来，引风输水到东刘。所谓"莲花"，也就是一座座的山丘，长满草木或石树向天。那几座迫近东刘的"莲花"，族人觉得低矮不能接递龙脉，竟动员人力移土上山，丰硕山形，数代不辍，犹如愚公移山，不辞艰辛，情状令人抚膺长叹。村中至今尚存的官厅，村头矗立的那棵蓬勃苍劲的古樟，还有村庄西向的三皇祠、白鹿寺，都默默诉说着古老年代的诉求和虔诚。

东刘是鱼米之乡。土地肥沃，物产丰富。村落位处棠浦河右岸，地势低洼，雨季易陷涝灾，且雷电丰沛，充满危险。鲁清告诉我，那年田中劳作，猝见乌云头上翻滚，雷电炸闪，突降骤雨，恍如天崩地裂。他吓得不敢移动，耕地的大黄牛也驻足不动浑身颤抖。恐惧中他紧紧抱住黄牛，任凭狂风霹雳，终于熬过摧毁性的恐怖雷电，收回魂魄。大水进入村庄也是常见事。我幼时到老家走亲戚，在东刘大姨家吃到的一条大鲤鱼，就是姨夫在进水的厅下天井里抓获的，其烹调的味道之鲜美，在物资匮乏的那个年代，让我至今回想起仍觉鲜味盈口。

我很诧异东刘话的调高腔重，交谈宛如争辩，在西赣地域别具一格。比如叫父亲为爹爹，称年轻媳妇为妈妈，唐妈妈、李妈妈之类的听来亲切且新鲜。墓葬堆是长方形的，犹如一柄青剑昂首向天，与别处的馒头形截然不同。刘恕的高祖刘度是钧山刘的开基人，他是南唐进士，到江西来做官，原籍陕西万年县。莫非东刘人遗承了八百里关中秦地人民的风俗？我常这样猜想。此外尚武风气浓厚，著名拳种江右字门拳就发源于钧山刘区域。我曾见字门拳师表演，招式刚劲迅捷，舞起板凳呼呼生风，血肉之躯一触即溃，仿佛泥土。若蹿于百十人之阵，犹如赵子龙战长坂坡，一骑决胜十万。我也曾见经年累月穿插过豆子、谷子、沙石的手掌，劈入砖墙，如入米糕豆腐，令人拜叹。传说村中有个石打师，功夫了得。有次荒僻山中遇一伙打劫者，他空掌劈掉一个劫匪的耳朵，大吼："不是看到你年纪轻轻，我一掌把你脑壳劈成两半！"劫匪顿时吓得抱头鼠窜。

尚武如此，不免争强好胜，加上人多势众，东刘常使周边村落望而生畏。因人口过度繁衍，鱼米沃土逐渐消瘦匮乏，偌大的千人村落，烧菜做饭的柴火都要到十里外的山里去砍取。近代到革命时期，贫乏已成通病。

由资源导致的纠纷一直不绝，人的气性也变蛮好斗，造成民风乖戾，斗殴骂詈常见不鲜。这种历久累积的蛮气和霸气，听说嚣张时曾逼迫外姓迁走，还发生过小户被迫改姓的事情。甚至还有愚昧村民津津乐道，以致跑到别村挑衅滋事，被人擒住用石灰抹了眼睛，再也不能张目识人。有位插队的上海知青，到村里借5元钱，队长批准后，他灵机一动在"5"前加个"1"，多借了10元钱。被发现后，暴怒的队长叫人把知青揪翻在地，五花大绑要送公社。知青痛得泪水盈眶，直喊饶命。鲁清有次指着一个面目清秀的顾长知青告诉我："就是他嘞！"

鲁清是我长兄，中华人民共和国成立前夕出生。我父亲那时已外出参加革命，母亲烂乳重病在床，自顾不暇，就把还是婴儿的他放到一户贫苦农家，先说帮带带，后来匆匆迁走时，竟然给了那位尚无子息的贫农干伯，于是他就遗落在东刘了。鲁清讲这些事给我听时，犹如讲传，听得我心惊肉跳。村中人喜欢讲古，闲暇时，或夏夜，或冬晚，厅堂里或坪场上，侃侃而谈，总有一大堆人听着。我想，这或许也是一种民间的历史癖，中国历史悠久，不讲古讲什么?何况我等是刘恕的后裔，先祖的血脉，时时在躁动着。这或许是钧山刘的特性也未可知。

历史滚滚向前，21世纪初年，分布在古瑞州府数百里范围内的钧山刘各村落，曾有过一次八修族谱的盛举。集会颁谱那日，阳光普照下的东刘村，人涌如潮，互不相识的刘氏宗亲，笑脸绽放，集合在村中官厅开会。我也应邀作了发言，虽无扩音设备，不碍我用最原始的嗓喉，激情追溯列祖列宗的光荣功绩，欢心展望今日刘氏新型乡村生活的无量前途，慷慨陈词倾出平素情怀。张望着我这个城市官员，犹能在微澜般的嘈嚷中，感受到钧山刘众亲的热切与亲爱。鞭炮轰鸣，高声唱赞，大碗喝酒，喜气盈门。神圣的族谱依次递送，人人脸色漾红，神情庄重。大汉王朝的不朽子孙，一代名家的文墨后裔，虽都是现代农人模样了，却满载着两千年的沧桑分量，律动着独一无二的炎黄血性。

钧山刘，便这样从父辈的口里，镌刻在我的心中。

祖　辈

我家在东刘是个大户，在地方上很有势力。

发家高祖叫宽公公，生活在清朝光绪年间。他是一个极为勤谨的人，靠做豆腐起家，也经商，最后买田起屋，耕读发家。村中也有说他是在外掘得一罐金元宝发横财起家的，自然无从证实。

宽公公的遗产是一座很大的宅院，独立于东刘村外，田园环绕，溪塘交错，风光迷人。他育有一儿一女，儿子就是我的曾祖父后老爷，生于晚清年间。后老（乡间俗称）是一个豁达闲适的人，瑞州府中学堂毕业，革命家熊雄、物理学家吴有训皆是他前后学友。特别是熊雄，与他是同乡，又是同岁，皆是光绪壬辰年即公元1892年生人，又同是地方大户人家出身，自小家中即聘有塾师和武师，童子稚年便训以文武之道。当年他们都是瑞州府新昌县（今改为宜丰县）少数几位考上瑞州府中学堂的少年翘楚，他们之间必相熟无疑。那时正是清朝末年，光绪皇帝刚下诏废除科举制，那所更名而来的瑞州府中学堂，前身便是纪念苏轼、苏辙、刘伯温三人创办的凤仪书院，声名自是不俗。可惜后老胸无大志，借助富裕家境尽情逍遥，家务大都由能干性烈的原配罗氏婆婆料理，却也过得相安。后老一度在地方上说一不二，江家州（原东刘归江州乡管辖）当墟，戏班子要等他发话："还不开唱？"这才能敲锣击鼓地动起来。据说他能掐会算，谁家失了东西，都要求他找回来。后老曾告诉族人，他做了一个梦，梦见宅前园里一兜南瓜，藤叶满架，长得十分茂盛，结了极多，串串溜溜一大蓬。他说他的后代子孙必定繁盛，但只发人不发财。比如我家兄妹就有八个，可见人丁兴旺，这还只是他后裔中的一支。这似乎有些灵验。为此他还热衷于给未曾出世的子孙起名，他给长孙卓然第三个儿子也就是我起名叫甘尔，众皆欣喜但很快也就忘记。沧桑百变，直到逼近一个世纪后，我需要为自己按古风取一个字时，已是大学教师的女儿白维突发奇言："不要找了，甘尔不就是刘密最好的字吗？"诚哉此言，我密本蜜，取自我母亲姓名冷蜜香中一字，是年轻又新潮的卓然君的创意。蜜者，甘甜之物；尔者，身外他人也，真是妙不可言，颇合我意，自然大喜。同样有创意的后老真是有先见之明，出此神来之笔。罗氏婆婆殁后，疏懒的后老不愿勤谨，家业渐渐破落了，后来他到白鹿寺娶回一个看破红尘的年轻尼姑，令族人大跌眼镜，这便是后来的积成婆婆。

积成婆婆是个灵巧清秀的女子，不幸嫁给了一个后来发了麻风病的贫家子。麻风在旧社会是一个可怕的病，发作后全身溃烂，满面桃癣，烂色灿然，无人敢靠近，说会立马传染，被人视为不可接触的"尸水"。贫家子发病后，族人惊骇，于是有一日地方驻军来人，与族中乡绅人等设酒一席，请来贫家子将他灌得烂醉，随之把他钉入棺材，活埋在一个预先挖好的墓穴内。年轻的积成婆婆受此刺激，剃发入庵为尼，绝念于尘世。不知后老如何看上她，又用了何种手段，竟将她娶出寺庵，成就一段百年姻缘。后老殁后，我父亲感念积成婆婆侍奉厚德，曾在朝不保夕的年代，潜回东刘去看望他的继祖母。半夜敲开门，他呜咽着跪在这位与刘家毫无血缘牵连的婆婆面前，为先人后世的痛苦泪流不已。积成婆婆住在半边早已倾圮的破屋内，接下了孙儿孝敬的十元钱，这些钱对她的生计是笔巨款。积成婆婆长寿，看到了改革开放的曙光，殁前她自己作主，葬在我父亲墓边，以便我们这些没有血缘关系的孙辈们记住她，方便祭扫上香供馔。啊，积成婆婆！

后老有个姐姐，年轻时叫庄妈妈，宽公公将她续弦嫁给了近村袁家的一个读书人，他是晚清秀才，家中颇有资财。虽非结发夫妻，却因为这位庄妈妈能干好强，不久又生了个儿子，给子息清淡的袁家带来旺势，袁家秀才就让她管了家。我母亲冷蜜香是她外孙女，故刘家后人习惯称庄妈妈为袁家老外婆。不幸的是，年老体弱的秀才早殁，遗下孤儿寡母，不免为同族觊觎。袁家老外婆本非等闲之辈，虽然小脚行路颤颤巍巍，却善筹谋，会办事，家中粮满仓，鱼满塘，佣工婢仆成群，吃用阔绰。同族外房有欲欺凌者，她即呼人传信，东刘娘家瞬间就能召集百把人赴援。于是大开宴席，吃喝呼喊之余，赫赫威势让不轨者不敢妄动。她的儿子袁荆宝，即我的老舅公，颇能读书，先在南昌上中学，后又入武汉大学，学的是工程学。家中富饶，在武汉和南昌两大城市皆有袁家店铺，他遂尽情挥霍并逍遥度日。后来回家娶了媳妇，竟然不愿外出，窝在家里享福，满足于当个地方小学校长。空闲时则骑匹白马，到宜丰或上高县城走走，是个典型的乡绅。因他母亲庄妈妈得罪族人甚多，袁荆宝解放时死于非命，令人惋惜。其人长身白肤，又是高度近视，取下眼镜几乎不能行走。袁家人皆说我与他肖似，颇令我心情复杂甚觉意外，难道人有转世？袁家老外婆还有个女儿袁保英，也是掌上明珠心中肉。她把女儿许配给了邻村墓田（今属上高县泗溪镇）冷家肇兴公的小儿子冷楚材。肇兴公也是晚清秀才，极善理财，青砖檐瓦大屋连片累栋，颇为壮观。袁保英不幸短命，生下我母亲后暴病而亡，死前急呼她的母亲袁家老外婆和娘舅后老到床前，要娘舅后老承诺女婴长大后，一定要娶归成为刘家长孙卓然之妻，期待终身有靠。众人喏喏答应后，她指着后老和他的儿子汪远说："遂我心愿，你们刘家发子发孙，否则断子绝孙。"并挣扎着指着女婴对丈夫冷楚材说："把她带大，否则我不放过你。"重誓让人心惊，痛哭不已的袁家老外婆把外孙女抱离墓田，放在袁家养大，却只让她读了两年书，之后就任她在家务杂作中长大。因此我的母亲基本上是个文盲。但袁家老外婆却要为她唯一的外孙女落定早殁爱女的心愿，遂与弟弟后老商议并强势敲定，让后老的长孙，正在师范读书踌躇满志的年轻知识分子刘卓然，尽早娶她为妻，表兄妹强行开亲，终于酿出了一出怨苦交加的悲喜剧。

　　肇兴公始终没有为这个孙女操过一份心。他因家大业大闻名遐迩，北边九岭山脉中的游击队，把他作为豪门大户予以打击，两次在半夜行动把他掠走。家中筹集资财，用土车箩担满载银洋，到彭源山中赎他回来。最后一次，未能找到到处穿梭的游击队，据说肇兴公饿毙在一棵大树下，家人只好在此筑墓祭扫。我的外祖父冷楚材，人称"楚霸王"，却是戏谑之语。他生性怯弱疏懒，读过一些书，年轻时思想倾向进步，20世纪30年代曾追随过红色革命。后来受不了艰难困苦的煎熬，竟然私自脱离队伍，跑回家做了一个安分守己的乡村教师。不料社会动荡，人情险恶，他终被排挤出乡村教育界，成为一个不太会种田的半拉子农民，拖带着再婚后的一大堆子女，苦不堪言。我幼时见过这位"楚霸王"，坐在一张陈旧的太师椅中沉默着，不很言语。饥饿年代他到县城来看女儿蜜香，进门给了小外孙我一个糠粑，我咬了一口，觉得难吃随手丢到地上。他赶快捡起来，心疼地吹着灰尘，不满地嘟哝着，却没有责骂我一句。不久他因饥病死去，死前据说吞吃了过多的生梅子，蛆虫从口鼻爬出，其状甚惨。但冷家却是书香门第，出了不少读书人，最出色的是冷昆起舅舅，当年的哈军工毕业，在天津工作，是个管工程的官员。另一位舅舅冷三生是个纯粹的农民，黝黑而寡言，却有一次在乡间行走时教育我："孔子说，三人行必有我师，你不要骄傲。"令幼小嗜读的我既惊讶又回味不已。

　　袁家老外婆，为了不让外孙女孑然一身，带着小蜜香偶尔到墓田走动，她很鄙视没有出息、家道中落的"楚霸王"，却时有接济。她很有心计，人又胆大，很早就常把外孙女蜜香送到东刘后老家走亲戚，为那桩她安排的婚姻埋下伏笔。1941年烽火连天的上高战役时，她就把已是少女的我母亲送到东刘，让她和刘家一起"走反"逃难。日军侵入时，到处杀人放火，全村跑光，袁家老外婆怕日军烧屋，毁掉她家，决意独自一个留在村中。她扮成一个疯婆子，脸上涂满污泥，衣衫破烂，臭气熏天，坐在村头傻笑。见日军漠视，她就四下游荡。果然日军撤走时四下放火，她趁便施救，就这样拼着性命保住了偌大家宅。

后老与原配罗氏婆婆，也养育了一堆子女。我从未谋面的祖父刘汪远，是他长子，留在身边接管家业，没怎么读书。

汪远公虽少读书，却极善经营，家业在他手中渐有起色。兴盛时，在宜丰与奉新县交界的九岭山脉之麓，据有一大片田园山林，有佃户耕作兼管理。他经常骑着马去那个叫梁柳窝的地方收租察看。他自小习武，有一身好功夫，又喜到山里游猎，练得一手好枪法，铳打得极准，天上飞鸟也难逃他锐眼。听母亲说，有一次热天鸡群窜到坪场上吃谷，他发怒持铳扣火射击，把一堆鸡扔到厨下，喝令："扯毛，煮了吃掉。"年轻时北洋军兵过东刘，把他和十几个青壮年掳去做挑夫。一路上他不动声色，顺从地走到北面山中一条险峻小道时，突然发作，将肩上挑担狠劲一推，把前头行走押送的两个北洋士兵撞落崖下。他纵身跃入密林，身后的叫喊声和枪声完全失去作用。半个月后，东刘村那些被掳走的青壮年才从湖北返回，都成了讨饭的叫花子。不过，家族中常说到的还是日军侵入时的那一次。上高战役开打后，从奉新县甘坊山里穿插过来的国民革命军七十四军官兵，到处大喊："老乡们，这里要打仗了，赶快走！"日军的杀戮恶名并非虚构，混乱开始时，宜丰、上高、高安三县的百里战场，到处是火光，遍地是尸首。东刘村一群结伙逃难的妇孺就在棠浦河的一处河滩上，被一队日军骑兵杀戮奸淫。汪远公却不惧怕，和他的姑母庄妈妈一样，遣走家人，独自留下。日军多次进村杀人放火，老宅都能安然无恙。那一天的傍晚却不凑巧，肆虐的日军到处点火后，整队撤走。从宅前树上下来的汪远公提桶取水灭火，却遇见一个疑惑返身来查究的日本兵，对方端枪就刺，汪远公腾跳避躲，蹿空竟一拳将他打倒，夺过了长枪。吼叫声引来更多的日本兵，汪远公飞奔跳进长满苇草的大池塘，靠叼着根芦管换气。天色已暗，乱枪过后，日军只能遁走，汪远公保得性命，也保住了家业。

汪远公还喜欢讲古，有点历史癖，读过不少章回体旧书，他很有口才，讲得生动明晰，常常在夜里引得村中一大堆男女坐到厅堂中来听他叙述。遇见日本鬼子的事，也就这样为后人所知。但他也付出了生命代价，在初春清冷的塘水中，他憋了半夜才敢出来，从此落下寒症，时有发作，不得根治，拖了几年终不治身亡。我的祖母王扣英，不像汪远公那样豪气，人叫她善人婆婆，家务之外，专事念佛打坐，照顾邻里，却也未能长寿，因病先殁于汪远公，我只见过她的瓷像。从未见过面的祖父母，却似乎在我的灵魂深处潜藏。汪远公的历史癖和猛士精神，常在我的意识与行为中隔代出现，而善人婆婆的菩萨心肠，也每使我显得柔弱和退忍。

我的多灾多难的祖辈啊。

战　乱

　　六百多年的积淀，东刘风俗淳厚。幼时走亲戚到村中，随处可见热情的笑脸，待客煮茶、挂面碗底的三个鸡蛋，还有糖粑、米果、松肉、水酒、干青豆、泡豆腐的芳香，想想就能让人醉倒。鲁清养父家的干婆婆，踮着小脚，笑容可掬，亲见她捻麻纺织，摇着纺车，推着织机，织出乡下土布。我穿过这种染蓝土布做的裤子，硬硬的，很结实。晚上睡觉用的棉被，也是硬硬的，就是用这种布做的包被。

　　摇桶汲水的深井、曲折狭长的巷道、河下碓房的舂米，还有青葱满园的菜土、放满农具的厨下、塘边洗衣的打闹笑语、当街赶墟和年节婚娶的喧嚣热闹，都是旧时东刘的景象。这种自给自足的农耕生活，让人陶醉。但社会变迁，人心不齐，也滋生纠纷械斗，虽是兄弟阋于墙，但也野蛮残酷。在一次与小坑罗姓的山林纠纷打斗中，因为对方有备又人多势众，东刘村人落败，四散溃逃。一人挥刀追击鲁清，在山路上穷追不舍。身材高大的鲁清几次想反身搏击，都因对方持刀且凶狠而作罢。最后在一个拐弯处被劈到背部，所幸敞开扬起的衣服抵挡了快刀，皮肉无恙，终于脱险。

　　对老百姓来说，最大的灾难就是战争。八十年前那次壮举，至今让东刘人感慨不已。

　　也就是那次著名的上高战役，时在1941年3月。日军打来时，东刘及附近村庄都跑空了，躲到附近的浅山丘陵中避难。日军的凶残和烧抢淫杀，让整个棠浦河流域惊恐万状。我母亲回忆说，她被袁家老外婆送到东刘来"跑反"，除汪远公留家看守家业外，全家人牵着牛、背着包躲到山里。到处是"跑反"的人群。枪声迫近时，人群乱窜，飞机轰鸣，大呼小哭，一片混乱。年少的表兄卓然急急赶着牛，用劲抽打，可是牛却不动，还发出咩咩痛叫。王氏婆婆急叫："崽啊，莫打了，日本鬼子会听到的。"他们和上百人聚集到一个隐蔽的山坳里，但不幸碰上了"喂喂"乱叫的三个日本兵。双方对峙且沉默着，一边是人数众多的老弱妇孺，一边是凶恶残忍的战场溃兵。沉默良久的日本兵居高临下举枪射击，枪声两响。也许是缺少弹药，也许是惊恐，日本兵在惊叫怒喊中遁走。这两枪伤了七八个人，有位远房的姑婆，伤在大腿，床上躺了半年才痊愈。战役过后的外祖父家墓田村，更是一片疮痍，肇兴公连片成势的三四进宅院，被烧成千疮百孔的废墟。

枪杀掳烧激起了反抗怒火。就在汪远公那次塘中脱险之后，东刘族人发现，日本兵多是散兵溃勇，但胆子极大，进厅屋时都把枪往门边一放，径直进去抓鸡宰鸭抢掠财物。有计谋的族长遂组织二三十位青壮年，埋伏在深宅巷中，有天待日军大部队过完，竟然放手擒获了十多个脱队的散兵。但有一个日本兵极顽强，厅堂中捉拿他时，三四个后生竟不是他对手，最后双手敌不过四拳，被七八个青壮摁在地上，犹在挣扎，待赶到的字门拳师一脚踹在腰部才未动弹了。他们把日本兵绑住手脚，拖到百丈陂上。那季节发春水，水流漫过堤坝，他们把日本兵丢在水中，用锄耙乱砸，毙命后丢到坝下，任洪流冲走。但对那位顽强者，却未轻饶，拖到下游河滩上，推入水中，待缓缓淹毙之。不料那日本兵恐是水中高手，入水后不见踪影，良久却已在对岸河滩出现，撕咬绑住手脚的麻绳，绳子浸了水且勒肉很深，却也一时未能松脱。这边岸上已是一片惊叫，观看的人很多，瞬间皆知，如若此人脱身，东刘乃至附近村落必是一片血火地狱。遂有几位勇者下水，举刀泅水过河。其中一位叫猛伢，率先出水。那日本兵见势不妙，急切中蹦跳离岸，倏忽已数退十米。猛伢挥刀逼近，日本兵见不得脱身，大吼嘶叫，张牙裂眦，以恐怖嘴脸拼死以搏。猛伢毫无畏惧，挥起手中柴刀将其毙命。事毕，猛伢拖日本兵抛入洪流，滔滔棠浦河，无声流去。

东刘的反抗洗刷了百姓心头的耻辱，也点燃了棠浦河流域的怒火。让嚣狂的日军在缺乏组织动员的旧时乡村也尝到了原始宗族的血腥报复。

鲁清21世纪初从村上卸任，跟随儿子到了宜春，与我酒后讲述此事时神情犹如当年猛伢。他先后在学校、社区、医院、建筑工地做保安，月薪千把元不等。他很节俭，曾把骄纵学生丢弃在地的零星硬币收捡起来，集腋成裘，蓄积数元去买了一把鲜嫩的白菜条，分一半与我老母亲炒吃，其喜洋洋。值守时中午或晚上不能回家，他便带上熟菜和大米、白酒，在电炉上煮好饭，搁上熟菜焖热，遂大嚼并佐以烈酒，饱足后叼根香烟点火，常满足地说："我过的是神仙日子。"印证着"饭后吃根烟，胜似活神仙"的俗话。我知道，这便是安恬的和平生活，鲁清心中必有比较。棠浦河流域多樟树，三里五里，犹如华盖，远望云气蒸蔚，乡野迷人。

东刘村头也有一棵六百年生成硕大躯干的樟树。东刘村的樟树，就是我儿时与梦中的记忆，苍劲古老，一团乡气，它包蕴了太多的苦难和故事，也收纳了无数族人的喜怒爱恨，包括我的祖父、我的父亲和出生成长在祖宗故土之外的我。因此我的梦中经常添满乡愁的悄人画面，其中就有东刘古村的那棵婆娑樟树。

二、童稚时光

芳 溪 河

等到我记事时，看到的是飞檐翘角的老宅和高高的露阳天井，我在宽敞的卧榻上大哭，无人的寂静使我恐惧。

我孕育在天宝乡，却移到宜丰县城生产，那时轰轰烈烈的抗美援朝刚结束，胜利的气氛充满古朴的乡野。

我父亲先后辗转几个乡镇做税务工作，天宝是其中一个。其地是三国东吴时建立的宜丰古县故城，风水卓越，景色迷人。近处的九岭山脉，矗立着远近闻名的古阳寨、黄岗山和官山。历史上爆发过规模很大的李大銮农民起义，山中遗址累累，已被淹没在禁山后的原始森林和鸟虫走兽盘踞的灌木丛里。巨石深潭，瀑流青猴，令人心悸而向往。天宝刘家与棠浦刘家虽同是西汉楚元王刘交后裔，却另属盛名煊赫的墨庄刘，北宋后自成独立体系，繁衍甚广，人才辈出。天宝刘善贾能仕，族人逾万，曾与赣北客籍人械斗，竟戮人上百，惊动清朝皇帝，尚也能不了了之，可见势力之大。其境地灵人杰，著名的有神童刘师舜，先是清华大学苦读，后赴美国哥伦比亚大学深造，得文学博士头衔而归，官至国民政府外交部政务次长，驻加拿大使节。我曾与他子侄交谈，龙凤之姿，印象鲜然。天宝大户数量不少，田产购置遍及附近乡村，连接平畴深山，催租放债，佃户怨愤。土地革命时风潮迭起，阶级斗争高涨，自是必然。五十年后我挂点天宝，曾鼓动当地修祠稽古，文旅兴邦。周边洑溪古树、黄沙战碑、栈桥边关，曲折多姿的耶溪河，都是罕见风光，底蕴深厚。此地沧桑，当然积满我的胸襟，那奇山异水的气势，久久熏陶，使我不能忘记。

清晰的记忆形成在宜丰县城，全家住在一座多户杂居的宅屋内。碧绿宽柔的耶溪河发出湿润气息，滋护着街头那棵葱郁苍劲的古樟，安静的山峦，疏落的街区，晚上响在睡梦中声势遥远盛大的狗吠，还有零落暗淡的黄色路灯，构成赣西小城的古朴景象。宜丰古县历史兴废多次，最后落在此处，曾名盐步镇，后改称新昌县，最后又复归宜丰旧名。城内多为熊、蔡、胡、漆四姓人氏，郊外山乡则分布刘、李、张、周等大姓。宜丰风俗朴厚，语言温婉柔转，有别于棠浦地域。清末革命家蔡锐霆兄妹、著名学者胡思敬，都是城内人氏，皆风靡一时。那时小城简朴，家中清贫，最深刻的印象是我和二哥并排躺在小床上发麻疹，昏昏沉沉人影晃动，白天黑夜不分，汤饭茶水不顾，也不知怎样熬过，只知焦灼的父母终日奔劳彷徨，而我等则哭泣昏睡而已。

大约在1958年人民公社兴起时，父亲又调到三十里外的芳溪工作。

那次是走着去的，行李有人挑着。我尚年幼，多由父亲背抱，有时也喜欢独自沿公路奔跑，路上窃吃了不少送行的染红鸡蛋，也饱览了沿途景色。当看到一水悠长的芳溪河时，心中充满了新鲜感。

我们一样住在老街拐弯处一座旧式宅院内，斑驳陆离的院墙缀满草叶，后面直通野外，桂花树婆娑参差，有一间闲置的牛棚铺满稻草，秆香柔馨扑鼻。晚上我和小伙伴们在牛屋内外玩耍，坐卧在稻草堆上，听我讲孙悟空或乡间恐怖故事，那都是我父亲高兴时的闲话，更多是留心大人的交谈得到，好奇心和好讲述交织成的性子，使小伙伴们喜欢与我玩耍。兴致高时，我会偷偷回家窃取几片饼干以飨好友。兴尽散去，不待父母叫喊。有次我在跨过高高的门槛时，看到一条长蛇在门影下缓动，从此，一到夜深我便提心吊胆。

我那时已有弟弟妹妹，妹妹尚在摇篮，母亲奶水不足，只好托人喂乳弟弟。不知何故，那户人家住在路途艰险的山中，母亲常去看望，我亦随行。山高草密，怪石嶙峋，常有虎狼出没。母亲和我携手，有次竟然听到隐隐虎啸，远远传来，惊心动魄。后来又把妹妹放到近村溪浒人家带养，倒是免了这份惊恐。这户人家却也慷慨，常有人情走往，土产米糖诱人，那位大哥刘伢一脸油黑，不很言语，汗气满身，却也心地善良，常塞我手中一些碎食零吃，令我常生盼望。小妹最后没有随我们奔走他乡，留在了芳溪，也就是这户人家，或也是宿命。

我尚记得人民公社成立时群众的兴高采烈，锣鼓喧天，热闹的耍龙灯队伍沿着芳溪河两岸村落流动。我也看到群众吃大食堂的盛况，兴奋而嘈杂。之后突然停止群食，但公社延续了二十多年，"集体""阶级""五保户"观念也深入农民骨髓。

我在芳溪小学启蒙，那时顽劣，喜欢打架，曾把不入眼的伙伴打哭，也在对打中被伙伴用棍棒砸晕，第一次尝到晕眩的滋味，竟是玩耍所致。一次向河中抛石比赛时，后面飞来的石子击破了我的后脑，鲜血如注。我清晰记得被剪去头发，涂药包扎的情景，却未能领悟被人暗算的险境，这是今后漫长岁月中会经常遇到的一个暗示。更恐怖的传闻是，秋天上山摘茶籽时，学校高年级的一个女生失踪，许久未见踪迹。直到半月后，一个跑长途的货车司机停车小解时闻到了山风吹来的臭味。破案后大家才知道，上山分散摘茶子时，落单的这位大龄高小女生，被一个歹人袭击，奸后杀害抛尸浅埋，终致暴露。我幼小心灵，闻讯震悚。当然不会想到，人性深险，即使是世外桃源般的古朴乡村，也未能脱免。翌年春天，差点结束我幼小生命的一次意外，更让我念念难忘。

阳光明媚、远山如黛的芳溪河石滩上，我和二哥在拾柴。汹涌的山洪冲下很多木竹柴草，二哥往下游跑去。我看到一根粗壮的树枝漂来，紧赶几步涉水捞取。水到胸前仍然够不着，就差那么一点点，再进身移步，顿时踏空陷入水流。六岁的我无声卷进漩涡，在浑浊的水里惊喊妈妈，连呛五六口水之后，眼前闪过浑黄色的天空，那是我最后的印象，然后彻底失去知觉。生命仿佛就这样结束了，就像一首名诗写的："去了！去了！去了！一切都已去了……"世界、天地、父母、村落、宅院、阳光、山峦，皆化为乌有，只是未知的沉寂降临，弥漫了所有。难道这就是死亡？如此突然又如此简易，没有太多的痛苦，或者说没有痛苦，只是前所未有的空灵与岑寂。事后二哥说，他听到上游石桥上有人大喊，眼锐的他看到河面上抓舞的手指。长我三岁的他行动敏捷，迅跑而至下水来救我，但也够不着挥动的手掌，惶急间如有神助，正好漂来一根树枝，他顺手抓住伸向正受灭顶之灾的弟弟，我这才被拖上河滩，躺在阳光下。

久久，我睁开了眼睛，起身回家，不敢声张，父母竟也不知。一切恢复正常，只是必须抹去鼻子旁呛出的血迹，塌天大祸就这样结束。蒙胧间仿佛意识到，除了恐怖的长蛇，除了茶山中的歹人，这世界上还有太多的凶险。路，就这么走着，何时结束还真不知道。

中 山 电 影 院

1960年，父亲调动到宜春，我们却去了萍乡。

二哥刘冷被送到东刘老家亲戚处暂住。母亲说他命硬，土改镇反时一位北方军人刚毙杀一个恶霸，放下枪就抱起了出生不久的二哥逗着玩，兴高采烈。想必结束了一个封建老朽的迟暮生涯，又迎来一个新生婴儿的活泼生命，令他感慨而激动。母亲说晦气，但又不能拒绝她认为将影响孩子命运的这个举动。

我们在宜春匆匆下车，又在昏黄灯光的铁路站台上匆匆上了西行的绿皮车厢火车。从萍乡姑姑一家热情又有保留的态度上看，父亲给他们带来了沉重负担。晚餐只是喝着白开水，嚼了一些饼干零食，能吃的大弟叫哭不已。

这一住就是两个月，父亲终于觑空把我们安顿到宜春。

姑姑叫刘腊梅，文化不高却泼辣能干，在东刘娘家时就有盛名，曾召集小伙伴们强行验证一位阴阳两性人的真伪，被大人笑骂。父亲抗婚拒不如约返家时，是她在不能推迟的婚礼上代替哥哥拜了天地、父母。"文革"后在路上碰见斗争过她的人，她也毫不顾忌场合和影响，会当街大声责斥，骂得对方抱头鼠窜。姑姑和父亲兄妹情深，宽裕的她常不吝接济兄长，对不善理家的兄嫂常有责言。父亲殁后很少见到她，有一年她突然来到宜春，说梦见了汪远公，久违的汪远公说他躺在水中手痛脚痛，很是难受。姑姑很焦急，也真信。她说："汪远公下葬时，那地下挖出了很多乌龟和蛇，风水很好，怎么会成这样？"后来驱车到现场，确实墓场周边成了水田，墓碑也倒塌了。姑姑极认真地操办此事，完工不久她告诉我们，汪远公又托梦来了，说现在好了，过得舒服。姑姑在十多年前去世，脑出血，是在高兴玩牌时倒下的，应该没有痛苦。姑姑的葬礼办得风光，完全按照萍乡风俗，礼仪冗长，酒席丰盛，大肥猪宰后高挂街头颇为醒目，引得人流涌动，人声如潮。姑姑去世，标志着宜春、萍乡两地的完全隔绝。她享年七十六岁，比兄长多活了二十八年。

我们刚到宜春，先在北门小街居住，再搬到对岸的中山电影院后面落脚。这座当时不足三万人的汉代筑建的古老城市，流淌着一条碧绿蜿蜒的秀江，长板搭岸的浮桥缝隙下，是清澈安恬的流水和依稀隐没的鱼群。古代残桥的桥墩竖立水面，两岸是风光古朴的吊脚楼，常有武功山下顺流而至的大量竹排浮在河面。南岸是厚实高大的明清城墙，上面布满百年前太平军攻城时的枪眼，缀满青草。印象至深的是大北门，阴凉宽敞的门洞，石板地面总是湿漉漉的，河流慷慨地供应着居民的饮用洗涤。遥遥可以望见下游的文笔峰，古塔风貌成为宜春的象征，与秀江河浑然一体，默默述说着古袁州的久远故事。

因为生活窘困，忙碌的父亲和多病的母亲把刚出世的小弟和已两岁的大弟，分别送给了缺乏子息的陌生人家带养，远在他乡多年未能见面。不知何故，辗转中我总是处于失学状态，常在各种简陋的民办小学短暂入读，混乱的管理和不堪的场所，让我成了一个野孩子。结伴袭吃郊外菜农的瓜果常有发生，还"积极"参加到小街孩童与地委大院干部子女的石头激战中，在方言和普通话的叫骂追逐中，常有人头破血流而毫不畏惧。有一次参与打架，被对方重重摔倒在地上，左手脱臼垂落，我居然忍痛甩动手臂，鼓励伙伴们："不怕，没有事！"直到晚饭父亲看我不对劲，动了一下我的手臂，我才哇的一声哭了出来。请来打师为我接手时，那种痛楚深入骨髓，我的左手至今不能顺利弯转，略显畸形。如此这般，我的学习自然也好不到哪去，但住到中山电影院后，有一件事强烈吸引了我。

那时我喜欢到处乱跑，看早年日军飞机轰炸留下的废墟和简陋的防空洞，爬在三眼井上欣赏深邃浏亮的井水，走得远时，也看了长坡上黄泥塘的耶稣教堂。记得第一次吃的冰棒，是从篾壳的热水瓶中取出，电影和演戏却是未曾看过，只是在影院进出的人流中，去留心各类卖食的摊点。我发现，电影院门口，新华书店墙下，以及百货大商场的门前，摆放着一些图书摊子，报纸或纸壳垫地，整齐地排放着颜色各异、方寸一般大小的连环画。我那时已略识字，认得那是些三国演义和革命战斗之类的小人儿书，生动的画像故事强烈吸引了我，于是我蹲下来，认真翻看，竟然小半天不挪一步。俗称图书的那些连环画本，大多是一些闲汉和老头看管，一分钱看一本，当然不免费。不过你尽可一本看半天，并不催促。街上常有入城收购人肥的乡下老表走过，他们挑着尿桶或粪桶，放开声叫"有尿卖么！"高亢而悠扬。路人多掩鼻，我却不觉，看得入迷。但一分钱一本不能少，成为大事。为了满足日复一日的读书欲，我想尽了办法。先是尽量把家中能卖的东西拿去换钱，牙膏皮六分一个，墨水瓶两分一个，父亲办公室取回的报纸存下也可换钱，还有橘子皮，满街巷寻找，甚至跟着吃橘子的人走，惊喜地等着甩抛。我于是成了收购站的常客。后来有个机灵的小伙伴要我去捡烟头，剥出新鲜烟丝，说积少成多也可卖钱。我辛苦收集了两小包烟丝，如伙伴所言，在位处喧闹菜市场箭道口的边上，与同伴各摆了一个小摊，摊开两包烟丝，焦急地翘首以待。终于有一个衣着邋遢的中年人停在我面前，稍做端详，按我一毛钱要价买了一包。我过于兴奋，更渴望回到迷人的图书摊，拿了钱竟弃下烟摊和伙伴，飞奔而去。我这一生，似乎只做过这一次小生意。

父亲渐渐熟知我的嗜好，高兴时也会给我几个零钱。他常年出差在外，抽屉中放满各种香烟，他极好此物，也常当作礼物送给东刘的老辈。父亲年轻时是个很洋派的人，因社会关系复杂，他失去了调动到中南局驻地武汉和省城南昌的两次机会，颇有些心灰意冷。寄情烟酒之外，他还喜欢读些书，其中不乏章回体的革命小说，箱柜中也储放了一些。不知何时我发现，父亲存读的那些书里，也有不错的人物画像和风景，与连环画一样，有着莫大的吸引力。后来我能阅读的那些书也是从插图开始的。但比起对心灵的启迪来说，我更相信连环画的力量。连环图像所叙述的故事的神奇魅力，是人生也是人类初启时的文化动力。至于文字，那也是从象形开始的。我之后沉迷于阅读，就是从图像起步的。我常想，若没有那些影院前的图书摊，我的童年会是多么枯燥。

当然，那时并没有开始真正的书籍阅读，六七岁的孩子，更多游移在图书和课本之间。但是家中的少许来客，又带来了新鲜的文本。

父亲有两个堂妹，也就是汪远公做官的弟弟连三公的亲生女儿，她们常来宜春做客。连三公得子息较晚，在外做官，不免内眷空虚。征得父兄同意后，遂把汪远公的长子卓然，过继到身边做儿子。虽是为引旺后嗣的权宜之计，却也将侄儿带到赣州等处一起生活。虽然连三公后来仕途受挫，自顾不暇，将侄儿送回了老家，但毕竟有这么一段经历在前，连三公的三个子女，特别是居长的两个女儿，便与堂兄卓然有了一种更亲近的情感，一直走得很近。两个堂妹中，大的叫亚美，人长得丰腴漂亮，性格沉静，遇到高兴事时笑声脆朗，却也容易生气，使小性子。母亲不很乐意她的到来，说她不帮家务，看场电影也从不邀请嫂子。她这时十七八岁，刚从学校出来，分配到上高县一个乡镇小学做教师，她已经改了姓，不姓刘了，姓朱。原因是她的母亲水妈妈，也叫朱用梅，但她的嫡亲哥哥朱用光，是著名革命烈士。朱用光曾有一个恋人，大革命时期就追随他。大革命失败，朱用光到湘赣边参加秋收暴动时，姑娘要跟他走，可惜小脚不能远行只好分手，以后再也没有见面。朱用光走时曾到东刘妹夫家筹得一笔钱，后来外界说朱家把女儿卖给刘家做媳妇，这却也不的确。解放后，朱用光的老母惦念儿子没有后人，想要在自己的后代子孙里，过继一个孩子给儿子承继血统。年纪稍长些的亚美，就成了外婆的最终选择，从此跟着外婆生活、读书。

她常带着小说来，只要"卓哥哥"（她们姐妹对我父亲的昵称）不在，她就低头读书，任事不管，享受做客的豁免权。我母亲虽不屑，我却快乐，因为可以翻看她带来的小说，里面有很吸引人的插图，这是我最喜欢的。这似乎是我开始阅读小说的起点，现在还能记得的，是《西流水的孩子们》给了我深深的触动，引发了我对小说的最初兴趣。

也不知亚美姑姑对父亲说了什么，好像是她落单在偏远的乡村小学，有人觊觎她，感到不安全。在1961年那个炎热的夏天，在中山电影院后面那间宽大的卧室兼客厅的房子里，父亲做出决定："让刘密跟亚美去界埠读书，让他做个伴。"

那年我七岁，一个不懂事的孩童而已，就这样跟着爱使小性子的姑姑，坐长途汽车颠簸着到了陌生的远方。

独　行

不知何故，亚美姑姑先走了，把我留在了上高县城。

我睡在一间窗户狭高，有点阴暗潮湿的房间里，除了一张老式木床外，别无长物。夏秋之际，正是蚊蝇嗡飞时节，我只好走到外面厅堂来消遣。这是一栋老宅，高高的门槛，零乱的厅屋，住了几户人家，却不怎么见到人，显得僻静。照顾我的是亚美的弟弟亚英，其实他也才十一二岁，不知何故单独住在这里，与一个邻居婆婆搭膳。一早他就走了，大概在学校吃午餐，留下两小碗饭和一点辣椒炒干杂菜，这便是我的午饭，邻居婆婆会帮我热好。

环境陌生，我不敢乱走，白天呆呆地看着摇篮中睡熟的婴儿，帮他赶走企图落在胖嘟嘟脸上的蚊蝇，忙碌的邻居婆婆也不怎么看见。亚英晚上回来，吃完饭就睡觉，不喜言语。他是一个聪慧的人，读完了初中，长期在农村跟着改嫁的母亲水妈妈艰难度日。1978年他参加恢复不久的高考，据说考了全县第一名，但终因父亲连三公的政治问题，未能迈入高校。

百无聊赖，倍觉孤单，终于憋不住，第二天我走出了厅屋。我漫无目的地在街巷乱走，就像一个无家可归的流浪儿童。然后走到了河岸上，看到了美丽的锦江，与宜春一样，有一座浮桥贯通南北。我走到对岸的石板路小街上，走过店铺、码头、货摊，最后折回。我没有走丢，也没有遇上歹人，心里闷闷的，也不知梗了什么东西。这样有几日，突然亚美姑姑的妹妹亚丽姑姑来了，虽然才十五六岁，却生性活泼与姐弟不同。她在清爽的早晨，把我带到河边码头，送上了一只有棚盖的小木船。我有点紧张，也好奇，船夫是个壮年人，慢慢摇着橹，看上去不苟言笑。我看到亚丽姑姑拿了一点钱给他，他只是咧了下嘴。船上还有一对母子，小孩年龄与我相当，正被母亲训斥，拿着课本发呆。两岸景色如画，河水深绿，橹声咿呀，小船缓缓移去，原野丘陵变换着姿形，扑入目光所及。我轻松下来，告诉那个小同伴他不认识的字，那位乡下妈妈大为感慨，与船夫说着话，他们似乎熟悉。我被人夸了几句，有点感动，却只是呆呆的。四十里水路走到一半时，他们在河面上停船做饭，原来船上有锅灶和柴火，淘米水泼向河中，柴火烧得铁锅滋滋响。这时我才知道，亚丽姑姑给船夫的钱，是我的伙食费，我搭的是一只路过界埠的便船。我分得一碗白米饭和一份辣椒豆角菜，吃得很香，额上冒汗，还在河中洗了碗。天渐渐黑了，到达一个码头时，船上只剩下我和船夫，他把手往坡上一指："界埠到了，你去吧！"就没再管我了。

　　静悄悄的码头，我沿着夜色中的缓坡走去，两边是大片的树林，黑影幢幢。我有点害怕，不知怎么闭了下眼睛，感觉天色完全把我包裹起来了，有种隐蔽的安全感。睁开眼，快步疾走，落单的孤寂让我恐慌。一个突入陌生地域的孩童，失去父母亲人的庇护，该是多么孤凉。走出灌木树林，终于看到一条杂乱的长街，少许行人，店铺正在上门板打烊，透出暗淡的灯光。我壮起胆问一个看不清脸部的路人，他的声音有点惊讶："界埠小学？那边……"他的手臂伸向街的尽头，那里依稀一片空旷。走近了，看见一个大门口，喧闹声传出来，跳奔着的学生让我惊喜。"姑姑！姑姑！"一个调皮的男孩向一排房子那边叫着，回应着我的询问。后面很多孩子的叫声变成了："朱老师！你的侄子，你的侄子来了！"我有了一种想哭的冲动，但终于忍住了，因为亚美姑姑正向我走来，她的态度是冷静的，没有兴奋感。

　　早晨，我看清了学校全貌。明媚的阳光下，街头与校门口有一片空阔地，坚实的黄土往学校的方向抬升。学校就处在宽缓的坡地上，进门左右两排长长的砖瓦平房是教室和办公室，坡上高高矗立的是一座礼堂，旁边是做食堂的杂屋，低矮错杂。亚美姑姑的卧室在大门左侧的平房中间，前后有窗户，隔壁都是教室，显得孤单。室内只有一张床、一张桌子、硬土地面。姑姑是个慢性子，走路、说话、做事都显慢，手上常拿着书，也花时间梳妆打扮，她还只是一个不足十八岁的年轻姑娘，对我却像严格的长辈。我很快担负起一些生活杂务，搓洗碗筷衣物，到食堂端饭拿菜打热水。我就在亚美姑姑带的二年级班上读书，很快与同学混熟，但至今想不起任何一个同学的名字。给我强烈记忆的，是安静时对远方父母的思念。特别是傍晚时分，常有些忧郁落魄，惆怅伤感有如藤蔓爬满心头。长大才知道，暮色生愁，人皆如此，孩童也不例外。躺在床上时，有次凝视着白色蚊帐，看到千百个帐眼无限扩大，通向云淡风轻的蓝色天空，看到云端飘下父母来，我在睡梦中大声喊叫，眼中溢满泪花。某个清冷的早上，我去食堂打热水，不小心在坡上滑倒，热水浇湿了衣裤，亚美姑姑严厉责斥，我终于忍不住放声大哭。这时校长走来，关心地询问着使我脱困。他似乎对亚美姑姑有所企求，经常会到窗前晃动。我不懂他的用意，当时却有好感，起码他让我平息下来，消除了委屈的啜泣。

饥饿的感觉也常常袭来。那时是困难年代，我不知道我的粮食定量是多少，反正吃不饱。在秋天烂漫的山野里帮摘油茶籽时，我吃了很多野浆果，有红的，也有黑的，滋味酸甜。当然是由熟知野果的同伴指认，那个感觉很好，却不可能填饱肚子，反而引发更大的饥腹感。于是在放学后的暮色中，我会到翻挖过的田园畦土里，用手或木棍扒拉着寻找残存的花生，拾到后毫不犹豫地捏开泥壳，把花生仁抛进嘴里。有次挖到大半截红薯，兴奋地跑到星光闪烁下的宽旷缓坡上，急切间找不到水洗，擦擦就吃了，也不管泥沙硌牙。亚美姑姑得到一份礼物，是一竹篮硕肥板栗，挂在卧室的悬杆上。垂涎之下，我每天必去窃吃两三回，饱尝美味。积久一篮蜕变为半篮，疏于看护的亚美姑姑终于发现，愤怒得几乎动手。她说这是珍贵的年货，你怎么敢下手？我遂决意不在卧室内觅食，不管悬杆上面再挂什么，皆与我无关。学校厨房人手不够时，会叫我去帮忙，有一次是把热气腾腾的芋子剥皮，我哈着冷气迅速行动，乘人不备，会把去皮尚热的芋子敏捷地塞进嘴里，瞪眼扭颊享受美食。有次行动过于快捷，竟顺带把一片菜叶送入口中，菜叶上清晰地附着两只黑色的蚜虫，也一同葬身肚腹。帮厨的小伙伴们互相都能看见，但谁也不会声张，饥饿让我们形成同盟，暂时团结如钢。

亚美姑姑出差，有几天"不知去向"。走时她给了我饭菜票，另外还给了二角五分钱，五个伍分的银毫子，闪闪的，我记得很清楚，捏在手掌心冰冷却温暖。本感孤单的我，此时又陷入孤寂，清冷的卧室，到了晚上一片黑暗，无依无靠的感觉完全包围了我。我在孤独中挣扎，心里逐渐萌生顽强的冷静。我扛住了接踵而来的失落感、惆怅感，仿佛得到了冷漠的支撑，内心常常沸热又冷静，不像是孩子的心理。消遣时，也想到了旧日的图书摊，可只是空想而已，乡下街道上不会出现此物。而且时隐时现的饥饿，使我难以抗拒诱惑，终于被一个鬼精灵同学窥知了我的临时存款。他建议我一起到界埠街上的小餐馆去尝尝猪肉的味道。我没有迟疑就答应了，能吃到猪肉是多么伟大的梦想。于是我们进入一个餐馆，桌面粗糙，条凳松动。上来一碟萝卜炒肉，香气盈鼻，我俩互不相让，竟无主宾之分，把碟子扫了个底朝天，犹余兴未尽，持筷瞪眼痴想一阵。其实没有发现几片肉，一堆萝卜片而已，二角五分钱"全军覆没"。我似乎有点明白，肚子比图书更重要。

寒假开始，应该是1962年了，那是个温暖的冬天，气候干燥而爽净，亚美姑姑带我离开学校，这次是乘车。我不知道是永远离开界埠小学，竟无一点留恋多看两眼。四十年后特意重返此地，只是一片茫然，新旧景象无从对接。只记得锦江边的旧县城，那栋清冷的厅屋，还有那间潮暗的房间……亚美姑姑三姐弟当天下午在这里聚首，焖了一锅糯米饭，还放了几块腊肉，美美地吃了一餐。亚美姑姑说，她已经调动到宜春，是我父亲帮的忙。这时我才得知亚美姑姑失踪的秘密。我在内心欢呼，不仅仅是为了喷香的糯米饭。

别了，界埠！别了，我无法排遣的孤独！

厚　田

　　一路颠簸着到了宜春，因为客车故障在路上停修小半天，抵达车站已是夕阳西坠。穿过积满浮萍的几块池塘，走过长长的、行人稀疏的中山路，赶到东门外郊区，那里孤耸着一座白墙黑瓦的两层楼房，底下是店铺。亚美姑姑问路后店铺老人往前方一指："还远啰！"天色完全黑了，我们有点恐慌，走到黑白栏杆横悬的铁路道口时，一个荒僻的值班房里穿着制服的工友用湖南话嚷道："不远不远，只有十里路了。"

　　那晚没有星光，完全漆黑，依稀可以辨识路的两边是丘陵茶山。背着大小包裹，我们都喘着气，生怕冒出什么野兽歹人来。一个黑黝黝的凉亭在前面立着，也不敢进去歇脚，绕路而行，连续绊跌了几下。亚美姑姑也紧张了，她拉着我的手，突然说："我们唱支歌吧。"

　　唱的是《游击队歌》，声音渐大，畏惧在消退。妇孺之勇也只能如此，却不知这样也等于完全暴露，歌声除了虫鸟又能驱走什么？终于迎到了一片空旷地，模糊又高耸的树影。树影后是错落层叠的一大片房屋，几扇窗户透出微弱灯光。夜已深，窗户推开，回话的声音如此熟悉，我不禁狂喊："妈妈……"厚田到了，父亲在厚田的宜春专区财贸干校工作，那是培训财税干部的场所。那时宜春专区落户这座城市不久，办公大楼和场地容量有限，一些单位机构只能分枝散叶到城里或乡下，这才有了我家的又一次动迁。

　　早晨，母亲惊讶地看着瘦弱、肚子膨起的我，父亲肯定地说："吃积了。"之后我病了，呕吐、虚弱、缺少食欲，总是昏昏沉沉的。吃了一段时间的药，才咽得下用糖开水泡的饭，慢慢也就恢复了。

立春后，我又上学了。去厚田小学要经过一块墓地，青冢点点，蛇虫隐现，是捉迷藏的险处。学校门前有一株大樟树，两层楼，楼后是不大的操场。再往前走，就是美丽的南庙河了，清澈透碧的河水，令人心醉的河滩，引来快乐的喧闹。神话中说，仰山神龙王兄弟经常呼风唤雨，为南庙河流域带来沃土厚壤，沿河的村落多肥田大丘，以堵田、徐田名之，厚田也是一样。下游耸峙着几座山峰，翠绿安然，河流环绕而过，那就是著名的震山，当地老表叫它"颜山"。古代这里有一位隐士叫彭构云，住在那个苇树掩映的岩洞里，常在河岸一块巨石上垂钓，成为宜春八景之一的钓台烟雨。放学后，我们会游逸到那边去张望，不很敢深入，怕陌生阴森。唐朝状元卢肇也曾在这片河流地带居住，圈了一块地叫卢氏弋林，是他休闲、读书、雅集的地方，在震山岩洞边上，还留了一块镌刻着他文章的碑石，闻名遐迩。

震山和卢状元的文脉，似乎对厚田小学毫无影响。乡村孩子的野蛮和勇悍，经常使操场变成战场，特别是班级之间，时常发生混战。有些无法无天的男孩，觑空闯入到老师有事外出的班上大打出手，混乱和尖叫让大家兴奋不已。这是一所上课说着方言教学，下课后又嚷着方言打架的乡村小学。我也积极地加入混战中，有时单挑，有时阵仗，把对手抱摔到地下，也被强敌打翻，撕扯滚搏。母亲经常看着我手上、脸上的伤痕和撕破的衣褂愤愤不已，却不知完全是我心甘情愿。这也为我以后入城就学不断闯祸埋下伏笔。我吸吮了太多乡村田野的乳汁，滋润了蛮勇莽撞的内心，厚田的混架又激活了家族尚武的天性，让我变得越来越喜欢动手和喊叫，心底那份淤积的冷漠，也悄悄显现在打斗中，有次拳击一个令我厌恶的同学的鼻梁，看见鲜血流出，我竟然扭头遁走。我想那时我绝对是个野孩子，缺乏营养也缺少教养。

父母并不知我在外面的莽行，那时家中又添了一个妹妹，他们穷于应付奔碌不已。我有时也跟着二哥去城内打酒，父亲好饮也可能是以酒浇愁。为了寻找下酒菜也为改善家中盘馔，他带着我们到积满泥沙的稻田去抓泥鳅。春夏天，禾肥水满，鳅鱼乱钻，我们屡有丰富的收获，常能提回一小土箕活蹦乱跳的鱼虾鳅鳝，那时的水田也是水族的旺地。我看到农民趴在横杆上踩水车，串串木格盛满渠水从低处往高处传送。我也爬上去尝试，却差点闪失打脚，在哄笑中感知快乐。

厚田没有店铺，打酒只能入城。我跟二哥抄的是近路，在满是茶山环拥的便道上越岭过坳，总是要经过一大片墓山才能跨过铁路进城。印象最深的是要走过一座大墓，树斜草密，却凌乱着石人石马，气氛阴森有些瘆人。后来才知道这是当年嘉靖皇帝赐给权相严嵩的私家田园。严嵩是袁州府分宜县人，老家介桥到这里也就几十里路，自然方便。后严家出事严嵩贬窜，这块地就收归朝廷了。当地百姓却把这里当成风水宝地，成为阴宅上选，四五百年来，积淀为大片坟山。我不曾想到，十多年后，这里建起了一座现代化的肉类联合加工厂，俗称冻肉厂。我成为该厂工人，竟在这片墓山坟地脱胎换骨为千吨冷库的地方呆了十年之久。古朽的坟山与轰啸而过的火车，交错为特别的景象，令我幼小的心灵震颤不已。乡村的宁静也偶被刺破，秋冬季节的入夜时分，一阵紧张的叫喊惊动村庄，一群持枪的民兵向村外跑去，在凉亭方向的茶山中，抓获了两个可疑人。他们瑟缩着，衣衫破旧，原来是湖南过来的逃荒人，迷路陷入山茶林的错杂灌木中，被警觉的路人察觉引发围捕。夜晚的坪场，在星空笼罩下也洋溢着孩童的热情与紧张。一位见闻颇多的南下干部子女，用动听的普通话宣称："现在卫星上天了，火箭以后可以打得很远很远，打到美国也没问题。"他还说，美国人很坏，用牛奶洗澡，他们怕死。这令我们新鲜而激动，反复商量怎样去前方打仗，究竟用哪种枪最好。

恰恰这个时间，最激动人心的事情出现，一支解放军部队突然到了厚田，驻扎在村里。那是一个清贫和充满豪气的年代，人们最向往和崇敬的就是解放军，绿军装、红星帽、解放鞋、黄挎包是时髦的"奢侈品"，何况是一支部队。伙伴们立即行动起来，绕着部队驻地转圈圈。看哨兵站岗，看他们进进出出，甚至到伙房后面的井台上，看他们淘米洗菜，看遗留下的菜帮、饭粒。终于认识了一个小号兵，簇拥着缠他讲打仗的故事。他只准我们摸摸他的军号和红绸子，不准拿更不能吹。有次散步到野草萋萋、树蓬郁茂的茶山中，他讲他的部队打过蒋匪帮，也打过日本鬼子，还打过美国佬，讲牺牲、讲流血、讲胜利。他的圆圆的红脸庞上，充满了自豪和骄傲。他年纪不大，个子也不高，好像也只是个大孩子，但他是英雄，我们崇拜他。跟他的经历一比，那些个坟山打游击，学校里打混架，实在是不值一提，不算玩意儿。有一天部队派人来说，请财贸干校会包饺子的家属去帮厨。这个消息太令人高兴了，干校那些北方人自感光荣无比，我们这些连饺子都没见过的南方乡下孩子，只有羡慕的份。当天下午晚餐前，部队派人每家分送一大碗饺子，热气腾腾，香喷喷的。我家人多，每人只吃到两个，犹自回味，窃笑不已。第二天我们又到部队驻地外转圈圈，充分享受饺子的快乐余波。走到伙房后面的一块空地上时，发现那里搁了几只绿色的铁桶，静悄悄的一个人也没有。我们偷袭似的走近窥探，竟看到一个铁桶里还有汤和元宝似的大饺子。好奇和贪吃瞬间让我们放弃所有的约束和羞涩，每人伸手从桶中窃取一个饺子即鼠窜而去。真不知那是一种什么心情，是分享光荣还是留下亵渎。

每天的期待终于在一天早晨结束，等到我们起床，部队驻地已空无一人。大人说，部队昨晚半夜开拔，没有惊动任何人。当然，这也是军事机密。

我家也要离开厚田了，父亲调到一个新单位，又一次动迁让我们回到城里，那也是一个意兴阑珊的秋天。

三、上水关

邻　里

美丽的秀江河绕城而过，城外北面那条挂着许多吊脚楼的长长小街，上游叫上水关，下游叫下水关。那年炎夏季节，我们住到了上水关的一条小巷内。

那是条斜长小巷，墙底一侧通着敞露的暗沟，告诉你要小心走过。巷底前端是一个拥挤的过堂，后端是一块露天场地，又围着几间房屋。房主是一个老婆婆，住在巷底前端一间独屋内，身材矮小，行动迟缓，一头盘髻银发却精神矍铄，一人独居且管理着这片私产，按月收取各户租钱。她是万载县人，一口浓郁铿然的万载话，人们都称她万载婆婆。她的居处长年关闭，唯她一人进出，显得神秘，我等孩童更不敢靠近。

过堂口子上住着夏老师母子两人，儿子毛古比我年纪稍大，一下就混熟了，玩得不亦乐乎。夏老师人长得美丽时髦，衣裳整洁得体，言谈轻柔悦耳，很引人注目。听说她是国民党军官的太太，享过福，后来丈夫被关在省外很远的监狱里，很久没有音讯，又说死掉了。她与儿子相依为命，日子过得很艰难。有天我看到毛古急奔回去，似乎家中来了客人。原来是一个白髯飘拂的清癯老者，颇为文雅，是位退休多年的教师，鳏居已久。夏老师便嫁给了这位老先生，毛古家于是活跃起来，增加了不少财物，还有一些书籍。老先生总是捧着书看，一副饱学形貌。不久老先生逝去，毛古家又复归原貌。四十多年后我偶遇毛古，才知道夏老师在"文革"中下放到山区，不堪所遇恶病身亡。毛古后来著文说，他那时尚未成年，在山里修水库，夏老师怜子苦饿交加，大冷天把邻里为感谢她相助送的一小块猪肉炖了汤装在瓦罐里，怀揣瓦罐顶着寒风走了一二十里，赶到水库工地给儿子吃，吃时还是热的。闻之我亦唏嘘不已。

过堂内住着魏先娘一家，却是人丁兴旺，你来我往。听说魏先娘丈夫被打成右派后，贬斥到乡下当教师，只是把家口留在了城里。魏先娘的小儿子细牙很受家人疼爱，聪明活泼，红润白皙，衣饰干净且常零食在手，很让我等羡慕。他与我同班，性格强势，常与人争执，二十年后再见面，他已落为箭道菜市场的肉砧屠工，为肉食者挥刀。他邀我至家，才知他还有两个同父异母的姐姐，解放前夕随丈夫远遁，一位的先生是澳大利亚知名医学专家，另一位的先生是美国的工程师。当然那时的过堂里，既没见过也不知道这两位姐姐。

过堂外后面的那间大屋子里，住着江华一家。江华是一家手工作坊的工人，且兼种着屋后的一片菜地。他养着一堆幼小的儿女，脾气很坏，经常大发雷霆，痛骂他愁容满脸的老婆和帮他带孩子的妹妹。那年冬天，他最小的女儿病得厉害，日夜高烧哭喊，但始终不见送医院，拖了几天后竟然死了，一家号啕。我父亲过去慰解，才知江华穷困拿不出看病钱。但为何坚执不向邻里求助，却也不知缘故。最后将亡女破布一卷，钉进一个烂箱子，葬到北门岭上荒僻处，日子又慢慢平复下来。只是那间大屋子檐壁下废弃的神案上，多了一个香灰缸，燃剩两支残香，令人觉得凄怆。

我家就住在过堂外侧一间长条形屋子里，暗淡潮湿。后面拐出是个厨房兼餐堂，敞开后门就是葱绿的菜园，还长着两棵翠叶如盖的桂花树，掩映在前。不雅的是厨房挨着茅厕，异味与菜畦令人养眼又掩鼻。厨房里面还隔着个杂物间，门在另一边，接近屋顶的隔墙，悬着个面目模糊的神龛，隐秘又有点恐怖，特别是晚上如厕时，手里端的也是模糊微弱的油灯，让人有些紧张。

万载婆婆巷前的这条上水关小街也叫岂山路，是纪念古代一位叫张自烈的文人，百姓却不知，就是街头张氏后裔也很茫然。街上零落的古迹不少，有已居家嘈杂的天符庙，还有宗族祠堂刘家祠、古家祠等。古家祠门口常坐着几个闲人下棋，正对着一个窄狭巷道下去的码头。据说解放前古家有个貌美的女儿与人相好，到了山盟海誓境地。不想势利的父母却要把她嫁与一个国军军官，女儿不肯，于是詈骂拳脚相加，威逼之下，夜里古家女儿就在这码头上一头栽进了深邃莫测的秀江河。她叫古金莲，为爱殉情。解放后县剧团编演了这个爱情故事，剧名就叫古金莲。古家祠名声大振，就是由此而来。

巷前小街对面右向，也有一个铺着青麻石的码头，河中常有竹排浮过，卧着鸬鹚的渔舟也偶会出现。河水深处，传说有水鬼出没，半夜会爬上岸来拖人。但白天或傍晚的码头上，却是热闹异常，尤其春夏天，洗衣游水的，喊声棒槌声叠响一片。我就是在这个码头上学会游泳的。深碧的河水虽深，但近处的水底礁石，却成了歇脚的落脚处，来回扑腾就不害怕了。熟水后我曾随伙伴横渡秀江，不想江面宽阔，河水深险，游到中途力怯心慌落后，竟至呼救，幸有大伙伴出手搭帮，才喘气放松安然返回。待到寒凉季节，地面上的玩耍就更多了，如摔菩萨，用折叠纸张码成小扎，用力甩向地面，以翻转次数多者为胜。还有滚铁环、打陀螺、踢格子、抛毽子之类，引人入胜。有次顽皮的我，舞棍失手打哭了一位邻里男孩，不知惹祸，依旧埋头玩耍，玩得酣畅淋漓全然忘记。突然一只强有力的大手将我凌空揪起，双脚离地被拎归家中，才知是邻里告状到家"讨理会"，致父亲愤怒，捉我归案，自然免不了严厉责斥，教训一番，令我刻骨铭心。

我那时已读了一些故事小说，伙伴们喜欢听我讲述。一次盛夏时节，夜里爬到刘家祠后园的大橘树上，讲听不倦直到夜深，家人叫喊而至才如梦方醒。那算是我的一次杰作，私下常自鸣得意。

小街上房屋稠密，但临河一面要稀疏些，点缀着菜地和橘树，居住环境很有乡村氛围。万载婆婆巷前下去百余步，就有这么一栋白墙黑瓦的大屋，宽敞而独立，带着个临河院落，干净爽快。那里住着一个老红军，说是走过二万五千里长征的。我那时正好读了一本长征的回忆录，最感动的细节是过草地时，蔡畅老大姐站在马背上，为饥饿疲惫的红军大唱《国际歌》和《马赛曲》。好奇和钦敬让我们对老红军充满期待，觑空就往白墙大屋那边转悠，不过结果却让孩童们有点沮丧。老红军是个干瘦和蔼的老人，却不善言语，没从他口中听到多少惊险故事。倒是他的年轻妻子是个多口，喜欢在街坊中言说走动，漾着笑脸，一副饱足模样。她说老红军吃了很多苦，家里也没人，她要好好侍候他，我等却不愿听。一天傍晚，老红军门前对过的天符庙石坊前，围了一群人，原来是一位盲人在给人算命，几角钱一个相。正热闹着，一位住在刘家祠侧屋的青年干部路过闻讯出面阻止，他严厉地说这是封建迷信，不能搞。那位算命先生开初被他的气势慑住，继而慢悠悠地说："我要摸摸你的脸就知道你是个什么人。"干部挺身上前，慨然说道："你摸吧。"此时有人大喊："不能给他摸。"原来是这位干部的母亲，焦急又恐惧。旁边有人议论，小心暗算，算命先生怕有"五百钱"（宜春民间流传的一种点穴神功）。争执自然结束，人群渐次散去，算命的盲人也消逝在街巷的深处。

读　书

　　刚到城里念书，我就闯了一场大祸，惊动了学校。

　　那时我在乡下学校辗转多年，沾了一身野性，喜欢打架，无心读书。父亲认为我成绩很差，从厚田小学转入上水关北侧的秀江小学时，把我报低一级，依旧从二年级读起。刚入校，同学有点欺生，冲突迭起。我虽孤单，却不畏惧。终有一日老师不在班上时，四五个同学与我厮打，他们人虽多，却苦于教室狭窄不能展开，加上我勇猛有力，竟将他们击溃。有一个身材与我相仿的李姓同学，被我击倒在地，骑在身上捶打。事态平息后，李同学头枕课桌哭泣不已，送到医院才知一只胳膊脱臼，酿成事故。学校教导主任刘老师把我叫到她办公室，严厉地盯视着我，一时竟没说出话来。刘老师是个"领导夫人"，长得高挑漂亮，人过处常留下一片香气。她说话婉转动听，脸容却很严肃，显出一种雍容的优越感，老师和学生都有点怕她。我此时更怕，从她的眼神中看出，她一定认为我是个野孩子、坏孩子。但她终未动怒，只是冷静地说："如果你不好好改，学校就会处分你，开除你，你知道你闯了多大的祸！"训斥之后，班主任王老师又找我谈话，她详细了解打架过程，却没有过多责备，轻言细语，眼中充满关切和温婉。上水关的家中却起了不小的骚动，有几天李姓同学悬着扎满绷带的手臂，跟着其母到我家讨钱，他母亲一口难懂的湖南话，不依不饶。我家本拮据，父亲又外出，窘困的母亲唉声叹气，穷于应付，好在王老师出面斡旋，才赔了几块钱了事。

　　我成了班上重点帮助的落后典型，慢慢收敛起来，此后竟能洗心革面，学习与表现齐头并进，终于抬起了头。那时学校活动丰富，曾组织同学远足化石岩，崎岖的山道上，逶迤着兴高采烈的一队队小学生。一直走到陡峻的岩头，眺望满江碧水和如画的田园。醒酒石、读书台、青莲洞，还有抗战时遗留的战壕、将军墓，"八千里路云和月"的刻石，都让我们兴奋。满山野花簇草，藤树古崖，与晴朗天空绝妙相配。孩子的欢声笑语，让半山腰寺庵里枯寂的老尼姑也露出了久违的笑脸。学校操场上的篝火晚会更让人心醉，老红军的讲述激起我们的憧憬与歌声。儿童节的舞台上，节目表演与欢呼声此起彼伏。我不仅主动登台出演，还参加了学校的洋鼓队，敲着鼓吹着喇叭行走在路上，好不威风。终于熬过艰难日子，我成了光荣的少先队员，因个子高还当了旗手。那一年到马家园的军营参观，我举着队旗昂首挺胸领队行进，被选为代表进入士兵宿舍。目睹假睡的战士，在激昂的军号声中一跃而起，分把钟就完成了起床着衣穿鞋叠被的连贯动作，飞奔出房间整队肃立，纪律性与快捷性令我们大开眼界，羡赞不已。

三年级上学期，我竟意外当上了少先队中队长。

不过更意外的是，我的近视越来越严重了。细心体贴的王老师让我移到第一排，黑板上的白色粉笔字依然模糊。老师只好要我坐到讲台旁边，直接闻着呛鼻的粉笔灰上课，在学校成为独一无二的特例。因为在这个年龄，我早成了埋头不顾的小说迷。说起来或许是连环画的刺激，也或者是声音浑厚的父亲的公余讲述，我开始翻读家中的藏书。最初的印象是阿拉伯人的《一千零一夜》，神奇古荒令我遐想万千。尔后一本《儿女风尘记》，讲述了黄河决堤后千里灾民的凄惨辗转，让我充满对旧时代的惧恨。《烈火金钢》中八路军英雄史更新以一对三，刺死三个日本兵的壮举，更让我血脉偾张，并在夜晚把激情"注射"给每一位听得投入的伙伴。我开始四处觅书，那次到一个霍姓同学家翻到一本周赤萍将军的《擒魔记》，红皮黑字，一翻就爱不释手，读得入迷。"月黑杀人，风高放火"的湘西剿匪故事，刻印在幼小心灵从未忘记。有位乡下远房舅舅在宜春卫校读书，周末我去玩，竟看见他宿舍的床上散放着《青春之歌》《苦菜花》《战斗的青春》等厚本小说，我惊喜万分，一本本借来阅看。如痴似醉的沉迷也延伸到课堂上，被老师不断抓获，算术老师没收我正在读的《金陵春梦》后压下读罢，还回时竟向我讨要下册，我诧异之余他却如愿而去。家中油灯似萤，不能解我阅读之渴，白天空暇成为黄金时间。那时还搜来了一些石印版古旧演义小说，如《三侠五义》《说唐征东征西全传》之类的。我坐在露天下阅读，天色渐黑亦无察觉。母亲常大声用家乡方言喊我："鸡进笼了，不要觑了。"惊觉而起的我，经常读得废寝忘食，不知今时何日。四十年后毛古说，他对我最深的印象就是拿着本书，提个小板凳，坐到万载婆婆巷前的那个路灯下看书。我记得那盏昏黄的街灯，不知给了我多少乐趣和希望。

父亲带着我到了地区医院五官科，一位黑胡子有点严肃的大夫，给我试着各种镜片。最终他摇摇头，告诉父亲和我，左眼一千二百度，右眼一千四百度，是典型的高度近视。父亲惊得说不出话来，那位大夫叮嘱道："赶快配眼镜，要不更糟糕。"父亲向远在天津的冷昆起求助。昆起舅舅是墓田冷家很有名的读书人，也是父亲的青春好友，据说他早年假期在家帮忙看守晒谷场时，捧着书低头久读，浑不知晒场上鸡鹅侵入，竟至大片稻谷被糟蹋殆尽却毫不知情，被乡人视为"书古董"，嗤笑不已。他后来上了哈军工，他也是高度近视，当然深知我忧。不久眼镜就寄过来了，浅黄色的框子，厚厚的镜片。医生为了保护成长中我的眼睛，只低配了六百度与八百度的两块片子。虽然恍若重见天日，我却只敢在上课时戴戴，心里始终沉甸甸的，不敢张扬。那个年代鄙视戴眼镜者，于是，我只能把眼镜偷偷摸摸藏掖起来，冒充常人依旧乱冲乱撞。读的书多，自然手痒，不免作文时模仿加嫁接。秋天到油茶林场摘茶籽，有同学不慎被红红绿绿的毛毛虫蜇了手，竟然不忍疼痛哭泣流泪，成为满山人头攒动中的笑柄。我将此写入作文，一番铺排渲染引申发挥，竟获老师佳评，遂小有名气。当然也不免自负，有次代课老师将牢房写成板房，我举手说错了，应该是班房。老师不屑，驳我谬言，我即从书包中掏出厚本小说，翻开指着某页说："你看。"老师无语，怏怏离去。类似的无状，激起代课老师对我的反感，而他年轻气盛造成的简单粗暴，也引起班上很多同学的强烈不满。我便联络八个男生，企图将他从教室驱逐出去。我们课后曾到北门岭上官山路的独立营驻地，观摩解放军的训练，觉得完全有把握一拥而上，把代课老师推出教室。天性顽劣使我成为密谋的主角，但事机不密，代课老师知情后勃然大怒，上门到我家愤愤陈词，使我损失了一次晚餐，几乎挨打。好在休产假的王老师及时回师，巧妙化解让我避免了一次重大犯错。当然代课老师也再没在校园出现。不过也有些老师很喜欢我，有位体育老师追求一位美貌的音乐老师，多次要我传递信物。记得有次把一块香皂送给音乐老师时，她很高兴地摸摸我的头，笑吟吟地说："你去说谢谢啊！"

生 计

上水关的生活清贫而又艰涩。

厨房里有个小柴火灶，烧的杂柴要到街上去买，乡下人会一担担挑进城。当然我们兄弟也会到郊外去寻找，聊补不足。吃饭却是大事，那时又添了个小妹，一家六口，饱腹为大。粮油定量有限，黑市又买不起，父亲想了不少办法。家中有个大鼎罐，经常用来熬粥，时或掺入大把青菜，每人可分得一大碗。如若不够，又用少许面粉拌成糊糊，一砣砣丢到一锅沸滚的开水中，调入盐巴，混沌一煮，每人又可分得一大碗。兄妹人皆能吃，常为捏成团团的锅巴分配不均吵成一片，母亲只能蹙眉叫骂却无可奈何。有时粮店会放入搭配红薯，运来一堆全家欣喜不已，煮粥吃、煨着吃、蒸熟吃，还有锅中油盐炒着吃，当然更多是生吃，一堆薯瞬间消失干净。最受欢迎的来客是芳溪刘伢，他也很想到城市走走，却带来不菲的礼物，最令人惊喜的是喷香的炒米裹围着的米糖，顺手还会带来两个糯米油货，经常让我捷足先登。我领着他到街上四处游逛，作为狂喜之后的回报。我那时的模样恐怕比刘伢还要寒酸，衣裤只能捡二哥的，夏天多是光脚板打地，顶多扣个木拖鞋，在青石板上呱嗒猛响，闻者不悦。冬天寒冷，往往在松弛的鞋里，塞些絮布碎棉御寒，下雨顶个小斗笠。书包是亚美姑姑用白线织的，一不小心铅笔零碎就会"脱颖而出"。铅笔不敢多用，就削根竹尖蘸着墨水写，书包课本难免污渍层叠。我羡慕同学有漂亮的文具盒，迫切要求之后，父亲的答复是等我升了四年级再买。但是过了一年又一年，直到小学毕业，我的文具盒梦也未实现。父亲的失言，毕竟还是囊中空空造成，望眼欲穿也是枉然。

父亲出身于破落户家庭，从小沾上了嗜酒的癖好。50年代严厉的审干后，因社会历史关系复杂，党籍取消，政治上完全被边缘化，愈发颓唐起来。一天三餐都要饮酒，烧酒喝不起，就打水酒喝。我和二哥课后的重要任务就是分头到小街上的各个商店去沽酒，提着瓶子走遍了上水关、下水关、中山路以至西门鼓楼街。父亲倒不讲究，一碟黄瓜几颗黄豆都可佐酒，奢侈时煎个蛋，还要拨拉少许给两个旁觑的小妹解馋。月工资虽有六十多元，却因嘴多事杂母亲又不善料理，竟常要到单位借钱，寅吃卯粮成了习惯。为解餐桌之急，父亲也在老表菜地的旯旮里种了少许蔬菜，家中还养了几只鸡，人不够吃鸡亦乏食，形销骨立生长缓慢。还要谨防黄鼠狼窃取，每到半夜厨房鸡笼一旦有动静，全家皆醒，凭着猛烈的吆喝声和敲击声，让鸡笼安静下来，一如山中防匪夜里防贼。此外兴之所至，父亲也写点文稿投给报社，龙飞凤舞的漂亮书写引来一些零星的稿费单，常炫耀说："笔墨也能换粮草。"丁口续增给父亲带来生存压力，动员母亲做绝育手术无果后，他孤单地走上了手术台。我不知这是否伤害了他，接下来突然而至的一场凶病，差点致父亲于死地，那天晚上他突然呻吟着倒在地上，高烧且胡话，半夜送到医院，惊心动魄让全家惊慌失措。

父亲的三个妹妹很关心哥哥。亚美姑姑调到萍乡工作前，常来走动，慰问有加。这时亚丽姑姑也出现在上水关家中，她有十七八岁了，已出落成一个漂亮活泼的大姑娘。她初中毕业后跟随改嫁的水妈妈落脚在一个叫熊家的偏远村落。因人长得出众，不少人追求她，其中有个民兵营长，有权有势又霸道，追得她喘不过气来。她万般不愿却又不敢开罪，敷衍着这难挨的日子。这时机会来了，宜丰黄岗山共大面向农村招生，她闻讯跑到宜春来找堂兄帮忙。她唯一的救星就是堂兄卓哥哥了。父亲本是个地位极低的穷干部，哪有多少门路，但天不灭曹，打听到省招生组的负责人竟是他当年高安师范的同学。一番久别的寒暄后，那位热情的同学表示，只要公社和大队盖章，他一定设法录用她。盖章当然是天大的难事，但亚丽姑姑抱着拼死一搏的决心回到熊家，她悄悄与管公章却无甚文化的大队干部说，她有事需要盖个章。凑巧民兵营长外出，那位村干部未及细问"啪"地便盖下章子，公社看大队同意，亦未深究，也便磕下大印。显然，对长相甜美又笑脸相求的年轻姑娘，村社干部都放松了警惕，敞开了放行的大门。亚丽姑姑如放飞的鸽子，灿笑着奔向县城寄出万分贵重的信件。不久收到黄岗山共大录取通知书，户口迁走丽人遁去，民兵营长徒唤奈何，恨之晚矣。父亲为帮亚丽姑姑寻找出路，在毕业后有个好的落座，此时正积极帮她物色对象。那是个年轻的大学生，机关干部，长相文雅，惜个子不高。为促成此事，父亲暂借江华妹妹那个干净敞亮些的卧房做见面地点。坐谈久之父亲令我送开水进去探看虚实，我回话说两人低头对坐不说话，亚丽姑姑竟自用剪子反复修理两手指甲。父亲叹了一口气，事情也就不了了之了。此后过年，亦有胆大的男同学追到宜春来，亚丽姑姑常笑脸盈盈待之，为家中增加不少本地麻滋和油炸的番薯丸子，令我等兄妹为之惊喜。后来身材高挑的亚丽姑姑说，她没看上那些追求者，是因为他们没有一个是长得高的，这才明白，那些蒙在鼓里的年轻人，浪费了多少热情和渴盼。也无怪，刘氏家族多为高个白肤，选择般配的异性也算是自然的天性吧。

更受欢迎的是小弟的养父吴先生，虽住穷乡僻壤却家有余资，常按当时约定作亲戚走往，不时露面。他是个有见识的人，年轻时是个司机，在滇缅边境国军部队开大卡车。听说打完日本鬼子后，驾车路过湖南时，在浏阳脱离车队，飞车奔向家乡。后面鸣枪追击，他竟弃车隐入山岭脱逃成功。改革开放后曾有台湾老兵来看他，接获一叠钱币和一本回忆录，可他竟未留客吃饭，闻之不免让人鄙夷。但他那时出手阔绰，见面会拿点零钱给我以示礼节，脸上堆满笑容，非常客气，我父亲殁后却不再见到他的踪影。

家中穷困，父亲又常出差不归家，母亲为柴米不继每每垂泪。我等兄弟假期都尽力去找事做。拾柴、捡纸、收橘子皮晒干，临时帮窑场挑砖，都能换些小钱。二哥尤能吃苦，曾远足到南门外半边山打石做工。有年暑假他竟赚了三十多元钱，令全家欣喜不已，父亲当即开怀畅饮，表扬有加。不料二哥暑热积毒，脖子后长了个大痈疖痛不可忍，最后在后颈上形成一个大脓包，只好上医院切割，流脓如注，治疗个把月，开学后才平复，赚来的辛苦钱多半也就填进去了。次年暑假不甘，他又到化石岩做工，也不知做什么事，最终捧回与头年相当的辛苦钱。不幸的是，他的脚板又无缘无故巨肿，疼痛难抑。老表说他必定赤脚踩到了蛇毒咬噬过的石头，故有此难。父亲不敢怠慢，又是一番寻医问药，辛苦钱甩个干净，才把脚治好，没有落下余疾，亦是幸事，母亲说他不是赚钱的命。

日子渐臻紧张，喉深似海，饥腹难填。父亲常说闲事不管，硬饭三碗，又说吃光用光，身体健康。但要对付六张旺盛的饿口，不是易事。有次父亲远出，家中竟无米下锅，母亲脸皮薄不敢到邻家赊借，只是垂泪。我见之遂拿出积蓄已久的一元多零钱，慷慨递到母亲手中，那时一角几分一斤大米，解了燃眉之急。父亲回家后，感慨不已，专门给了我一个火车上才出售的面包，也许是从未见过，我摩挲良久才不忍吃掉。我深知，放弃这些零钱，也就放弃了我的文具盒梦，还有卫生饼、片糖、一分钱六十粒的颗粒糖，还有梦寐以求的小说，当然我只能舍弃，因为别无选择。

四、北门岭下

高士路53号

大约是1964年暑假，我家搬住到北门岭下的高士路。

高士说的是古代一个隐士袁京，住在北门岭上尽头处的一座峦峰下，因他风节高尚，才德盖世，后世就把这条他跋涉过的道路，命名为高士路。传说州城河山皆因他的姓名而来，确实本地土著百姓也多是袁氏子弟，应该是不错的。

高士路是条横街，从岭上下来直插上水关和下水关的对接处，街口下去就是一个异常热门的大码头，直面缓缓流淌的碧绿秀江。53号其实也就是一条先直行后右弯的过道，左右两边点缀着五六间房子，拐弯后还闪豁着一块露天场地，土石板结，可以蹦跳。里面住着四户人家，吴家、李家、沈家和我家。我家所居就在拐弯处，一间闲置很久的房间，潮湿又阴暗。门外过道上放饭桌凳椅和竹床杂物，拐弯后靠墙是柴灶和厨具，高旷的屋顶几片明瓦放下光来，檐梁错杂，蛛虫横行。我不知父亲为何要搬迁，也许是因了上水关那居处厨房后的粪厕。但这里并不见好，更拥挤，还阴恻恻的。半夜梁木间的鼓捣声和莫名的类人隐啜，似是猫鼠蛇类却难测虚实，直到三年后搬离，才隐约探知真相。

岭上醒目的是一座四柱撑持的凉亭，亭边零落着参差的房屋。东面田塘甚多，瓜菜葱绿。同学疤伢喜欢叫我到田渠中挖泥鳅，常为嗜酒的父亲带去惊喜，或煎或炒的新鲜泥鳅，放上呛鼻的辣椒蒜片，是一道堪比美味煎蛋的下酒好菜。但我更感兴趣的是凉亭西侧大片荒岭，草莽丛生，点缀着零星的坟墓。靠地委大院后墙的那块低洼地，说是夭折婴幼儿的葬地，密布着小坟冢，那里草木低矮茂密。伙伴矮子常叫我去那里拾柴火，不一会儿就能捡到一堆。闲下来我就和矮子摔跤，他年纪大而我个子高，力气相当，彼此互有胜负。有一次在一座古坟旁，看到一条红黑相间头如龙首的怪蛇，阳光下从墓中游出，令我等惊讶而避走。最好玩的是在夜间，我和街坊孩童们蹿到岭上荒岭打游击，互相追逐攻击，扔泥石，用弹弓，当然射出的是高鼻子树籽，那是约定了的。我有几次犯险，一次是盛夏伏在新坟上，裸露的手臂次日沸起不明水泡，说是尸气所熏，所幸并无后患。一次是跳奔中，一脚踏进薄冢婴棺，吓得不轻。最糟的是在弹弓对射中，被一颗树籽击中右眼，瞬间胀痛不已，却隐忍不作声以示勇敢。天气转凉，"游击战"也就渐次挪回到街巷，在各家隔墙过道中狼奔豕突，并不受大人欢迎。

那时流行一部革命小说《红岩》，还改创了一部歌剧《江姐》，唱遍全国。"红岩上红梅开，千里冰霜脚下踩。三九严寒何所惧，一片丹心向阳开"的歌声响彻高士路上下街。"游击战"迅即演变为"狱中斗争"。同学歪卵的父母是菜农，家中后屋通着几畦菜地，养着鸡猪，衣裤上常带点猪栏潲水味，却喜欢表演，充当狱中的革命受难者，接受"匪徒"的施虐考验。歪卵在伙伴们残忍嘻哈的"施刑"中，常因过分引起的疼痛动怒，却又为没有低头叛变而沾沾自喜。伙伴们还喜欢结伴在城区内外奔走，寻找露天电影看。朦胧夜色中，一块巨大的白布悬起，放映灯光贯透夜空，人头攒动，电影开场，欢声雷动。这时《地雷战》《地道战》相继登场。

公演电影其实是并不多见的奢侈品，小伙伴们常为误传空跑一趟，自嘲："今晚又去看了一场白布燎原。"受到放电影时灯光贯空成像的启发，我发现用手电筒照射也能把玻璃瓶上的图案映射到白色墙壁上。于是大家忙碌起来，把大玻璃瓶洗净抹光，简笔画上人物图像，用手电筒光映射到墙上，徐徐移动瓶子，图像也能发生变化，好像阅看连环画。此举在街坊孩童中引起轰动，一时间高士路53号后面的露天白墙下，挤满了趋之若鹜的好奇者。当然不能持久，朴拙稚愚的画面，落后可笑的技术，几个晚上也就烟消云散，成为大龄少年的笑柄。意外的收获是，唱歌和看电影引发了伙伴们的艺术追求。我在那时学会了吹笛子和吹口琴。笛子是几角钱买的，一节细竹凿几个孔而已。口琴似是亚美姑姑遗下的旧物，于我却是奇货。没有老师，能者为师。小伙伴中有位猴伢，年纪略大，瘦而机灵，眼黑有神，拉得一手好二胡，他的点拨成为我指路明灯。我的笛子吹奏可以成歌了，却始终未学会打一连串的嘟噜音；口琴能吹出各种曲子，也无师自通竟打出颤音，比笛子更让我得意。其实父亲是个行家，但他消沉已久，热衷且娴熟的胡琴、笛箫、口琴早已疏远。亚丽姑姑来时缠他露一手，他也只是糊弄对付了事，琴刚沾唇也就搁下了。我自然不能得到他的指点，依旧自学乱吹。猴伢却有热情，他把技痒者召集，晚餐后拖个小板凳聚到调查队门口，吹奏起来竟有了乐队的气势。尤其是炎热的夏夜，猴伢小乐队成为高士路上的盛景。

我那时还喜欢玩各种球类，是班上足球队的后卫。只是小学操场隔墙就是高士路居民后屋，一个不小心的吊射，足球容易落到居民院落中，翻墙过去寻觅，经常引起叫骂纠纷。这时还认识了在外地读书的西伢，比我要大四五岁，笑眯眯的，喜欢带我们去玩耍，夏天在中山路的热闹处，他还会慷慨掏钱从街头摊子上购几片西瓜，让我等尝鲜解渴。他常来找我玩，其实也是想熟悉住在我家后头的胡家女儿。

胡家刚搬进来不久，接替了丁口较多甚为喧闹的沈家。胡家女儿叫响女，人长得好看，笑起来让人感到愉悦。她比我高两个年级，有次她径直找到正在与伙伴讲故事的我，笑吟吟地说："哎，听说你作文写得好，拿我看看。"说到我的得意处，自然让我高兴。西伢可能对她有点意思，很注意自己的形象，有次他对着镜子，用小刀刮着呲开的门牙，问我："怎么样，更白了一些吗？"可是响女似乎对他不感兴趣，只是来找我们玩，高士路53号门牌四家住户中，也就只她一个大女孩。有次她带我和另一位伙伴去看剧团演出的《白蛇传》，为白素贞的悲剧命运抹泪不已，懵懂少年的我，也受到爱情故事的感染，感受到一种隐隐的怅然和希冀。观剧前我到中山路的新华书店翻书，响女看到我对一本书把玩不已，就问我："想买吗？"我摇摇头，松开巴掌给她看钱币："不够，还差两毛钱。"不料她竟从口袋中掏出两角纸币递给我："拿去！"这让我大为感动，没有客气地买走了这本书。那年暑假时已读中学的响女，被当家的后娘骂不休，逐走到乡下去了。有天晚间过道内起了喧嚷声，说是响女在乡下病倒，夜间抬回家来了，白天却又没了消息。此后即无下落，也不知她去了何处。

我常在夜间听到高旷檐梁那边的隔壁，有隐隐的啜泣，有时同样易醒的父亲会喟然一叹："响女又挨骂了。"但响女走后，这种隐隐的啜泣，似乎有时还会出现，是错觉吗？确也无从分辨。1967年我家搬到地委大院居住，这才隐约听到有人说，高士路53号门牌内屋，多年前曾吊死过一个冤屈的女人。这间屋子闲置了很久，才被不明就里的我家租住。闻此我却松了口气，因为我已经离开了那里，再也不用仰头听闻那些奇怪的声响了。

箭 道 冬 夜

  岭下住着百十户人家，生活简单却安详。有次看到两个大人打架，一个中年汉子揪住一个后生的头发不放，兀自骂着还用脚去踢，后生挣扎着并不敢认真还击，原来是不孝顺父母被叔老子教训。那时街道会遣人到各家来刮地皮，土箕担走送到乡下做肥料。街面上常有老表吆喝着来收购尿肥，居民还能得些小钱收入。我家还存了个潲水桶，把洗碗涮锅的馊水馊菜装满，就有人担去喂猪。与我家订潲水的是同学疤伢家，大人常来挑潲水，每每带些新鲜瓜菜来。年底杀猪还会送两斤鲜肉，我看到疤伢就很开心，虽然他额头上的大疤在阳光下很醒目，让人觉得奇怪，但我始终没好意思问他疤从何来。

  饮用水就到秀江河里取用，每家都有水缸和水桶。河水碧绿清澈，漾在桶中有如玉液。我喜欢到大码头去挑水，眺望下游不远的浮桥时开时合，也能看到更远些的古桥残墩，听说那里水极深，是不能轻易涉足的险处。河对岸是伟岸矗立的古城墙，长满苇草也遍布弹孔，中间隔着几百米城墙的两个城门，上游那个叫袁山门，俗称大北门，下游那个叫锦春门，俗称小北门，俨然洞开，摆出古老的尊容。北面河岸壁上，悬空着一排排的吊脚楼，有个同学云文就住在里面。我到过他家，简陋凌乱，脚下吱呀作响的木板，缝隙中可见汹涌回旋的水流。前面有个剃发店，夏天扯着一块扇风的布帘，飘摇着充满古趣。这里算是下水关了，坎坷不平的青石板路，街面上有汤面馆、粮店、菜店、食品店，街头还有几副肉砧。早晨这里是临时菜市场，拥挤而热闹。

  云文四年级转学过来，家境贫寒却聪明。地理课段老师提问，他举手作答准确流畅，当场获得出身名门又有学问的段老师由衷赞赏。夜晚到浮桥上玩时，听到他在吊脚楼上吹笛，笛声流过秀江飘溢远方，不久他吹出了漂亮的滑音，流水一样盈满耳目。但他好辩，且认死理，万载婆婆巷中的细伢鄙他贫贱，激烈争辩后发动同学攻击他，不免孤立。他的足球踢得不错，细伢等不让他加入班队，被我仗义执言才如愿登场。那时我已在班上建立权威，同学大都服我，尤其摔跤出众，"间码"（用腿脚绊倒对手）功夫无人能挡，自能服众。有次领着同学在北门岭上打泥巴仗，一块泥巴砸破了学校新建楼的窗户玻璃，我要大家噤声，想隐瞒下来。不料云文私自潜到老师办公室告密，令我等受到责罚。大家对云文的行为皆为愤愤，但又不能与他辩驳公开谴责，只是暗下不耻，众皆远之。事未平息，课后在操场前的树下，同学们围着听我讲故事时，同样喜欢读书的云文又来拆台，"不是这样，不是这样"，大声抗辩。恼怒的我并未言语，新仇旧恨撞出火花，径自一拳捣在他胸肋间。回家后业已忘记，不料门前有人大喊，竟是云文声音。我慌忙趋出，云文指着他肋间，说我击伤了他，贴了块膏药所费两毛，要我赔偿。我怕父亲知晓，赶快翻出积蓄打发了他。

与我相善的同学皆愤愤不平，特别是李伢和唐伢。李伢比我大两三岁，长得敦实朴厚，是班上力气最大者。他老父亲是浮桥守桥人，1949年协助解放军过河入城，赢得街坊称赞。唐伢也是四年级转学过来的，家住城西泉井头，是城郊菜农。不知为何舍近求远，每天过秀江桥远程跋涉到秀江小学上学，经常走得气喘吁吁。有回天气炎热，他理着个精光的头颅进入正午睡的教室，坐在后排的孙剑觑见，笑骂了一句"蒋光头"，于是两人揪在一起混战，最后才被我拉开。唐伢遂视我为知己，常带些红橘白薯给我啃吃，亦如疤伢一样。我主动劝架，实因孙剑是我好友怕他吃亏。孙剑是干部子弟，高个头，山东人，父亲是状元洲那边食品厂的头儿。他说他爸是八路，打过日本鬼子。这使我大为兴奋，从此对孙剑高看一眼，交往密切，他也不吝赠送糖饼，友谊更加深厚。

那时困难时期已过，食品供应日渐丰富，粮油糖布凭票已有保障。不过排队采购却是常事，特别是豆腐甚至豆芽菜，如不赶早，必定空手而返。猪板油更是竞购激烈，动作稍慢就会被采购人群剔出，没有半点情面可讲。那年春节前夕，父亲决定派遣我等兄弟到城南箭道菜场购买猪头，并告诫说要有思想准备，不吃苦是买不到猪头的。我和二哥慨然答应，特别是二哥对头天就要抢先排队更是充满信心。箭道是古时官府练兵习射的场所，不知何时变成了一个硕大的菜市场。晚饭过后，兄弟俩就出发了。冬季天色易黑，走到箭道时我们傻眼了，暗淡的巷道中挤满了排队的嘈杂人群。等到秩序稍定，有人自发组织发票时，我们领到的号已是一百多了。二哥开始焦躁，沉着脸不吭声，将石头压在竹篮里，守住排队的位置，自己就来回梭行。

二哥长我三岁，也比我高三个年级，已是宜春中学的初中生了。他生性耿直，慷慨易怒。人未到歌声已到，在篮球场上尤喜活跃，凶悍勇敢，动作幅度大，人称"癫子"。他食量大，力气也大，去窑场做小工挑砖，能负重百斤以上，我仅能逾其半。他常抱怨腹中食少不能发挥正常，餐后屡言："塞个肚角！塞个肚角！"兄弟间起冲突，向来我必败。有次被逼急，我持械反败为胜，混战中竟误伤旁人，引发轩然大波，自此二哥才不敢轻易挑衅。但"兄弟阋于墙，外御其侮"，如我在外不敌，他必勇猛相助。有次在学校踢足球，彭家巷一个混混前来滋事，其人身高力大，满脸凶猾，无人敢惹，只好收手停球，敢怒不敢言。恰逢二哥路过，闻讯不平上前质问，混混立时恶言相向，两人扭打成一团。最终混混不是对手，被二哥打翻头朝下骑按在操场沙坑中。眼见其人头入沙中，手脚乱趴渐渐无力，我赶紧叫二哥松手怕弄出人命。混混蜷身而起，口鼻呛沙，竟大哭呜咽，丑态毕露。胜利喜悦尚未尽享，混混眨眼又到，引来一群同伙，手持刀械。正欲奔避，只听二哥一声叫唤，一队球友来到，高大威猛，吼声如雷，竟将混混们唬退，赢得胜局，高兴而归。

天色全暗后，昏黄的路灯下巷风割脸。大伙留下代人排队的压石竹篮，纷纷躲到巷内避风处，也难免瑟瑟发抖。气温降到零度以下，夜深后父亲来看我们，问道："吃得消吗？要等到明天呢！"二哥不吭声，我说："不怕，明天就明天。"二哥这时嘟囔着："排到明天也不一定买得到，这么长的队。"父亲脸色严峻起来，看着我："你说呢？"我昂然回道："我排！"二哥一跺脚，竟拔腿就走，没入夜色中。父亲给了我早餐汤面钱，也就走了。半夜临近，大人小孩吵嚷热闹，却也经不起年关前的彻骨严寒，有人喊叫："去找柴草来烧。"众人便行动起来，往就近黝黯的春台公园奔去。山上就是宜春台，有高大的飞檐楼阁，山下却多树木，柴草遍地。不久就有几堆火烧腾，人群活跃起来，笑骂不断。我挤到火边抛掷树枝枯草，却也自得其乐，倦意和寒意渐消。等到曙色抹红天际，围在火堆灰烬边的人们，皆已是灰头土脸，容貌朦胧。几车猪头络绎来到，吆喝声亲切又生硬。队伍渐渐前移，我的心提到嗓子眼上。然而队列只缩短一截，猪头就售罄了。只好继续等待，心悬着又放下，几番过后已近中午，食品站的人终于宣称卖完了，前面还隔着几十号人。我饥寒交迫，失望至极，眼泪几乎淌下，余下的众人不甘，围着食品站的屠夫愤愤不平。此时我亦全身僵紧，冷眼斜睨嘈杂人群，恨不能一个箭步揪下那屠夫压耳棉帽，甩到秀江河中去。僵持间却闻欢呼声鼎沸，有消息灵通者来说下午还有批量猪头来到。于是绝望化作烟尘，喜色溢出菜场。我暗自咬牙，坚持就是胜利。大约在下午三四点钟，太阳已经斜落，我的菜篮中终于满载一个七八斤重的猪头，越过北门和秀江放到了家中餐桌上。

晚饭时，父亲特意端了一碗猪头肉汤递到我手中，对正在忙碌的母亲说："这个家伙，长大了会有点用。"

状 元 洲

1966年的春天起始是祥和的，街面上充满着快乐的气氛。大码头街口肉砧上，还卖过五毛几分钱一斤的猪肉，排着长队弯曲在小街的人群是多么满足与高兴。报纸电台上渐渐浓郁的火药味，对天真的懵懂少年很遥远，12岁的我依然沉浸在快活的常态中。

炎热白壁的夏天一到，我们就会向城外逸去。

从城街的簇拥中脱身而出的秀江，宽阔蜿蜒，从容舒缓，下游盘踞着一个硕大的浮鸭般的沙洲，荒凉原始，沙草间杂，少见高大的树木。唐朝状元卢肇曾居此读书，河风盈盈，冷月悬悬，确实能让人静心遨游，出入书卷。但此时已看不出一丝人文遗迹，只是个俗称状元洲的荒洲而已。

如果说北门岭上是虫的乐土，这里便是水与鱼的世界。

岭上的世界，总能在果树上捉到热天出现的天牛，长长的两根触角，犹如发射天线，不知何用，只觉迟钝好笑。最有趣的是瓜果棚下、菜畦地头多见的金龟子，背负甲壳，颜色不等，嗡嗡翻飞，少顷即憩，不耐劳苦。孩童们把金光闪亮的叫孙悟空，黑肥粗笨的叫猪八戒，褐灰沉凝的叫沙和尚，黄彩隐约、端行呆滞的叫唐僧，拴根"线线"飞起来却是一样，引得心弦跃动，兴味盎然。当然还有青红交错的蜻蜓，绿头长脚的蟋蟀，用蜘蛛黏液伸竿捕捉来的知了，皆让孩童雀跃，兴奋不已。

状元洲却别有一番风味。

从北岸浅滩涉水过去，脚下卵石滑圆，暖而舒适。平缓处往往水草如梳，逆水用脚试去，每能触到潜鱼，伏在草中，伸手可擒。有次竟捉到一条一斤多重的黄颖鱼，俗称黄丫头，捧在手中乐不可支。洲的南面河床激流中，常见猎鱼者伫立，间或撒一把鱼食，再用短竿线钩甩下抽回，迅捷挥动之间，便有一只只白飘飘的鱼儿落到他腰下鱼篓中。洲上近水处多沙鳅，四下挖捉，不免劳烦，于是设法截断水源，烈日暴晒之下，水渐蒸干，沙鳅遂自动爬出，顺手可捉，所获甚丰。但这些仍然是小玩意儿，我喜欢跟着胡师傅去捉鱼。

胡师傅就是响女的父亲，他在搬运公司做事，好像是修理车辆的工人。长得矮而壮实，黑脸上眉浓须密，见人却是笑嘻嘻的很和气，言语不多，显得朴实敦厚。他娶的后妻年轻却戾气重，脸孔虽白净，倒少见笑相，常常责骂前妻遗下的响女，对丈夫也是颐指气使，没个好颜色。胡师傅却能忍耐，见人照样客气，看不出腹中一点苦楚。我提上鱼篓，跟随他走到状元洲南面，那里水流虽湍急，却不见深，多有河石露出水面。我猜想胡师傅一定是摸鱼高手，因为他并不张望，径直涉水到几块交叠的河石边，俯下身去，不一会儿就摸出条鳜鱼扔到篓中，嘱我："小心，鳜鱼刺很厉害。"果然我伸手试去，刺锋锐利。顿时想到前不久被黄丫头刺肿手腕，痛不可当，于是心下一寒，不敢放肆了。胡师傅如有神助，绕着交叠的河石，或移步，或堵截，眨眼间竟捉得五六条鳜鱼，皆鲜活乱蹦，撞得鱼篓啪啪响。我不由对胡师傅心生敬意，只想学得两手。

父亲见我常有捕获回家，不免技痒，周日即嘱我兄弟随他去状元洲一探究竟。父亲少时家境虽富，也为保命添福拜了干爹干娘，却是一户贫农。父亲善饮，自是家有佳酿久尝成习造成，而善水则是干爹家诸兄弟助成。村前棠浦河上下，都是他们捉鱼捞虾的好去处，久之成为熟手，自然技高一筹。到了状元洲，父亲四下一看，立即判断说："不捉鱼了，那边河岸下，草肥泥深，一定有鳝鱼可抓。"遂领着我等到下游荒芜的河边，在沙草泥淤的岸坎下，放开了手脚。少顷就见父亲拎出一条尺把长的黄鳝，蜷曲滚动，貌如长蛇，实是惧人。我和二哥虽是生手，也伏到岸坎下，伸手到沙泥洞内乱摸一气，却是一无所获。焦急之余，我寻到一块有点森然的泥坎下，鼓起勇气长手伸到泥洞内掏摸，未料右手中指竟被狠狠咬了一口。我霎时蹿起惊叫："蛇咬我了！蛇咬我了！"中指指甲下痕迹可见，血丝渗出。父亲却不慌，仔细察看后说："不是蛇，是母黄鳝咬的。你看，齿印是平的。摘几片苦瓜叶子擦擦就好了。"我半信半疑，忧惧交加，待到父亲从那泥洞内拎出一条大黄鳝，我才完全放下心来。

后来伙伴们也往状元洲下游方向玩去，更见水深泥厚。那边北岸村落叫官园，原是卢状元居处，他做官后在这里筑屋造园，故有此称。一次趟着齐胸的河水跋涉，感到脚底淤泥中有活物溜动，弯腰入水伸手抓住拎出水面，却是一条扭曲挣扎的泥蛇，红黑相间，状甚狰狞，吓得我弃下拔足便逃，伙伴们也惊叫四散，倒真是触到了蛇，事后犹心有余悸。不过阅历既多，胆量也渐大。有日，上游山洪暴发，河面陡升变宽，汹涌澎湃，状元洲犹如浮鸭远游，我们只能远望兴叹。归途看到一块黑物沿河而下，眼尖的二哥喊道："大鱼！大鱼！"正好旁有渔人路过，扛着长竿捞网，并无反应，我即借来向河中伸去，却差了一点，急切中未加思忖，直奔入水。近处水流虽缓，咫尺却是激流翻腾。犯险踩水过去，伸手一捞竟然中的，复踩水上岸，视之竟是一条产籽的大鲶鱼，约有数斤，路人皆过来围叹。偶尔犯险或我天性，但更可能是莽撞，回家父母责我"要鱼不要命"，我的兴奋才变成后怕。后来屡在梦中见到滚滚浑黄大水，或者就是此时刻入记忆，当然不知是昭示还是警告。

与官园结下一段因缘，也正是这个时候。此时适逢盛夏"双抢"时节，农事紧张。生产队老表见我们闲逛肯晒太阳，立邀我等下田助农。伙伴们皆兴趣盎然，欣然从命，有禾场晒稻草的，也有挥镰割稻的。初难适应，我动手就割破了左手小指，血流如注，疼痛不已。烈日下不到一个时辰，众玩伴逃得只剩下四人，有老表嗤笑不已："算了，你们都回吧，我少吃口烟的工夫就够了。"我却不气馁，忍痛包扎后，鼓励余下伙伴坚持，以证明我们不是"一口烟"的水平。主事老表却也开明，嘱我等都去踩禾兜，并不嫌弃，反倒关照。踩踏事倒简单，只需将割剩的稻田禾兜逐个踏入泥水中，就算功成。只是时有蚂蟥附脚叮咬，令人心悸。老表亦要我等莫慌，用禾把擦掉即可。虽有血迹碍眼，却也了无疼痛，转眼便遗忘。使人快乐无比的是丰盛的午餐，蔬菜满满，间有辣椒炒蛋，加上红烧肉一大碗，任人取吃，大快口腹。我那时正读长篇小说《垦荒曲》，黄泛区的垦荒青年夜间用餐，一盆红烧肉瞬间夹吃一空，黑暗中有蛤蟆跳入盆中，竟被一急性粗莽者夹住送入口中咽下，传为笑谈。思之我不禁莞尔，不免盯视碗中红烧肉块，生怕是蛤蟆转世，却也向往自己能成为青年垦荒者，好在荒凉滩涂一显身手。

午餐后躲过烈日，我们又继续踏踩。在田间戴着从生产队借用的草帽，我大讲《水浒传》劫取生辰纲的故事，"烈日炎炎似火烧，田中禾苗半枯焦。农夫心中如汤煮，公子王孙把扇摇"的诗句让我们体会到人间的艰辛与不平，因而鄙视高高在上的达官贵人，印证刚刚悟到的浅显道理，当然也是一种别样的乐趣。下午劳作时短，老表飨以凉甜西瓜后，即要我们趁早回家，走时还每人送了一个甜瓜，令人心暖。这样差不多有一个星期，家中亦很高兴，特别是父亲，说我做对了，吃得苦才成得事。最后那天离开官园时，善意热情的老表给我们每人送了一只花色小乌龟，煞是可爱。可惜路上玩耍时，我的那只掉下河岸草丛中，瞬间不见，令我回家后仍然怏怏，至今未能忘记。

恐 慌 中 的 阅 读

痴迷于阅读，我几乎如被饥饿驱使。

风暴初起时，有先见之明的父亲令我卖掉家中那些书，我是很不情愿的。于是每次都偷偷留下几本，然后拎着一只竹篮子，上面遮着东西，躲躲闪闪走过嘈杂的浮桥，直到安全进入下街的废品收购站。

留下的当然是我喜欢的书，也有一本足有二三寸厚的《汉语词典》，置之左右数十年，直到新世纪才放弃。我私下找来一只厚厚的纸壳箱子，藏书其中，塞到后院新建卧室的木板床下。后来这只纸箱还随家辗转到奉新山区，竟也安然无恙。敏锐的父亲不可能不知道，显然他包容了我。

恐慌下的阅读，就变得有些畸形了。我那时已经开始翻读毛泽东著作了，第一卷第一篇的文字至今历历在目："谁是我们的敌人？谁是我们的朋友？这个问题是革命的首要问题。中国过去一切革命斗争成效甚少，其基本原因就是因为不能团结真正的朋友，以攻击真正的敌人。"真是振聋发聩，刻骨铭心，回味无穷。这种阅读自然没有心理负担，可以大张旗鼓公之于众，甚至得到赞赏。当然更多的是机关大院和街头上的大字报阅读，墨汁淋漓，秘闻甚多，且文字锋利，论辩性强，很有吸引力。还有各类传单，都是蜡纸刻印，手写字体，用手动油印机印出来的。虽然内容大同小异，文风千篇一律，但对我这个有文字癖的少年来说，到手的纸片文字都要细加"端详"，那些整篇的文章，更让我兴味十足，随口吟诵，别有趣味。另外父亲隔三岔五地会带些单位上的报纸回来，我最喜欢看的是《参考消息》。这犹如一个洞开的窗口，让我隐约窥见了外部世界的别样容貌，新鲜、刺激，令人向往。酷爱历史和地理的我，经常趴在桌上看世界地图，寻找和记熟那些陌生新奇的国家和城市。同时尽力翻找地理资料，满足对那些民族和国家追根刨底的好奇心。有趣的是，家中一度还订过《中国体育报》，得知不少体育资讯。亚洲女子跳远冠军肖洁萍，能跳到六七米远，竟然是宜春中学的学生，就是那时知道的。此外，大名鼎鼎的庄则栋、容国团的名字也是耳熟能详。父亲是个体育爱好者，读书时在高安师范跑过五千米第一名，年轻时还是二级篮球运动员，证书至今犹在。到宜春后，他似乎停止了一切个人爱好，体育报的出现也只是昙花一现。

当然很多书是要躲着阅读的，出身的阴影让我变得更加小心。那些文学名著，特别是线装本，是不能见阳光的。暗淡的光线下，我的近视似乎更严重了。更麻烦的是，几乎找不到可读的书。学校停课的结果是，大量闲暇的时间和无书可读、空空落落的校园。一天晚上，我听到学校的图书室被砸开了，很多图书被丢弃在外面。我到晚了，只捡到几本国内小说，记得有《我们播种爱情》这本。我悔之不已，只好去向那些只爱插图本的同学讨借。没过两天，听说谢老师家文学书很多，也是在弃物中觅得的。于是我去向谢老师家那两位上高中的女儿讨借，开初我颇有收获，连连得手。但两位"高才生"却也刁蛮，见机提出让我代劳担水以作交换。学校后院远离秀江河，饮用水要到校内井台上汲取。这对我当然不是难事，担着两个水桶，摇晃着一天来几趟，就能换得一本好书，不亦悦乎？不公平的是，她们这些书，也无非都是顺手淘来，不费吹灰之力，却得到担水辛劳回报，真是"仗书欺人"，我心下颇为不服，却也无可奈何。《垦荒曲》上下两本，《幽灵岛上的故事》，还有屠格涅夫、西蒙诺夫等俄苏作家的长篇小说，就是那时得到的。让我欣喜万分的是，这些书她们多半看过，留之无益，借去即是拿走，明言嘱我不要还了，实乃幸运之至。

沉溺阅读的我，仍然是那些没有边际地玩耍的热心参与者。我们在地委大院漫长曲折的高墙上快步奔走，以失足摔下为耻，也钻到已经停止铺设的地下涵管中，向黑暗的深处去做无谓的冒险。后又到野外捕捉野犬，棍棒石块围追之，迫入死地俘获之。有一次竟擒得一只黑狗，拖到一位玩伴家的厨房外，准备杀毙烧毛取肉大锅煮吃。不料持砖砸向狗头的徐同学，竟失手被黑狗张嘴咬住手掌，死死不放。他大痛，张口哭叫，黑狗疯狂奔跳，凶悍无比。现场一片混乱，溃局不可收拾，黑狗竟得脱身蹿走。这样的荒唐事时有发生，玩伴们皆乐在其中，远比上课读书痛快。我常不解，为何放纵地玩耍有如此的吸引力，总是让懵然醒觉的心灵陷入混沌。莫非沉溺阅读也是快乐的玩耍，要不怎么可能拿住顽劣少年的心？我隐隐感到，静读时的理性与激荡情感，使得低下的放纵卑俗可笑，可是我仍然乐于此道，无意脱身。这似乎让我变成了两个人，互相既熟悉又陌生，总是暗暗打量着对方。此时，父亲的讲述又深深吸引了我。

好酒的父亲依然如故，沉默少言，周旋于单位两派之间，竟无一张大字报攻击他。担心随时被揪出来的恐惧虽然总是盘踞在父亲心里迟迟不去，却始终没有变成现实。父亲紧绷的心弦渐渐松弛下来，他在酒后喜与我言，讲家族掌故甚多，有时也说他下乡时的见闻。记得他说某公社夜晚放电影，人群混杂，竟有歹人混入公社广播站，将值守的女播音员奸后杀死，一把火烧毁广播室。其时外面播放电影正酣，竟无人发现，直到大楼火起才惊觉，此事遂成悬案，至今未破云云。这让我感到社会的危险可怖，深浅莫测。父亲对我的阅读很感兴趣，知道我读《毛泽东选集》后，有次向我提了一个问题："中国革命在农村要解决的基本问题是什么？"我脱口而出："是土地问题。"父亲大为赞叹，说我读懂了。文学作品读多了，我也会随手作点打油诗，拿给酒后颇有雅兴的父亲看。比如写我兄弟的：大哥刘鲁清，力气大如牛，扛石无人比，下田懒人羞……二哥叫刘冷，吃苦不怕累，常喊吃不饱，吵得父母愁……当然也有"时尚"的：红旗飘飘军号响，咱们一起上井冈，打起背包扛起枪，刀山火海也敢上。父亲笑说："这哪是诗？你要读唐诗宋词啊！"

五、梧桐大院

秀江北岸隔着上水关路，就是时称宜春专区的行政中心地委大院。

长墙围绕，依山展开，有高大梧桐树掩映下的林荫路，也有碧波荡漾的柳下池塘。特别是梧桐树，春夏繁茂，秋冬疏落，绿密与黄凋交错，把个大院装扮得道路长长，深处隐隐，竟成了一个静境，脱俗得有点骄色凌人。大院中心位置是一栋四层办公大楼，苏俄式建筑，硕大厚重，犹如巨型堡垒。周围点缀着灰砖楼房，有序排列，多为干部家居。西北一隅尚有一小院，里面皆是别墅式的单栋小洋楼，则为高干居所。小院后的山丘上，还有一个附属农场，却是简陋清冷，人烟稀疏。

1967年的夏秋之际，我家入住地委大院二十栋楼上。宽大的玻璃窗户，平光暖适的地板，站在敞开的阳台上，可以居高临下俯瞰来往行人。这种感觉前所未有，久居潮湿阴暗的小街居民住宅，睁眼有梦幻之感。更让我新鲜的是大院子弟基本说普通话，特别是北方来的南下干部子女，一色字正腔圆，衣饰整洁，令说着一口土著方言，着装简拙的地方孩子相形见绌且土气十足。与小街居民孩子不同的是，大院子弟的文化素养明显要高出一头。他们更有口才，见多识广，能言者滔滔不绝，犹如演讲。还有喜爱钻研的，能够修理甚至组装国产收音机，成为小技术迷。我那时连收音机都没看过，闻之讶然。更让我羡慕的，是他们得体优雅的气质，显得更有教养。

更新鲜也更刺激的是，我跟随冲劲十足的大院孩子，到林草茂盛怪石嶙峋的化石岩去冒险。我们在崎岖山路上走到化石岩临河终端，底下是迂曲而来的秀江，淤成一个深潭，平静深险。为了显示无畏，热烈讨论间，有人带头往下跃去，空咚一声，入水无迹，久之才浮出脑壳。我不能示怯，望着数丈下的深潭，倒吸了一口气蹿了下去，那感觉犹如腾云，入水河底巨石扑面而来，危险惊悚。攀岩上去时，已是全身战抖，手脚乏力，吓得要命，但终于登顶哗笑，各自吹嘘。秋天，我们搭伴去郊外坪田山里砍柴，还有一位满口东北话的半大姑娘随行，增加不少笑语。天未亮就起床，走向十多里外沿途狗吠不断的山乡。钻进山林，遇见杂树挥刀斫砍，很快捆得两把，已是中午。肚饥嚼吃携带饭菜，渴饮山中清澈溪水，满头汗珠，却也酣畅。只是回程负重，艰难跋涉，吃尽苦头，肩头疼肿，脚下疲软，咬牙忍耐或歇脚，才在傍晚时分进了大院。也有怕苦减负丢了一路柴火的同伴，他们只能算是到乡下游玩了一次，几乎一无所获。

居家的二十栋楼房亦非净土。住在西头隔壁的王家是东北人，一大家子却很低调和蔼，特别是爷爷奶奶，很慈祥的样子，好听的嗓音有如电影对白。但隔壁东头的高家小两口，却常瞋目不善。厨房、卫生间本是共用，柴火煤炭也是各自堆放，并不相扰。但终于有一日起了纠纷，高家说少了煤炭，接着放出口风说是王家爷爷做了手脚。王家自是含愤，爷爷气得撅着一大把胡子，与我父母诉说，却也"捉奸要双，捉贼要赃"，因无证据渐渐平息。不料高家记恨，次年王爷爷被人告发说是伪满洲国的地主，于是楼道顿起扰攘，高家男人领着愤愤群众，把王爷爷揪到外面斗争，弄得王家颜面扫地，狼狈不堪。不久，王家爷爷奶奶就被扫地出门，回了东北。那位与我们同行去坪田山里砍过柴、满口东北话的长孙女，也一同走了，二楼渐渐平静。王家次女小荔与我同龄，容貌姣好，天性活泼，曾邀我去她家玩，下下军棋翻翻书什么的，爷爷奶奶携幼孙忙乎，总是笑眯眯的很亲切。往此一事后，小荔沉默下来，不喜言语了。

二哥此时正好初中毕业，响应号召上山下乡做知青，听说约好结义兄弟扎根到宜春丰顶山公社，那地方并不遥远，只是非常贫瘠。我对他们的结义并不关心，一时好玩而已，上不了神圣革命的档次。那时社会风暴迭起，人心大变。喜欢抱团结群，不吝好勇斗狠。更多见，夫妻反目，六亲冷漠，人情如纸。或者是热烈容易引发冲动，或者是坚决必然滑向极端，故暴蛮风气盛行，少年学生更是如此。那样的情境下，书无可读，理无所讲，简单的口号灌满脑袋，空洞的说辞变成教条，又能真正想多少事？暴蛮少年自然脱颖而出，畸形风气渐渐形成。本以为结义兄弟此去必有一番作为，不料一周后的晚上，二哥竟然铩羽而归。大包小包往地板上一扔，说那个地方住不得了，一世都不会再去。父亲长叹一声，知他率性且盲动，只好暂时放下。我隐隐感到，结义兄弟与革命战友之间，有着多么大的差距。

到了1968年10月，新潮又起，是为到广阔天地大有作为，干部大批下放。父亲即被首选，不日就说要下到遥远的奉新山区，同单位有四个干部愿意同行。我在宜春中学的短暂学习生活也画上句号，全家坐在一辆卡车上出发了。只记得王家阿姨抱着幼儿下楼送行，两眼盈泪，哽咽失声。在二十栋，唯王家与我家最厚，故不舍也。

我们就这样离开了动变中的城市，那日清早阳光充足，把梧桐大院照得明晃晃的，落叶缤纷，旧景依然。

六、九岭山上

客家人

当一阵锣鼓声止住颠簸一天的卡车，昏沉中我恍然惊觉，目的地到了。一位大个子老表领着众人挥臂高呼："欢迎下放干部，热烈欢迎！"

豁然出现一座大山压在面前，隔着蜿蜒的河流和连片田野，横亘在西斜的夕阳下，峦顶飘白，气势森严，伸手可触却又遥不可及。哦，奉新县澡溪公社界牌村，这就是了。只见对面山际屋舍点缀，脚下公路尽处，亦露出树木屋脊，傍山临水，照映在凉风阳光下。

从未听过的陌生方言蜂拥而至，他们笑脸可掬，又藏着惊奇的打量。当我那只宝贝纸壳书箱被抬进大门时，我看到了他们诧异的低语，却未听懂。这是一栋左右连通两个厅堂的独立大屋，旁边依附着厨房、农具房、猪舍、茅房和宽敞的院落，后接山林丘田，长长的对半剖开的毛竹，砍掉竹节，沿山越田，头尾衔接引水到屋后土坎下，积为小池，以作饮水浇灌之用。入眼皆是石阶土墙，透出乡风土朴。这里叫湾子里，主人不知何去，此时已作生产队队部，我家和另两个单身下放干部就安住这里。

晚上我久久不能入睡，兴奋与新奇挤满大脑。后院一片静寂，隐约听到隔壁厨下有沉重的呻吟声。少顷闻讯而至的父亲端着油灯察看，由简短的对话才知是一个捆绑悬吊在此的地主分子。不知找了谁，还是父亲自己决定，只听到解绳松绑的动静，呻吟声旋即消失，大门"咿呀"，人被放了。但此后，沉重而又苦痛的呻吟，却一直嵌入我的睡梦中。

鸟鸣声声脆远，早晨的阳光披满后山，映衬得对面大山更加巍峨气派，令人心悸。我跑到对过公路下的小河边，只见河石杂错，水流晶莹透亮，捧一把在掌中爱不释手。路侧一篷蛾眉豆，青绿茂盛，玲珑满眼。路人说这是野生的无主篷豆，山里人也不爱吃，闻此我摘了一大把。早餐又是令人惊喜的红米饭，香软细长，红丝盈碗，不用佐菜就能吞吃殆尽。厅堂壁上的喇叭很响，是公社广播站连线，多是转播节目，似乎是接触外部世界的唯一通道。我喜欢听广播中的歌声，在寂寞的山乡尤其渴望。

大山叫龙须崖，海拔在千米以上，山顶飘白是十月成雪。山下住着百十户人家，大多是廖姓，都是从粤赣边迁来的客家人，有几百年了。他们说两种方言，内部说客家话，对外交流讲土籍方言奉新话。这里风光迷人，深深的河湾、水车缓转的碓房、层叠的梯田、黛绿的山林、凌空的雄鹰、清甜的山风，无不透着醉人的气息。客家人喜放歌，山际或旷野上常有呕哑顿挫的歌声。妇女都是大脚，看不到丘陵平原地区随处可见的小脚女人。但久锁山中，风气自然封闭，我曾遇见一个留着清朝辫子的耄耋老人，脑后拖着苍白的发辫缓缓行走，一如隔世古人，真正被惊呆。因为贫穷，也有兄弟共妻尴尬成家的怪事，只是表面一味遮掩，给外界留了个兄嫂名分而已。客家人的历史更是充满苦难和动变，这里曾是红色苏维埃运动的影响区域。抗战时这里也是战场，战场此际满山毛栗树，秋天去采摘毛栗，脚下常能在茅草枯木中踢出骷髅遗骨。父亲曾站在湾子里大门口，指着河对岸龙须崖山底那条崎岖悠长的石板古道告诉我，抗战时他在九岭山北面的武宁师范读书，曾在这里走过。每次开学从东刘出发，祖母王氏就要担心流泪，兵荒马乱只有求菩萨保佑。父亲和几个同伴背着行李，步行百里走过此处。有一次在山顶客栈过夜，半夜来了土匪抢劫。他听见客栈老板回话匪众："几个读书的学生伢子，你们要抢吗？"土匪竟然连声称罢，说不抢读书人，一声吆喝遁去。心惊胆战的父亲说起此事犹赞叹旧时土匪的"仁义"。我也才知道，父亲选择下放这里，除了远避漩涡，也还有这样的缘由。

落户湾子里，热心的村民纷至我家登门送菜，生活也颇见起色。除了正常供应商品粮外，生产队常有红薯、黄豆、稻谷分发，猪肉、豆腐还可到数里外的澡溪街上去购吃。我很期盼每晚开会评工分的热闹，家境活泛的村民，会带来一些小吃，有经得起咀嚼的咸笋干，也有软韧的南瓜干，还有沙子混炒出锅的松脆黄豆，甚至可能尝到珍贵的花生。抓一把在手中，香味盈口，美味会冲散会场的燥乱。只是厨下的硕大柴灶和深阔大锅，煮饭炒菜，显得大材小用。于是家中筹谋养猪，砍来青竹动手做猪栏，可是母亲生性惧烦，最后放弃转为养一笼鸡了事。

我已转读公社中学，却很醉心乡村生活，去河边碓房把分发的稻谷脱壳舂白，久看激流驱动水车扬起粗重木杵，缓慢砸向盛满糙米的臼坑，竟好奇心大发，想用蛮力按住上扬的木杵，结果连人翘起，差点出事。少年顽劣的尾声不久终于收场，是因为隔屋的下放干部陈叔叔那天留城的妻子来看望他，陈叔叔高兴地放歌《红灯记》，引起村中顽少庆发注意。次日一早即来当众调笑："陈伯子啊，你昨晚开弓了啊！"弄得陈叔叔满脸涨红，尴尬不堪。无赖行径，激起我的恨意，遂在庆发喧笑摇摆而去之时，远远一弹弓石子命中了他掀起衣服敞露的后背。知情后的父亲收缴扯毁了肇事弹弓，严厉训斥了我，从此我收手，痛自反省，也渐懂事了。

次年，也就是1969年，九岭山大雪，气温降至零下十度。下放干部们聚到湾子里观雪，皆兴奋异常，说要冒雪上山去捕捉麂子，一饱口腹，但麂子敏捷，且前脚短后脚长，上山快下山慢，要设法往下赶才有胜算。我听得有趣却不甚关心，那时珍宝岛战斗爆发，我每天站到喇叭下听消息，遥想前方战事，遐想联翩。这时父亲是大队革委会副主任，常有《参考消息》等报纸带回来，我自然如饥似渴，一读为快。闲时就到队里的杂物堆中去搜寻，竟觅得几本书，有《唐宋名家词选》，还有郭小川的《月下集》。读着诗人笔下的名句，又跑到门前石阶上看那高天冷月，远山黑影，听着山风如涛，鸟鸣似吟，不禁胸中如鲠，却又不知说什么是好。陌生山野和诗人浪漫，引发出从未有过的神秘冲动，或者是少年的幻想变成激情，突然尝到不可遏止的感动。是要彻底抛弃顽拙习性，还是滋长出了新的追求，无从知晓。只是晚上坐到昏暗的油灯下，我会铺开笔记本，胡乱写些文字，也不知想要表达什么。融雪时，我上山为已匮乏的厨下砍柴，草鞋在雪泥中断襻滑脱，索性赤脚担柴下山。寒冷彻骨，双脚渐渐僵木，我却不惧，放脚踩去，一路有村民见之诧异，遂加赞叹。此际我有一种满足感，似乎得到了大千世界的回应。

高高的九岭山上，白雪骄阳，空旷邈远，我的内心生发出前所未有的新鲜感。

龟 蛇 世 界

春天，后山竹鸡啼叫婉转悦耳，农家与土地同时苏醒。

父亲领着二哥和我，在门侧菜园破土下种，豆角、茄子、辣椒，尤其是南瓜，坑深肥多，期望结子累累。父亲娴熟农事，还要我兄弟到后山荒土上植种番薯，薄地亦可产出。

我时时张望原始、古朴的山野，感到陌生又亲切。山峰上常见群飞的乌鸦，蓬蓬然一片。干净的蓝天，缓飞着凌视万物的老鹰。远处有老婆婆呵赶鸡群的叫声，这是为了防范劈空而下直扑小鸡的鸢鹰。夜间厨下鸡笼常起惊扰，屡要起来发声驱赶，只是难见黄鼠狼的踪迹。大自然的"坚牙利爪"，不知隐匿何处，却时时发作。

更惊异的是一次大雨后，不宽的沙垫公路上，竟出现很多蛇类蜿蜒过路。稍许太阳热射，门口澡溪河中的块块褐石上，渐渐有龟鱼出现，踞伏伸颈，状如舒闷。有次上山砍柴，在岔道口遇见一只孤狼，我兄弟俩握着柴刀慢步逼近，它竟伫立不动。对峙良久，闻人声而至，方见遁走。后来才知道，千万不要轻易去惹狼。灾荒时期的1960年，大量狼群过境，家家户户都关门闭户，不敢外出，保得猪牛栏无事就万幸了。我还知道山中早先多有虎豹。界牌村中一位敦实的壮汉，曾在山边被一只豹子猝然扑倒，好在旁边是冷浆田，壮汉拼死搏斗，终将体型不大的豹子闷死在没脚过膝的泥浆中，逃得性命。龙须崖山北有位猎人，携犬入山打猎，走到一个茅草茂密的险处，被一只呼啸而起的老虎扑倒。猎人拼命顶住虎颔，渐渐气力不支。此时猎犬吠叫奔走，终于蹿到老虎身后，一口咬住了老虎死死不放。老虎痛极，扬起钢鞭似的尾巴竟将猎犬击飞。犬死虎奔，猎人得脱。

老虎在数里外倒毙，猎犬犹咬物在口，救主殒命。闻此我亦心动，也去养了一只小狗放在厨下，盼它长大随行护身。不过听说也有祥兽，亦是在龙须崖西北山下。清朝时刘氏在此建村，不久有一只麂子闯入，村人捉住放生，在它角上系了一条红布。一次大雨倾盆，系有红布的麂子出现，庄屋内的人都出来观看。此时山体滑坡，冲没屋子，众人得救，皆说是麂子报恩，刘氏遂将村名改叫恩报山村。

山区潮湿，接触最多的还是蛇类。那天启德在后院大叫来人，原来一条长蛇钻入坎洞吞吃青蛙，被他用木板卡住，大半截身子竟缠绕到他手臂，我遂帮他把长蛇擒住。启德姓杨，是我家熟邻。后院紧临水田山林，常有蛇类出没。有次夜色初启，又有长蛇潜入扰动鸡笼。眼明手快的父亲持火铲追到陡坎上水田中，击杀长蛇拎到池边，那是一条一米多长的松花蛇。父亲遂教我取出蛇胆吞了。说蛇胆最是养眼好物，难得觅到。公社兴修鲁源水库时，父亲常有往返。有次途经一隐秘水潭，被一条蜷盘于此的大蛇攻击，缠追不放。父亲被逼急，遂寻棍反击，身手敏捷的他竟在乱草坡上将大蛇击毙。当地老表惊讶，说此蛇有灵异，从无人敢触动，遂将大蛇礼葬。母亲每与我提起此事，笃信父亲早逝必是灭蛇报应，常念念不忘，唏嘘不已。

这时我认识了两位朋友，令我至今不能忘记。

一位是晚仔，矮小身板，头颅硕大，脸白而眼神闪烁，笑起来带些诡谲。他家中宽裕，常有小吃馋我，可惜其兄智力缺陷，只能固守在半人高的木桶内，见人只是哇哇乱叫，脸色惨白如纸，有点瘆人。晚仔初中毕业，有文化，自然谈得来。他知道孙中山与三民主义，也知道抗日战争。有次我们玩耍走到一块巨石旁，他指着山下蜿蜒而至的马路说，那时日军过境，村民吓得全部钻了山。有个过路的外地棉花客，躲在这块石头后，一探头竟被山下鬼子一枪射杀，尸体瘫在石头上有几天，吓死人了。他说山里以前有土匪，抢到山上五斗里他大伯家，绑上人用石板压住，也只掠得一点衣物跟几个铜钱而去，真是穷煞的大伯苦煞的土匪。他教我说客家话，陌生而亲切，那可是古代的汉族官话。也教我哼几句山歌，咿咿呀呀，却押韵上口，真是新鲜。

我们的亲密，却被一次山中历险断送。

晚仔约我去砍柴，说只要带把柴刀。随他攀上五斗里，绕过小屋场便直奔后山而去。在一处僻静的坳口上，他指着路下深狭的坳底说，等下把柴扔下去，绕个弯就出山了。他要我把柴刀藏在杂树后，领我蹿进一条小路，弯曲行进到一块料场上，那里堆满了从山间滑道上抛下来的一筒筒松木。他说，这就是我们今天要运回去的柴火。我不禁疑惑："这该不会是别人砍的柴火吧！"晚仔并不解释，眨眨眼笑说："快点！"给我感觉是这些柴火就是他的。随着晚仔丢下五六根木头到坳底，正在小路急急行走时，我的担心被远处的声音证实："这是哪个把松木扛到路上来了？"闻声我放下肩头的一根松木，迅即返身对后行的晚仔说："有人来了！"晚仔瞬间眼睛惊瞪，脸色僵硬，低声说："快走！"此时人声正往小路传来，我们仓皇钻进树林，远远脱离了料场。平静良久后，晚仔不甘心，又领着我往坳口下钻去，试图探探虚实。不料刚绕到坳底，只听坳上一声暴喝："哒！原来是你们两个贼崽子，站住！"往上遥遥觑去，站着个威猛高大的汉子，怒气冲冲吼骂着。我们不禁肝胆俱裂，吓得狼奔豕突，越山而去。久之，我与晚仔跑散，独自坐在一处险峻的山崖上喘气，惊悸始缓缓退去，不久山崖下方的密林深处又传来人声，刚才那个威猛的声音再次响起，又有一个老婆婆回道："是晚仔和一个下放干部的耐子（儿子）呢！"

下午晚仔又来找我，我颇有不满。"你还要刀吗？"晚仔又恢复鬼祟模样笑问。我只好万般担心地又跟他往山上走，却是去与他做伴挑担散柴下山，到他家后他拿出了我的柴刀，我自知又被骗了一次。从此我再没有与他搭伙砍柴，那声暴喝让我有醍醐灌顶的感觉，好几天内心都是悬悬的。

另一位是大发，他长我六岁，已是个强壮青年了。我第一次见他时，他正抓着一只硕大的乌鸦从山上下来。我试抓了一下扑腾着有力翅膀的黑鸦，知道是他下套套住的，不禁佩服。晚间他送菜来，父亲邀他喝了烈酒，我们便熟悉了。大发从小过继给鳏居的姑父做儿子，早婚养了一堆儿女。姑父每天踽踽独行，是监督对象。收割打谷时，曾见他眼中溅入一粒谷子，眼泪长流甚为痛苦，还是我母亲没有顾忌帮他吹出。因为贫穷，大发极勤快，每天凌晨鸡鸣上山，穿行一二十里，择要处设下陷阱并取回套住的野物，除了常见的野鸡和兔子外，运气好时也能取回麂子。我喜欢跟他上山砍柴。他懂草药，识兽迹，告诉我山中许多禁忌，以及如何避邪趋吉。他告诉我要学会打呼声，一声呼喝，招呼四方，可吓走鬼物驱去邪气。遇见狼不要跑，踩到蛇蚁窝更不能跑，万亿只蛇蚁会把你叮死，跳到水里去是最好的脱身办法。马蜂窝更动不得，但它怕火。蛇不能动，基本无害，不管什么蛇。我们砍一些大的树木时，他说千万不要砍古树大树，说不好就有"树妖"害人，老树也会"成精"。如果一定要砍，须烧香念咒：天煞归天，地煞归地，凶神恶煞，各归原位。如此祷告送煞，才可保无事。他这些话我只是听来有趣，哪里会相信。一次我执刀前冲，走到一蓬茂密的灌木下，大发在后猛喊，我刚回首，一只大蛇已从灌木中窜出，眼拙的我不退反进扑向灌木。不知是被我盲目的勇敢惊倒，还是被大发的呐喊吓退，巨蛇转身扫倒草木一片，气势汹汹而去。我吓出一身冷汗，此后遂不敢乱闯了。

夏天的夜晚，我跟着大发踩着松软的田埂，点着火把照田里的泥鳅，用密布锐针的叉子把鳅鱼扎上来。冬天的闲日，又跟着他跑遍山里的大小溪沟，用尖长的锐锥把深藏的龟鱼从洞里扎出来擒住。他知道我好吞吃生蛇胆保养眼睛，经常会拎着捉获的长蛇到我家来，令我感动。他身手敏捷到不可思议，有次在密林中砍柴，他一声断喝，竟踩住了一只从洞穴中惊逃的花狐，拎着到公社收购站。那个收购员说只值两元钱，争辩无果的大发生气地把花狐重重摔到地上道："不卖了！"花狐瘫在地上一动不动，似已毙命。我好奇蹲下观看，久之，花狐偷偷睁眼暗觑，一触我的视线随即闭上，这令我心头一颤，却喊道："狐狸没死！"大发又是一摔，竟拎着回去了。我不知后续如何，却感到隐隐的不安，甚至觉得大发的贫穷与他下套杀生有因果关系。因为我始终不能忘记那只花狐的眼睛，竟与人类无异，浅浅的负罪感让我愚昧初开。

当然这没有影响我与大发成为好友，随家返城前，我和大发去送茶籽榨油，吃了用新鲜茶油浇煮的米饭，那香味永恒。他知道我返回时砍的柴是要运到城里去烧的，竟叹说："柴啊柴，我还不如你，街上都没去过。"后来他来宜春看我，我带他去看火车，说侧耳卧听铁轨的颤动，可知远处有无火车驶来。他新奇万分，趴到铁轨上久久不起，直到火车轰鸣而至。我在小餐馆点了碗热气腾腾的宜春米面，他吃着吃着竟然泪流满面。三十多年后我重游旧地，他做我的向导，已过花甲之年的他，依然矫健如昔。我看他家中依旧贫寒，于是送了一个红包给他，他惊喜不已，说从来没拿过这么多钱。那也只是一千元，令我怅然良久。

春天到了，门口的澡溪河猛然变宽变大，捉鱼摸虾成为常事。那河里蛇鱼出没，虾蟹也多，沿河边随便用簸箕一捞，便是满满蹦跳的鱼虾。吃不了，晒成干货，能吃到越冬。我望着瀑布飘白的龙须崖，那么多的鱼虾，该是从那里瓢泼而下的吧。不久，公社就在门口上游拦坝建电站，电线拉到湾子里，终于有一天电机鸣响，点惯油灯的房间，竟亮如白昼。大水弥漫的澡溪河，为我也为大发带来了未知世界的光明，我不知道，这龟蛇世界还会发生些什么事情？

畸 形 之 学

我转学到澡溪公社中学，继续读初中。

浓郁的秋色渐褪，寒冷的冬季脚步已逼近。陌生的学校有一个稀疏树木掩映的操场，紧靠操场的是一排平房教室。下了操场便是食堂和宿舍，临着巨石嶙峋的澡溪河。站在通往公社大院的桥上眺望，学校只是一堆不起眼的房屋，可是里面"藏"着几百个青春生命，这是我读了两年多书的地方吗？

入校便是劈头一棒：填表，重点是家庭出身。所有的耻辱和恐慌瞬间全部复活，我噙着泪水填写有"地主"字样的表格。顿时感觉所有同学的眼光都变得异样，即便他们笑着，那也只是嘲讽的神情。很快，对城里人的好奇，让很多乡下同学与我亲热起来，他们说着肆无忌惮的粗俗笑话，眼睛瞟向衣着鲜艳、气质别样的城里女孩。与我一样，学校进入了一批南昌、宜春的下放干部子女，自然引起寂静山区学校的骚动。

那个年代，学校自然没有像样的教学，后面编发的工业基础一类的课本，也是徒有形式。当时读书无用论风靡一时，偏远的山区亦然。学生知识程度低劣，老师也疏于业务。有次语文课，讲课老师一时写不出岔路口的"岔"字，我憋不住说"上分下山"，令老师愕然。我疑他非为不知，实在是生疏已久。百战不殆的"殆"字也读不出，显然是临时选上凑数的。同学多以嬉笑打闹为事，课堂犹如会场。可能是乡俗使然，练习毛笔字却被重视，墨汁常溅得满桌皆是，并不影响同学们的积极性。1969年春天开始，学校组织就地学工学农，我们去的是龙须崖大山那边的西坑，今属奉新县石溪乡。

西坑一切都是新鲜的。石板砌接的弯陡漫长的山路，路旁的农舍外，看见在地上爬行的智障者，好像蒙昧状态的猿类，人的形状和动物的神情，犹如深山怪物。也有溪水喧哗的茅屋纸槽，工人在用筛子推漂纸浆。我们住的是一座老祠堂，独立在荒旷的山野中，破败阴森，孤独无倚。同学们住满了天井两侧的厢房，有楼上楼下。天井里屋是木格窗棂隔开的祭堂，空旷灰暗，靠木窗边却摆着一张破损的旧式大床，祭堂内前后无门，杂物遍地，令人生厌。我们三个高大的男同学被安排睡在这里，似乎要起个屏障作用。少年都怕鬼，老祠堂夜晚偏偏又多怪异声响，特别是祭堂后房。三人争议良久，我斗胆独睡一头，面向无门的外头，但被优待睡在两个同学中间，以避祟有靠。夜深，寂静得恐慌频至，我常惧怕头上朽旧通透的雕板中会露出个头影或伸出只手来，里屋后面还传出莫名的怪响，心中猜疑加剧，但最终也能入睡。

我们的任务是拖毛竹，从山深处拖到公路上。我的胶鞋坏了，只好赤脚在石板上行走，傍晚坐在外面石阶上烫热水，两只脚烫得通红，有个过路的大嫂见了，笑着说："哎呀呀，洗得像两个红萝卜一样。"终至有一天，右脚大拇指肿痛，不知着了什么邪毒，痛得半夜不能入睡。一位同学看我痛苦难耐，点着火把到野外，辗转寻到一种好像是叫"七叶一枝花"的药草，嚼碎敷到痛处，奇效发生，两天就好了，令我感激莫名。山里拖毛竹，危险很大，山上放毛竹时，竹子从滑道上汹涌而下，必须远远避让。据说有位山民不慎被毛竹洞穿腹部而亡，更让我等惊心。那时我已开始写点文字，诗词感言之类，苦于枯燥四处找书看，也在西坑村部废物堆里觅得几本旧书，还记得有一本是写爱国华侨领袖陈嘉庚先生的。碰上雨天歇工，在老祠堂内四处嬉闹，同学们围着我听故事，我也能把刚读到的掌故添油加醋，让他们听得新鲜入迷，对我颇为佩服。

秋冬之际，草木萧疏，学农又转移到龙须崖西北的坳下（今属奉新县澡溪乡）。砍竹做猪栏，下田修田埂，劳动纷至沓来。对农活生疏的我，显得很落后，心中自然压抑。门口简易的黄土公路上，半夜有军车路过陷在泥泞中，冷雨劈脸，我们睡眼惺忪被动员去推车。就地飞转的车轮，将泥浆溅得我们满身都是，心中却充满神圣感。

这时最难挨的是饥饿，区区几两米饭，转瞬就成空腹，出力长身体之际，觅食成为强烈欲望。有次外出运输，误了午饭，饿极在路边土中挖得一个红薯，抹掉面上湿土，大嚼狂咽，泥沙俱下，犹自不顾。有时晚上饿得不能入睡，嬉闹停止，同学各自拿出家中携来的干菜，我也取出家里自制的霉豆腐，皆注视良久，终于忍不住品尝点滴，佐以白开水，图了眼前再说。父亲知情后，有次路过，送我一包用报纸裹着的辣椒萝卜干，湿湿的，红红的，那味道至今让我难以忘记。驻校的贫宣队方主任与我们同甘共苦。在农场监督劳动的罗老师，被派到山下繁闹的上富镇办事，回来献上一块腊肉给方主任，同学们称羡不已，却也明白只能过过眼瘾。万没想到方主任大公无私，将腊肉蒸得满屋生香，切成薄片一大碗，呼喊诸同学分食，我也得到一块，晶莹透明，油满色润，次序缓慢嚼咽，不忍须臾下喉。同学皆欣喜不已，无比感恩方主任，却完全忽视了罗老师。我原想偷学外语，有意亲近罗老师，给他翻阅我正阅读的《鲁迅杂文集》，还特意带上一本夹着俄语的译著苏俄小说，不料他正眼也不看我，翻着苏俄小说，咕噜咕噜念了一通洋文，听起来高深莫测。他把书扔回给我，说："你学不了！"不知意思是外语不能学，还是我不够格。白眼相向令我沮丧，腊肉事件更让我远离这位老师，虽然听说他很有才学。

坳下农场的劳动并非终局，以后还在山里辗转多次，最后是罗家坳，挖山垦荒。有次一块巨石从山头突然滚落，远处同学惊叫，我在巨石翻滚至面前时敏捷跳开，赢得同学称赞。下山时我得意忘形，率先奔跑在青石板路上，不慎一脚踏空摔倒，在陡落的路上翻了个跟头，虽无大碍，却教训深刻。秋高气燥，一次烧荒引燃山林，师生皆奋勇扑火，人多忙乱，不料山风逆转，火焰挟着烟雾反扑，"喳"的一下把我的眉毛头发烧焦。烈焰逼退众人，混乱中老师大叫快退。所幸村民大批赶到，迅速砍出阻火带，断掉火路，才化险为夷。晚上同学们兴奋不已，大讲自己英勇表现。因为腹饥，也都争讲笑话喧闹转移。

　　那时我心智混沌，少年顽劣犹存。父亲要我到八里之外的九仙汤街上购物，跑到街上只顾瞻望温泉池中泡澡热闹，误将一条棉毛裤当作棉毛衫买回。父亲大怒，为了惩戒，逼我再往九仙汤。时已黄昏，抵达九仙汤街上，店铺已关门亮灯。拍开店门，店主说："不能换了，我这里没货了，回吧！"无奈掉头，返回路上，还要经过坟山野岭，黑夜茫茫，只能硬闯，跌跌撞撞回到家中。两次往返三十多里，疲惫危险，父亲见之心软，但还是好言严肃慰戒，让我受益匪浅，头脑开始清醒。

　　大约1970年冬天，初中快毕业了，我大病了一场。又是潜入深山拖毛竹，天寒地冻，冷如冰窖。我逞能单衣上山，连续数日，青竹僵手，冷风割脸，自然着了风寒。隔日突然发作，冷战不已，高烧到四十一度，昏晕中天旋地转，如坠深渊，堕落无极，下沉，下沉，再下沉，不知身置何时何地。依稀只知父亲请来公社医生诊疗，热面端到眼前竟无动于衷，没有一点胃口，感受了一次深入骨髓的病劫。病后我虚弱至极，到二十里外的上富镇买萝卜，返回时误车，从上午走到天黑才勉强到家。学校的学习已是徒具形式，天天都是劳动，同学间牢骚渐多，说要干活，还不如回去赚工分，于是纷纷退学。我也不想读这种书了，只是私下四处借书看，在南昌同学和上海知青中，觅得一些好书。印象最深刻的是苏联小说《钢铁是怎样炼成的》，还有伏尼契的《牛虻》。那些19世纪到20世纪的革命，让我热血沸腾，保尔·柯察金、牛虻致我夜不能寐。就在1970年春天的一个晚上，我突然激动，一个念头有如闪电倏至：这人生意义究竟何在？我当何往？问题纠缠心中，久久不去，却也放不下来，真是"此情无计可消除，才下眉头，却上心头"。感到天地间我之位置，由模糊而清晰，未来可期。我激动不已，从春天到夏天，开始写下不少诗句，同学发现后说我是个诗人。我内心渴望的，却是建功立业和名扬四海，战争、革命、理想、写作、人生，浪漫情怀时或洋溢，激情不可阻遏，心智似已开悟，志向亦渐确立，我知道我应该做些什么事了。

　　我在澡溪中学的读书生活，就这样悄然结束了。

孩 儿 王

惊心动魄的1971年，是从我的伤口溃烂开始的。

我从小受家族和环境影响，有尚武的癖好，喜欢与人摔跤搏力，也有逞强显能的天性。初中毕业就地转为知青参加劳动，我怕人说自己皮肤白皙像资产阶级，故意不戴草帽下田劳作，夏天亦如此，盼望尽快晒成黑脸。同时拼命干活，争抢重担，终于有一次挑担猛然起身时，一下闪伤了腰。伤痛痊愈后，我闲时喜欢与其他知青和青壮老表掰手角力。掰手决胜自小是我强项，我爆发力强，又善借腰功，故往往能取胜。有次碰上一个年龄长我四岁的强壮知青，猛烈对抗几番，虽然胜出，却在哄闹中再次闪伤腰部。新旧伤一起爆发，严重到卧床不能下田，甚至难以转动身躯，痛苦不堪。更糟糕的是，由于读书用眼过度，不避天黑灯暗，眼睛近视越发加深了，视物模糊，危险频发。春天上山扳笋，在一处泉水淤积的阴暗林木下，误将一条昂首发怒，正欲向我攻击的"扇头风"（即眼镜蛇）当成一只翘出地面的竹笋，伸手扳去，跟随其后的妹妹春女眼尖瞅见，大喊："细哥，是蛇！"惊出我一身冷汗，"扇头风"亦被我的步履从容和勇敢无畏压倒，伸手之际，倏地惊走。更好笑的是，大年初一我早起洗脸，将半脸盆的肉汤当成父亲洗涤后留下的肥皂水，泼入阴沟，令全家愤愤不已。终至有一天上山砍柴，挥刀劈竹时，看偏了竹子，柴刀滑出砍到自己右膝盖下，疼得我大叫。只见胫骨上皮肉被削出，白骨森然。这次劫难延续有数月之久，我常到澡面大队找赤脚医生换药。但因每天劳动泥水不避，造成感染，形成溃烂，脓血不退，就不能下田干活了。父亲每在晚间歇息时，与母亲叹说："这么近视的眼睛，刘密以后怎么办呀！"小学时佩戴的眼镜已不能使用，裸视犹如半盲，父亲遂要我到县城医院检查验光配镜，此时双眼已达一千六百度的高度近视。从上海托人购来眼镜后，从此我就变成了"眼镜子"，看到的永远是镜片后的世界。

不久，机会来了，界牌村小的女老师怀孕生孩子长期休假，我就成了代课老师，一种新的生活又开始了。

隔河那边的田畴中，村里新建了一栋两层楼房，黄土版筑，黑瓦覆顶，厅堂中已引来众多燕子筑巢。村小就设在楼下会议室，黑板桌椅俱全，学生三十余人，却有四个年级。每天小心走过架在澡溪河上的独木小桥，走到燕雀叽喳的楼房里，四面山里的孩童便如溪水般流向这里。大发的幼弟乌伢子，还牵着两只黑山羊，人读书，羊吃草，时而在野外哞叫，在大山的寂静中格外悦耳。上课主要是语文和算术，每天先得把大孩子安顿下来，再给低年级学生讲授，琅琅书声与唰唰笔音互不相误。音乐课教唱我喜欢的《山丹丹开花红艳艳》和《国际歌》等歌曲。那时暴风骤雨般的政治风潮暂时休止，新编的各类教材下到偏僻山乡，我即学即教，兴趣大发，以一篇课文为蓝本创作了歌曲《我们是毛主席的红小兵》，唱得满屋生辉，得意不已。有个姓赖的大龄女生，嗓音奇大，早晨在她家的山冈上放歌，嘹亮狂野，响遍整个界牌村的河谷山岭。体育课则放任孩子们追逐喧闹，在河里的石头上跳跃，到收割后的干涸稻田中打架。劳动课便组织学生上山砍柴，孩子们的野性得到充分发挥，柴火堆满了村部。我发现从南昌过来的货车司机，喜欢顺路在山区采购柴火，就要学生动手卖柴攒了一些钱，顿时增加了不少书籍文具。有些头脑灵活的村民看得眼热，就想借我的手帮他们批量卖柴，被我视为不端加以拒绝。我每天可记九分半工，年底参加生产队分红分粮。家里还吃着商品粮，常到公社镇子上凭票砍肉，担箩购米，生活丰裕胜过城里。有老先生说，家有五斗粮，不当孩儿王。我却无此自嘲，孩儿王当得自在悠闲。

各村教师也常到澡面大队开会学习，闲时话题多是饮食男女的笑谈，玩笑也开到我头上，有人不怀好意地笑问："想老婆吗？我们帮你介绍。"弄得我窘困万分，满脸发烧。其实大家青睐的是黎老师，大眼睛扑闪着，皮肤白皙，丰满文静。却不料她眼界远大，不久找了一个高鼻英挺的军人，令众人大失所望。公社也常有活动，一些知青与我一样教村小聚，我们常到一起玩耍。一次打乒乓球认识了上海知青周根发，互相切磋球艺，玩得不亦乐乎。有一次我回去上富办事，周根发在下保村上车，匆忙中与粗野蛮狠的班车司机相撞，人多喧嚷，开车时司机误认我为周，喝我下车，按住方向盘不动，以全车乘客不满作要挟。我分辩无果，僵持久之。此时周挺身而出自认不辞，司机遂喝令我等皆立即下车。不料周根发的同伴发作起来，他身躯高大，光头闪动，低声粗吼："怎么啦？"威势逼人。司机见状顿时哑然，只得怏怏发车，却也避免了一场必败的打斗。全车顿时快畅，见证了蛮狠战胜蛮狠的一幕活剧。

我到县城去取教材，同时看望二哥。这时他在县化肥厂烧锅炉，是个临时工。他做事一贯肯吃苦出力，又讲义气喜助人，是个不要命的硬角，故作为优秀分子被选送进城。此时他又认识了一班讲义气有力气的好友，专门结伴打抱不平。有个廖姓头目，闻讯见我，热情非常，端水打饭，以兄弟相称，令我感动。但我亦深知他们非我同类，缺少共鸣，于是就到县剧团去找同学小宝玩。小宝名叫龙江河，他颇有音乐天赋，家居深山僻岭，却拉得一手好二胡，其他乐器如箫、笛、钢琴、提琴一类，触手即会，且能写歌作文，是个难得的人才，与我言谈投机，遂成好友。忽一日小宝取出一书示我，指着远处一白脸书生说，这本书就是他爸写的。书是一本内部印制的《奉新县革命斗争史》，厚厚的有数百页，我如获至宝，昼夜翻读，这是我了解地方党史的肇始。

这时同学云文在奉新县中队当兵，我们已经通过几封信。他那时很困惑，不知做些什么好。我鼓励他要学习，在信里说得激情洋溢。我们见了面，他说他们首长要见我，说看过我写的信，很赞叹。于是我见到了山东大汉韩明雪，他是六〇一三部队留在地方部队工作的，非常热情，满脸漾笑，紧握着我的手，侧头大喊："司务长，过来一下！"要给我一个好的接待。此后数十年，直到他转业地方，返回家乡，我们都是始终不渝的好友，无话不谈，虽然他长我近十岁，但一点也未妨碍我们结下深厚的友谊。

秋季全县教师大会召开，热闹异常。县城中学的教室里，打满了地铺，人头涌动。篮球赛天天举行，我也卷入其中。澡溪队战绩突出，是因为主力兼领队是新来的山东大个殷老师，球艺超群，常常战满全场。我也因个高被召唤上阵，可惜球技平庸，跑了几圈只进了一个篮板球，就被出局不再续用。我更大的兴趣在县文化馆，那里有很多图书，可以任意读鲁迅，翻报刊，读得我头晕眼花，眼倦身疲之后跑去潦河边眺望原野山川，顺着石板街绕河乱走，饿了就独自吃碗小店里的包面，汤多料少，却也十分清爽。

一日午后，太阳当空，可我满脑混乱，见得天色也是乌暗一片，走到河边，竟不知从哪过去。一只大黄牛在岸边吃草，我曾骑过它，很温顺，但它什么也不知道。我亦愚昧如牛，只觉一个熟悉的世界崩塌了，自己完全茫然不知所措。好像坠落到一片陌生的原野，不知道路往哪走，心往何处安放。当然，我很快从巨大的困惑中跳出来了，并非天助开悟，而是习惯成自然地沉入了书卷中，以至忘记一切。毛主席号召读马列的书，我也想寻找思想出路，碰巧在同学兼好友吴望标位于上富东风垦殖场家中，翻到了老版的《反杜林论》，使我欣喜异常，遂开始系统读马克思和恩格斯的著作。家中也藏有几本马列的书，如《政治经济学批判大纲》等。父亲留下的笔迹，证明他也读过，可是并未读完就放下了，是怠惰，还是失去兴趣，也不知什么原因。吴望标的父亲是东垦主政领导，留我吃饭时脸色严峻，很少几句话。这年郭沫若的《李白与杜甫》一书出版，我读后发现其中一处瑕疵，记得是把杜甫的祖上世系排错了，于是我提笔给郭沫若写了一封信，寄给出版社转达。之后却也石沉大海，如郭诗所言，"泥牛入海无消息"。我等无名小辈，郭自可无视，或者他根本就没收到信，那只有天知道了。

有次偶尔到公社大院，看见里外皆是人，都现出好奇神色。原来是省革委主任程世清来了，大家都来看稀奇。两辆吉普车上，坐了几个人，含蓄地微笑着，却也不知道哪位是程世清，只见公社一大堆人送出来，热闹非凡。熟悉的周花宝也在其间，她是下放到界牌的上海知青，选送到公社做播音员，此际也很兴奋，听说省领导夸奖了她。不久她被选为工农兵学员，到大城市读书去了。这不由得勾起了我的满腹心事，如果能像周花宝一样，作为工农兵学员也选送到大学深造，那该是多么美妙。

我遂把心事说与父亲听，父亲大为赞同，立刻操办。作为澡溪公社革委会副主任，他与公社书记相善。于是某日父亲把粗犷豪放的公社书记请到家中，款以佳肴美酒，公社书记一口应承，令我欣喜不已。不料风云陡变，次年该书记触犯军婚罪入狱，此事遂成泡影。不久又听闻宜春大学招生，我又到公社打探，却是要有两年以上民办教师经历才有资格报考，虽然只是师范性质的教育学校，并非误传的所谓大学招生，我也依然无缘，只能怏怏且郁郁。

这时小宝突然来访，要我帮县剧团写个剧本。我那时已陷入文学狂热中，整天满脑袋浪漫想象，刚写就一部中篇小说，讲述发生在旧社会国民党统治区征兵抓壮丁的一件旧闻，也是发生在界牌村的真实故事，正是踌躇满志之时，于是毫不犹豫接下。年月既久，至今尚记得模糊剧情，剧本竣工送出后，并无热烈反响，我亦不问。倒是我写的几首歌词，被小宝谱曲成歌，很是悦耳好听，什么"五梅山下战天地""高山峰颠竞"之类，充满那个时代的色彩，至今鲜然在心，偶或吟唱遣兴。

这年父亲收到了远在黎川县的亚丽姑姑的信，也收到了鲁清的信。不久，亚丽姑姑携着幼女千里辗转找到了界牌，风尘仆仆，一身疲惫，兄妹重逢，却是喜不自禁。她说按照信中的约定，父亲会到上富车站接她，下车后却空无一人，失望让她几欲垂泪，但她坚信兄长不会失言，坐等良久，终于见到匆匆赶来如约的父亲。兄妹相见，有多少话要诉说，父亲的兴奋让他频频举杯，家中陡然热闹成一片。此时家中生计较宜春时大为改善，时时喝点白酒下个鸡蛋已不是奢侈享受。亚丽姑姑走后，鲁清来了，他一身褴褛，却骑着一辆自行车，日行百里，带来家乡东刘的诸多消息。父亲的思乡之情不可阻遏，遂在1971年的除夕前夜，手持硬棍，带着孔武有力的二哥刘冷，昼夜奔走，夜深才进入东刘，先去见了积成婆婆，给了她十元钱，哽咽垂泪喊着："婆婆保重身体。"迅即辞别。之后住到东刘村外的江家洲象公公家，避不见人，只是约了几个好友亲戚相会。父亲此行万分谨慎，尽量不去惹起事端。

年底，我也去了东刘，是去接到墓田省亲的母亲。家乡陌生而又亲切，浓郁茂绿的樟树令人如入梦境，熟悉的乡音提醒我：这是祖宗长眠之地。一切都滋发着先人的气息，棠浦河让我激情洋溢，青春的臆想引发无由的傲视。我写下无数的诗句，只欲表达决不辱没家乡的坚执。正如半文盲的母亲所言，其实在很多乡人的眼中，我只是一个"书古董"而已。

静 静 的 山 湾

1972年2月，美国总统尼克松访华，北京下了大雪。遥远南方的九岭山上，也下了大雪，龙须崖白得失去了天际线。我站在湾子里厅堂的喇叭下，倾听北京的声音，想象中国三军仪仗队的个头与气势。

那时我虽偶尔还在政治夜校讲课，但已结束代教，回到生产队劳动。

农活渐渐熟悉，冬天踩进冰冷的泥水里，翻挖禾兜，修田埂，春天早晨顶着雨雾下稻田，蹚泥水，插秧苗。此后夏耘秋收，犁耙皆沾。虽然还是怕蚂蟥，却不惧田泥中拎出水蛇甩到远处。山区只栽一季稻，多在旱地和山地劳作。秆低，容易大片倒伏的红米稻，很快被密植高产的杂交稻"农垦58"代替，白米饭喷香，亦不逊红米饭养眼。但农民天性看不起城里人，尤其是看不惯娇弱洋派的各路知青。有位当过贫协主席的廖伯，单身为家，孤灶吃饭，却心直口快，言语难听。他常对着这干人等大喊："快点，天不等人！"又嘟囔着说："我撒泡尿的工夫就够你们累半日了。"我自然不服，割禾熟练后追着他不放，逼得他手忙脚乱，不慎割破手指，真的躲到一边撒尿给伤口消毒，最后还在田埂上摔了一跤，引得众人大笑。收工时，我挑着一担沉重的湿谷，健步如飞，远远抛他在后面。这位老农始由不屑转为恨恨，却说了句公道话："这后生当得队长。"我闻之不由对他转怨生敬。

田间地头，除了嬉笑逗闹，便是饮食男女。劳乏之后，又不免牢骚怪话。心宽的会说："上午易过，下午经饿。"口燥的则发泄道："生产队好是好，就是肚子吃不饱。"于是主事的便允许大家一人挖一个集体土里的红薯填肚，以免造成情绪失控。农闲时，上山搞副业增收，便成了山区社队的不二选择。

阳荷坪，藏在龙须崖南面晏嶂山的深处，竹林茂密，走兽出没。我们在这里依旧是劈竹成片，扎捆后肩挑下山。晚上宿在山里唯一的旧屋中，夜来林涛滚滚，抑或有狼虎啸声。传说早先晚间曾有老虎爪掌拍门，利爪从狗洞伸入屋内，狗们吓得瑟瑟发抖。当然这都是房东说的，他叫国老人，须髯飘飘，已过古稀年龄，独自一人枯守此屋。我们睡在侧房，地铺拥挤，晚间喜到国老人房间闲聊。很奇怪他满口文言，却在那读书皮鲜红的《毛泽东选集》。离此处不远是晏嶂山顶的仙人洞，古有道人在泉水丰沛的洞内隐住修炼。洞前巨石上，可眺望百十里风光，那真是"会当凌绝顶，一览众山小"，使人胸襟顿时开阔，爽然有逍遥欲仙之感。我怀疑国老人便是古代道人的化身，在当时的社会氛围下，显得孤僻奇诡，却也安然无恙，自然是与世隔绝的大山深处保护了他。他并不耕作，仅种点蔬菜，米油家人会定期送上山来。他儿子是生产队长，生得身材高大，沉毅寡言，从小习武，舞起一根铁链来呼呼生风，二三十人不能近身。他有文化，还会作古诗，国老人拿出给我看，有一句竟是"界牌小地出圣人"。我不知国老人的儿子是活在何世的人物，似有古代农民起义军头领的气质。数十年过去，他也只是孤守田土，一介布衣，妻子在园中摘菜被毒蛇咬伤手指时，也曾焦急万分，寻医问药，整日为生活奔碌，并未有何等勋绩。他与其父国老人，是否如古人所言属山野遗贤，至今我亦不得其解。

我们之后又转场赖家窝，睡在搭梯而上的楼板上，人多便吱吱呀呀乱响。这时多了一个专门烧饭的，是晚仔的女人，生得白皙体肥，笑口常开。夫妻俩睡在楼上大通铺的一侧，很安静，并不影响大家饮食起居，偶有戏谑逗闹，晚仔也不过诡谲一笑，让人费解。无非睡下宽衣，半夜起厕，稍有顾忌而已。我们劳作之余，只有说笑取乐，有次不耐单调，跑到十里外的一处村落寻找店铺，一路上飞步如奔，气喘如牛，天黑前才赶回住处，却也只是为了吃到几颗果糖，新鲜一下口味。

在赖家窝，我差点丢掉性命。

我挑着约一百七十斤重的竹片下山，走过一处险峻山路时，绑扎成捆的竹片松了，需要重新用软篾绑紧以便行走。我把两大捆竹片斜倚在路旁崖石上，用力咬牙绑扎，并提脚蹬紧，身子完全后倾，一时忘了身后是悬崖。结果用力过猛，篾索扯断，整个人倒摔到崖下，瞬间失去知觉。醒来时已躺在崖下溪水中，身下是软沙，两旁却是獠牙般竖起的坚石。我暗呼侥幸，在水中摸到眼镜，狼狈下山，竟未受伤。众人获知，皆说我命大，有神灵相助。

此后我便百般小心。次年转到龙须崖深山老林作业，蛇虫猖獗，更加凶险。大发领着我等砍开一块平地，利用几棵树木，悬空搭棚登梯而居，以避蛇兽。白天我们分散入山砍竹剖片，餐宿集中，米菜自带，挖地搭锅煮饭，炊烟冉冉，如同居家。独处山间劳作时，我们为了壮胆，常大声长吼互作呼应。有次从茂密的灌木中惊出一只黄麂，擦身而过，吓我一跳。晚间歇息，清风扫蚊，棚高避蛇，只见夜空星月逼近，似乎伸手可及。泉水饮之不尽，粮菜却易为罄尽，需下山辗转取来。雷雨大作时，群山茫茫，悬棚无忧，拎出一本书来，却也读得忘掉困劳，不知身处何地。

年底分红，我竟然得到一百七十余元。父亲高兴，遂给我三十元，让我年前去九江探望林叔。那时我家已与家乡诸亲多有联系，渐渐亲密。林叔是父亲族弟，当兵退伍到九江磷肥厂，新婚不久，邀父亲过去做客，我遂作了代表。但旅途艰辛，泥雪中步行到黄石铺，脚下一双二哥穿旧废弃的白色回力鞋已经渗水，湿冷难耐，行走艰难。我看到路上一辆卡车在装柴火，找到司机请求搭车。不料开车师傅嘴中斜叼香烟，脸一别，不予理睬。天色渐暗，情急之下，我灵机一动，便参与到忙碌人群中，大把地搬柴上车。事毕再请搭车，司机下巴一抬，我才得如愿。看来世间方便，并不能方便得来。到了上富宿进旅店，热水烫脚，热面下肚，我才摆脱饥寒，喘口长气。不料打听到南昌班车紧张异常，须赶早排队抢票。于是又三更起床，星夜摸到车站，寒冷逼人，燃起一堆柴火取暖，与一群陌生人胡乱聊着熬到天亮，才得到了去南昌的一个座位。

从没到过的省城，并没给我留下多少好印象，喧嚣杂乱的火车站，公交车横冲直撞；阴暗拥挤的旅店，各路口音争比粗蛮。只是宽阔的八一广场和宏大的万岁馆，让人愿意驻足。于是我径直去了九江，沿着东去的大河找到了九江磷肥厂。这是我第一次看到伟大的长江，江面辽阔气象雄浑，水天衔接波涛无限。我瞬间陷入激动，眼光胸襟突然放大，仿佛得到某种启示，一种莫名的决意，在心中升起并弥漫，笼罩了青春的生命与魂灵，久久不能平静。我找到了沉静热诚的林叔，没想到他的住处只是幼儿园一角小间，妻子刚生育，忙着给孩子喂乳。地下小炉炭火上正煨炖着一只猪脚，发出诱人的香味。林叔当过福州军区司令员韩先楚的警卫员，有亲人的热情，又有军人的果断，他把我安置到他上班的锅炉房值班室过夜。轰轰作响的腾腾炉火，热气漫漫的简朴澡堂，人影交错，昼夜不息。半夜，林叔叫醒我，端着一碗肉饺，手执筷子，催我吃下，他的脸上还滞留着炉火烤出的汗渍。此后我再未见过林叔，却对他难以忘怀，困苦年代的那碗饺子，我亦没有机会回馈。多年前他与妻子先后患病去世，令我遗憾至今。

回家时已是春节前夕，我在省城和九江购了一大袋书，足有一二十斤重，除了吃住行，那三十元钱大都在这里了。从上富返回澡溪时，又下了厚厚的大雪，客车停运，只能步行二十多里扛书回家。走在大雪深深人迹罕见的山路上，脚下回力鞋已完全湿透，但我步履沉重，热汗直冒。路上遇见大队领导李某，正挑着一副箩担往山下走去。他问我扛了一袋什么好吃的，我回说当然好吃，但不是吃到肚子里，是吃到脑壳里面。于是他呵呵大笑，知我嗜书，自然相信不疑。李某是村中名人，生性活泼佻达，喜与妇女追逐嬉闹，却颇有能力。后来我才知道，他是去上富医院，偷偷看他一个刚生产的相好，箩担中挑的是木炭和麻糍。真是人各有志，大雪难阻。但他的笑声，也消解了我路途的单调寂寞。人生奇诡若此，谁知道呢？

那时我已制订计划，开始系统地读书。只要雨天不出工，就躲在后屋窗棂下，读写不辍。有时天暗光线不济，就移到后门口，用矮凳抵门，捧书在手。马克思《资本论》第一卷，我费了一个月读完，知青陆一龙翻着那堆理论书籍，惊讶地问我："你读了那么多书？"看来对他有触动，他喜读外国小说，也写点洋味十足的文字。托尔斯泰的《战争与和平》就是他借给我看的。我的一本徐怀中的长篇小说《我们播种爱情》，他借去却不慎遗失了，令我抱憾。哲学、经济学书难读，我自然到处拜问求教。公社农机厂有位下放干部李老师，广东人，瘦弱身材，却口若悬河，虽然大学专业学的是机械，可谈起哲学来犹如专家，听得我兴趣盎然，视他为知音。那时我每天都在想着如何读懂这些理论巨人，百般搜集所有能够到手的辅助资料，特别是回忆、传记、背景之类。读之思之不辍，马克思、恩格斯等人如在眼前，夜卧成梦，竟至与马克思交谈请教，醒后不知身在何处何世，欧洲乎？伦敦乎？百年前乎？念之忍俊不禁。同时我也攻读历史和古代汉语，读范文澜的《中国通史》，四本皆毕，令我眼界大开。读王力的《古代汉语》，更多是想写好古典诗词。一些书是小宝从中学老师那里借来的，我必须快读快还，难免囫囵吞枣，粗浅易忘。好在我有记录的习惯，大意还是能把住的。近视自然是更严重了，劳作中很是麻烦，特别是进山砍柴拖竹，每到山路险滑处须百般小心，睁大眼睛，避免摔倒。有次砍竹，倒下的竹子被藤蔓缠住反弹，竹梢拂去了我的眼镜。我顿时两眼茫茫，情急搜检，根本不知眼镜甩向何处。好在有耀眼阳光照射，我跑到高处观察，才看到眼镜的反光，径直寻到。

山村的生活有时也会被搅动，那便是公社放映电影的时候。那时流行朝鲜电影，《看不见的战线》《鲜花盛开的村庄》《卖花姑娘》等都令我等兴奋。《南江村的妇女》优美的旋律，充满魅力，那次九江之行，我就是哼唱着"啊，在三千里江山，你是幸福的江流"的歌，在雪野中从澡溪走到上富，又从上富走回澡溪，一路驱散着严冬的寒冷和旅途的单调。一到放电影，人群便在蛛网般的山路上川流不息，涌向公社大院。我记得悬挂幕布的庭院中，还赫然卧着一块锐石，说是当年日军的飞机轰炸时丢下的。飞机低空掠过时，有老人说看到日军飞行员的狰狞模样。电影看毕回家，大家也是一群群结伴而行，大声喧嚣发泄亢奋，特别是久困山中的知青。个别极端者还把沙石扔到路边的农户屋上，惹来一阵怒骂，但他们都哈哈大笑，扬长而去。村里也会放映电影，一次看《红灯记》，在李玉和蔑视鸠山发出的一浪盖过一浪的大笑声中，队里的彪老人却被惊倒中风而亡，引来数天的丧事活动，让我又一次亲睹了客家民俗的独有风景。出殡时那白布缠头眼睛哭得红肿的孝子，那场坪中热闹凌乱的酒席，还有尖高的唢呐声，噼啪的爆竹声，还有出殡时撕心裂肺的哭声，伴随着逶迤队伍，渐渐消失在蜿蜒山路的深处。公社还常有文艺表演，一次父亲带队的"老愚公"水电站宣传队来演出，吸引了当地群众。以知青和下放干部为主体的文艺表演，充满了城市气息，自创自编的歌，唱着："来到老愚公呀，笑呀笑开怀，老愚公水电站，真呀啊真是好啊，向你们来学习呀，向你们来致敬。"活跃异常，饶有情趣。在宏大齐整的合唱响彻全场时，乐器齐鸣，我分明听到了父亲深厚强势的嗓音，突出其中。他很受知青群体的欢迎，除了为人，他的文艺天赋或许也能给人带来快乐，虽然他总是很压抑。

　　山区生活艰苦，偷盗事件时有发生。有次我和二哥追捉一个偷窃我家菜地南瓜的贼牯子，那是傍晚时分，我们兄弟俩执棍分头堵截，终在一个隐蔽路口将其截住。小偷见我们气势汹汹，吓得弃担跪下求饶。如此情状，我们亦不忍，于是转身放他走了作罢。生产队里搞"忆苦思甜"大会，同时也安排了用餐，不过是一大桶熬好的白米粥而已，却引得全队男女老幼人等皆空腹而至。例行诉苦刚结束，队长还未发话开餐，碗柜已是哗啦一声大响，有人急不可耐先抢饭碗了。于是现场一片混乱，众人皆踊跃而至，将一大桶白米粥吃得桶底朝天。犹有过饱者坐在门口，尚不能移步回家，被大家嘲笑不已。

生活依然有条不紊地进行。有起屋做新房的，亲友皆来帮工，肉酒饭菜丰盛；也有婚嫁设席的，贺客络绎不绝。碰上年节，山里人便歇息下来，忙着杀猪、打黄连麻糍，一片热闹。宽裕人家还自做豆腐，磨豆成浆，煮沸点卤，压成一板一板，白皙齐整，令人眼馋。夏天的晚上，山际明月高悬，清辉遍洒，星空诡谲，萤火闪烁，山湾显得幽静又安详。看书倦了，我也便坐到门口坪场上，与家人邻居话夜消暑。后来又住入两个上海女知青，坪场上更是夜长话多，愈发热闹了。当然偶尔窜至的蛇类，常令近视的我提心吊胆，那也无可奈何，只能碰运气了。

难以忘怀的静静的山湾，至今仍然潜藏在我的梦里。

蹉跎知青

一个暮气渐降的下午，天色迷暗。我看到公社农机厂那座没有栏杆的高危木桥上，大队干部引着一行城市青年，向对岸湾潭方向的崎岖山路上逶迤而去。他们背扛着大小包裹，保持沉默，气氛有点压抑，这便是刚刚抵达落户到界牌的上海知青，十六个人，男女各八位，住在与湾子里隔河而望斜向的马家地，相距大约里把路。

这时东北边疆的珍宝岛战役刚刚打响，战争的气氛与安谧的山村似不相关，但上海知青的到来还是引起骚动。

好奇的村民议论着这些怕蚂蟥的年轻人，说她们穿着高筒套鞋下田拔秧，不会砍柴，不会烧饭，女生把血迹未净的内裤挂在日光下晾晒，毫无顾忌，才来就想家，唱着歌转而又抱头哭泣。父亲是知青领导，不数日知青们便络绎而至，陌生的口音，衣着洋派新艳，引起我的羡慕和关注。

最早认识的两位知青，比我年纪略大，一位是黄永平。他很文弱，高度近视，在群体中有点受欺负，苦累琐事做得多，烧灶煮饭，被烟熏得泪水长流。但他勤于劳作，群众印象很好。首批招工，父亲遂将他力荐送走。通知报到那天已是傍晚，他竟乘夜独自步行百里抵达县城，也不知他是如何孤身走过荒山野岭，有无恐惧，为何不等到次日乘车前往。他的父亲很感激，与我父亲通信多次，后来竟寄来一个小收音机，给我家增添不少快乐。黄永平后在工业城市新余第二化肥厂做工，娶了一位宜春女子为妻，至今一直与我家有往来。

另一位是刘效白，他浪漫活跃，也是干部子弟。马家地知青人多，此后渐次分流，有的甚至越山而去，落户他村。刘效白独自宿在湾子里这边的芭蕉窝，与众邻相善，却也与那个常被批斗的"地主婆"黄英走得近，回上海过年探亲，黄英便送他笋干等山货，他亦有回馈，村中遂有不满，说他立场不稳。我颇喜与他交往，他每次到我家，不从坪场口子循路出去，而是跃上院墙，从高处跳到墙外马路上，引得我亦效仿，险中取乐。他说练过摔跤，我自不信，约他到深水湾潭河滩草地上比试，在众人哄闹中我自不败，让他无言。但他好读书，随身带有一本手抄唐诗，大约百首，我如获至宝，借来反复诵吟，直至熟抄还他。后来他到公社农机厂，我亦常夜访长谈。严冬无栏木桥上结冰险滑，桥危水深，我却不惧，寒暑俱往。他常款待我以精作肉松，并拿出他穿扮女人装的照片给我猜问。有次夜谈遇大雷雨，滞留到深夜，我仍鼓胆夜行数里回家。不料至湾潭僻险山路上，黑暗中遇一蹲伏路边的怪物，见我路过，竟然站起向我迫近。我疑为鬼魅，战兢之余，只好持手中伞猛击夺路，对方哑叫，闪电倏至，竟是村中的智障哑巴。此后我遂不惧所谓鬼魅，孤身夜行无畏而往。效白亦如黄永平，与我联系至今。

我在学校坳下农场时，家中多了一人搭餐吃饭，使我意外。她便是上海知青吕效良。听母亲讲，父亲很欣赏她，想为二哥牵线娶她为媳。吕效良大方娴雅，性格开朗，与村民关系亦好。她穿戴得体，的确良衣裤整洁有型，言谈举止稳健爽快，显出沿海大城市人的风范。二哥却懵懂无知，虽长得青春洋溢，却率性褊急，缺乏修炼。吕效良原从界牌分流到隔山遥遥的石溪，后又返回，不久与另一知青唐雪梅结伴住到我家隔院侧房，互为关照。晚间闲时歇凉，在坪场中聚谈消暑，刚到石溪深山农户家，四位女知青同宿二楼一室，开窗纳凉。夜深思家难眠，睁眼张望窗外，月悬高天，寂静深邃。忽见星空远处，旋转而至一物，恍惚似是人头，竟然越窗入室，径往后面杂物间而去，翻出响声。四人皆目睹而惧，蒙头不敢动弹。少顷，人头旋至卧室，稍停又越窗远去，吓得她们不轻。后来房东说此乃常事，这里明朝时出过尚书一类大官，莫非是魂归探看新来外客，言诡事奇，神秘难解，只能藏谜永远。山村安详，亦偶有险情，有次半夜吕唐二人大声喊叫，惊动远近。父亲与我等兄弟持棍冲到侧房救援，黑暗中却一无所获。原来吕效良梦中被撬门声惊醒，闻室外脚步轻微，定是有歹人要行不轨之事，遂与唐雪梅大呼。此后为安全计，她们又迁住到一步之遥的彪老人大屋内，再无险情出现。我家返城后，听说吕效良远走青海，到支边的父亲那里安身，最后做到青海湖边刚察县卫生局局长。四十年后我们再次见面，才知她历经坎坷。先是与人恋爱孕育一子，后才知情男方早有家室，惊心一场悲情结束，纷攘中儿子流失遂不知下落。后又嫁与一同乡，产下一子，又因男方不忠分手。养在上海外婆家的儿子，远离她的哺育，成长受挫，至今让她挠心。幸运的是，她那位失散数十年之久的儿子，近年突然出现，寻到上海与她团聚时，已经是一个颇有资产的企业家了。这其中的曲折辛酸，听得旁人也是泪进不止，真乃一段非凡的传奇故事。她呼我母为妈，常来宜春走看，忆及我父，常唏嘘不已，亦说那时我父未挑明心事，遂与我家无缘。我知她心明如镜，并未待见二哥，回首往事，无非是"这厢有礼"的客气了。她亲手烧制的佳肴"狮子头"，证示我们的友谊不减，虽然我早逝的父亲不能亲尝。

此后我与马家地的知青交往密切，常到一起玩耍，逐渐熟悉起来。闲时我们约到一起玩扑克，输者耳朵夹上小衣夹，败多胜少者自然挂满两耳，滑稽好笑。也常聚到一室玩捉迷藏，蒙眼者四下捕捉，屡屡扑空，引来笑声一片。天晴也到收割后的平净稻田中摔跤，各试身手。一次生产队杀猪分肉，他们煮了一锅海带肉汤聚餐，适逢我来到，亦热情邀请，盛了一碗与我品尝，热香蒸腾，好不畅快。那年父亲突发急病，高烧倒地，呻吟不止。焦急的我寻来他们相助，绑扎一副简易担架，把重病父亲送到公社卫生院。我记得陆一龙、陈建平、严光耀等人，衣着劳动衫裤，腰扎围布，步履有力，犹如新式老表，此事嵌入脑中经久难忘。马家地知青中，我与陆一龙相善，皆爱好文学，他更喜欢读外国小说。见我动笔撰写，他也跃跃兴起。春节后从上海回来，竟写出一叠文稿，读之满篇洋雅。他也曾到澡下公社那边修"老愚公"水电站，但未被招工留下。不知是爱好还是寻出路，不久他学起了小提琴，恢复高考后考入大学深造，最后在上海师范大学执教，但此后我们再未见面。

知青各村皆有，山乡寂寞，故互相间亦有走动，城市恶少习气也夹杂而至。偷鸡摸狗偶闻，越山打架亦有。传言有两个好动者，到邻县游玩寻友不遇，竟声称自己是上面来人，在县革委食堂骗得一餐饱腹，后被识破逐走，成为一时笑谈。澡溪有个知青，为博众人钦服，竟直呼一头上有癞疤的公社领导为"癞痢头"，被大怒的领导喝令民兵按倒捆缚出气。不久公社对少数有不良行为的知青开会训教，会毕供饭，餐后杂物抛掷，一地狼藉，公社干部徒叹长气。但知青主体是健康安稳的，出了不少先进人物，有的后来还做了县长。澡面大队的陈福生，高个戴镜，言谈沉稳。我曾见他裤腿高挽，在田间劳作，与村民交谈融洽。他后来任"老愚公"电站建设工地澡溪民工营青年尖刀班长，勋劳突出，留在电站成为负责干部，长期在奉新工作，在当地名声颇著。他亦喜爱撰写，今在深圳，与我交往不少。

年月既久，知青心里彷徨。我常见他们于暮色降临时，唱着那时流行的知青歌曲，忧伤悱恻，闻之催人泪落。光阴如梭，知青群体亦渐渐消瘦，幸运者成为工农兵学员远走高飞，或招工进入工厂；有的不耐煎熬，或情感迸发，相互婚娶，有的竟嫁于当地农家。更悲情的是长眠在这赣西北的崇山峻岭中。界牌的十六个上海知青，不久一半分流他村。其中一位王凤鸣，高挑秀丽，在老愚公水电站工地建设大会战中，主动推迟返家探亲。出工时，猝遇山土塌方，被巨大土块砸中头部，颅内出血不治身亡，至今碑墓犹在，默默诉说那个年代火红青春的壮烈悲情。前些年陈福生犹组织当年好友前往吊唁，护墓燃香，鞠躬含泪，沉痛回想历史的忧伤记忆。还有一位钱荷芬，落户石溪，后来得到返沪机会，托运行李到山下上富，翌日启程。不想遗落一只樟木箱，竟独自返回山村取拿。其时已晚，山路险峻，人迹罕见，钱亦不顾。却不意遇上一个养路工，其人顿起歹意，将她奸杀，抛入河溪深处，并用石块压住。上海家里终不见人，多方联络亦无结果。一月后山洪暴发，上富公社武装部开会，到石溪方向河潭中捉鱼以济伙食，才发现洪水冲出的女尸。经案警验齿后判定即是钱荷芬。歹徒见月余无事，此时亦将掠得的手表出售，被破案民警擒获毙命。但父母痛苦，青春腐逝，此情何寄，终成徒然悲伤记忆。

裹在大山中的界牌村，曾一度归属澡溪河下游的澡面大队，其中有不少南昌下来的。他们年纪要稍大些，其中有社会青年，显得老成且世俗，市井气亦很明显。记得有次开会，有位满脸堆笑的南昌大龄青年，拿着稿纸作反省检讨。他说肚中饥饿，抗拒不了老表手中炒花生香气的诱惑，遂乘夜摸黑到田土中，掘取尚未翻挖的花生。不料被巡逻的公社民兵察觉，致他落荒而逃，急不择路遁入山林。民兵以为是潜伏的美蒋特务露头，紧急报告后，引发大规模搜山，将他捉住搞清真相后，他自知影响极坏，十恶不赦，后悔得要去撞墙跳河。他一脸正经，却说得滑稽可笑，引得全场不时哄然嬉笑。大队领导无奈收场，也无法将他严惩。此时界牌村也来了几位南昌知青，却听说一位姓万的，始终不见人影。终有一日，父亲说，他要去县城出差，到公安局去领回一个关押日久的知青，说就是这位小万。人回来后，被单独安排在山边无人居住的废置破屋内，村民人等皆对他警觉，传言他是一位手段高明的"三只手"（即指惯盗扒手），故见他皆投以鄙视警惕眼光。孤独的他终日沉默寡言，后来在劳动中却也慢慢熟悉了，话匣子渐渐打开。我才发现他不仅长相英俊个子也高，且生性诙谐多趣，言谈颇能吸引人。我遂与他玩耍交往起来，相互逗乐渐生友谊。父亲知道后曾一度告诫我，说白者自白，黑者自黑，不必担心，父亲闻后再无言。

他有一只长方形的大提箱，里面装的是扬琴，小万说是在省歌舞团捡来的。看他无师自通地敲得叮叮咚咚，美妙动听，自然也就无人去追究它的来历了。我听得兴起，要他指点，最后索性借到家中，不久也摸索着能弹出好听的歌曲。因为感激，我们的关系便进了一步。他的身世坎坷酸楚，生于城市贫民家庭，小学没毕业，便被父亲逼着去街头摆摊赚钱，也进过玻璃瓶厂做工。他说灼热的液体流出来，机子扑扑一吹便成瓶形，他便在滚烫与扑扑中周转不停，险累交加，于是辞工。混迹市井，谋生为要，少不更事的他，竟拜了一个扒窃老手为师，流窃全国各地，多次被擒住。这次下乡前，他在上海失手，转回户籍所在地看管。关押在奉新县中队的监牢中时，晚上百般无奈，却听到了悠扬激越的笛声，于是精神一振。我知道他富有艺术细胞，遂告诉他那是我同学吹的。他睁大眼睛吃了一惊："吹得真好。"韩明雪后来回忆奉新军旅生活时，也说到这个细节，叹说："这个人可惜了。"两个有艺术天赋的青年和一个堂堂武夫，竟都是我的朋友，令我亦不解，或许生活就是如此。那年分红，当场发现金，手中捧着一大叠大小面额的钞票，我一时无措。小万拿过去一声："我来。"哗啦啦瞬间数完，与会上宣布的金额一分不少。佩服之余，我也开起玩笑，把一张五元人民币放入衣服口袋，问他："有本事变到你手里去吗？"并未顾虑戳到他的痛处。在众多熟悉知青的笑看中，他把手往外一指："那是什么？"等我回过神来，五元钞票已拈在他手中，被他笑吟吟地抖动着，大家莫不服气，笑成一片。时时包围着他的歧视与鄙夷，也就一点点褪去了。我到他的住处察看，破败的厅堂一侧，是他居住的厢房，光线暗淡，下雨屋漏，刮风瓦响，他却也知足。在积水满地的厨房中，他在石块上跳来跳去，煮好了一大碗面条，表演给我看，如何不用筷子，直接用嘴吸光碗中面条汤水。有次进深山搞副业，夜深无事闲侃，有知青愿出一包饼干为酬，问有何人此时敢到深山野岭的晏嶂山仙人洞旁的竹林中，取回白天放在那里的一把柴刀。小万当即起身，孤身一人前往。路途遥远，蛇兽出没，我真不知他是如何摸黑行走，取回柴刀的。胆从何来？劲从何生？难道他是亡命之徒？或者我多虑了，因为我劝他闲时读两本书时，他也兴趣盎然地在我桌上取走了一本恩格斯的《政治经济学批判大纲》，还书时摇摇头对我说："看不懂，你讲讲看。"并非满身充满冷酷与无知，完全没有对知识与真理的向往和追求。他长我五岁，寂寞无家，令人同情，有次玩笑般对我倾吐心扉："我想讨老婆，只要是个女的就行。"那年我随家返回宜春，临行前他跑来看我："以后我们就难见面了，送点什么给你呢？"他思忖着，突然脱下身上短袖汗衫，光着膀子递给我："就把这个拿去吧。"我莫名感激，几乎盈泪。此后我们再也没有联系，多方打听亦无结果。但我始终记念着他，为我奔碌中的疏忽深自悔憾。

七 、 万 家 里

在宜春城西郊，有一处地方叫万家里，大片菜土、鱼塘、屋舍相间，大多是种菜农家，与乡村无异。家里租住的是新落成的厅屋，门前连缀着的几棵硕大常绿乔木，枝叶繁茂，鸟雀出没，差点让我一眼就喜欢上这个地方。

我是单独完成回城旅途的。班车在赣西北的崇山峻岭中行驶，绵延又绵延的山峦，无数的溪河，每每感动着我。经过儿时待过的宜丰城时，那高高的拱桥，碧深的河面，特别是河岸上掩映的大蓬樟树，把我拖入模糊的记忆。我不知道未来我将归宿到何方，但这里是我永恒的故乡。也有野蛮的孩子跑来，用沙砾袭击班车的玻璃，让我惊醒，他们还吐着口水，不知道仇恨什么，或者纯粹就是玩耍。

万家里新屋正厅两侧，各住着一户返城的下放干部。我家住东向，可惜一间直通房，全家只能占住半间，中间用层叠的箱柜隔开。靠窗摆下一张书桌，其他空间就给两张木床和一张竹床占满，正好睡下全家五人。做饭在后门厅外檐下，杂物摆满厅堂一角。万家里住屋的环境，没有给我一点欢喜，只是有些新鲜。后面是老地委党校，驻扎着六〇一三部队，军号声、跑步声、水泥篮球场上的战士球赛哨声，生机勃勃，充满活力，让我向往且兴奋。

同住的一家，主人是邹老师，长得高大温雅，在一所学校教政治课。他的母亲是位慈祥的小脚奶奶，每天用悠长的声音叫唤着孙辈们吃饭，也喜欢和邻里姑嫂诉说陈年旧事。她家人多，吃食自然匮乏，经常把农家染疫丢弃的死鸡死狗，捡回来剥洗干净，辣椒姜葱佐之炖炒吃掉，却也无事，个个健走无碍，令旁人惊讶无语。邹老师见我嗜读，示我以藏书，却不料陆一龙借去丢失的《我们播种爱情》亦在其中，我自不语，邹亦不知。

久未见面的亚美姑姑出现在家里。她在萍乡工作多年，现已嫁为人妇，育有两位女儿。丈夫是水电局干部，姓宋，大学生，笑吟吟常来我家，手中多半拎着乡下水库取来的草鱼或其他禽肉，与父亲饮酒交谈，甚是相得。父亲其时高兴，躲过风暴，乡下熬过五年，终能无恙顺利返城，自然快畅，酒也便喝得多起来，我见他醉过几次。亚美姑姑欣赏我爱读书，送了我一本浅红色笔记本，并借给我她爱读的小说。见我回城闲住，家中又拮据，遂托朋友介绍，我便在1973年的初夏，进入到永忠学校，也就是俗称的宜春一小去当代课老师。

一小的主楼是栋西洋式的教堂建筑，楼窄窗狭，教室里满是踩上去吱呀作响的旧式木地板。我教了几个班的语文，为了吸引学生听课，我讲得生动形象，学生则听得津津有味。数十年后，犹有同学记得那时场景，并牢牢记住了我这个短暂代课老师的姓名。这样的表现可能引起了注意，有时校长竟也来巡听，看到课堂秩序井然，却也无语离去。我想那时文化生活缺乏，学生自然喜欢我的教学。小学老师的政治学习也抓得很紧，晚上还要开会，听辅导报告。校长见我专注，会后竟来问我意见，以向上级反映。小学老师多为女性，集中备课时不免唠叨家务琐事。有次一位老师生气，说她买的一双新鞋，有人说不好看，丑死了。她要问丑在哪里，你的又好在哪里。遂有人斗气接口，竟至吵架，劝阻无效，闹到校长出面调解。这样的气氛，并不影响我的向学之心。听说本校初中部有英语教学，我遂去拜访，想就此起步，遂我心愿。不料那位不动声色的英语老师，冷冷模样，热心求教之时，只念了一个音标给我听，长音一声，短音一声，然后挥挥手："就这样吧，回去自己练。"见这般态度，我再没有去找这位老师。后来听说他的妻子几年前身亡，或许他完全心灰意冷，看破人生不过尔尔，并非独对我一人冷漠。学外语的事又一次搁下，也只能搁下了。

这时我认识了龙建生老师，他长得很白，头大眼睛也很大，神情中略带忧郁，却笑口常开。他喜欢文艺，见我会弹扬琴，很快就熟悉了，交谈甚欢，也迅速拓开了我的交际范围。他带我去拜访一位颇为自负的语文老师，住在秀江北岸吊脚楼上，家里简陋零落却丝毫不减他的傲气，有点可爱且逗笑。鞠老师，一位温润亲切的北方女性，她的微笑和善解人意都让我感到代课学校的温暖。但也碰到"硬茬"，一次到龙老师闲适的居室夜谈，遇见一个鼻高目深的沉默青年，其时夏气初起，星夜朦胧，我与龙谈起沉郁深广的俄罗斯文学，对未来充满憧憬。不料"硬茬"默听良久，开口便将我惊倒："你什么也不懂，太年轻了，你知道生活是什么，理想能当饭吃吗？到乡下滚泥巴，回街上没工作，理想在哪里？时间一长，你就没劲了，还什么理想未来，能混到明天就不错，明天的明天，鬼晓得，懂吗？"居高临下的教训口气，充满了颓唐和失望。我自然反驳，甚至搬出了哲学理论，他鄙夷不已，嘲笑相向："你去跟小学生上课吧，他们可能听你的。你知道什么叫社会，社会就是让你吃苦受累，每天睡到床上都不想醒了，什么意思都没有。"他纯粹是在发泄不满，也不知他遭遇了什么打击。他是高中生，龙老师说他有水平，其时下放在农村，姐姐是本校老师。此后我再未见到他，却在恢复高考后的1978年夏天，在宜春中学考场外遇见，他只深深地瞥了我一眼，未打招呼。后来听说他落榜，以后便不知下落了。

我在龙老师处意外看到了一本《秀江文艺》，刊有小说、散文、诗歌之类，宜春县文化馆编的。我很兴奋，那时文化读物很少，这真是个奇迹。认真阅览后，一时兴起我便写了一篇数千字的评论，龙老师看后感叹道："我们学校这里没人写得出"我就把它投寄了出去。不久暑假开始，学校又遣我到乡下农场割稻子，用板车运输，劳动之余傍晚到秀江河和几个身强力壮的男老师逐水喧闹。满河碧蓝，满岸白沙，笑声追赶着笑声，给了我很大的身心愉快。很快我的代课教师身份就结束了，领到了按天计算的一个多月工资。不久学校转告我，《秀江文艺》的一位编辑来找过我。很快那篇评论就发表了，题目是《关于英雄形象塑造的问题》，署名是宜春镇永忠学校刘幂。用幂字作笔名，纯粹是猎奇心理，也有点玩笑意思，好显得异类一些。父亲知道后很称赞，鼓励我继续加油。于是，离开一小后的失落感，又被文字上的快乐取代，兴奋了好几天。与一小的联系也就慢慢中断，只听说龙老师后来结婚了，但不久就突然患病离世，噩耗传来，令我怅然不已。他那略带忧郁的眼睛，是不是与过早亡故有关呢？

那时我正构思写一部长篇小说，算是青春激情迸发出的雄心壮志吧。其实不过是受现代作家丁玲"一本书主义"的影响，想一鸣惊人，令天下瞩目。书名就是直接效仿，丁玲的名著叫《太阳照在桑干河上》，我就定名叫《太阳照在九岭山上》，写险奇雄峻的九岭山区的乡村社会。我去找作家杨佩瑾，想当面求教并得到激励，于是我到了位于化成岩山岭东侧的地区文联。文联那时很冷清凋落，但也松懈闲散。一间阔大的办公室，有人脱下鞋双脚翘在办公桌上，身体蜷窝在藤椅中看报。杨佩瑾热情地接待了我，他当过志愿军入朝作战，很年轻就发表了作品，当时已有名气。听了我的想法，他微笑着告诉我，不要急，要积累生活，来日方长。回来我即投入创作，陷入冥思苦想，每天都在墙外的檐下来回缓走，以图在脑海中形成宏大的构想，并开始了写作。不过，这种类似痴迷状态的日子，很快就被新的工作打断。

姑父与父亲互动频繁，得知我失业在家，便介绍我到东门郊外的水管厂做临时工。厂子规模很小，任务就是生产涵管、预制板等水泥构件。我每天在工地用锹铲搅拌水泥沙石，放水搅和，混融后注入模型。用老虎车推送水泥，我一次能推六到八包，每包百斤，众人皆以我看似文弱却有力感到惊讶。有时晚上到了水泥，还要突击卸车，卸完即付报酬。更多时间是把浇筑好的水泥构件扛运到货场去码堆。与三个农民工合抬，由于我个子高，每次发力起身时，我要承受更大压力。劳动日夜不息，艰苦异常，远超农村"双抢"。晚上睡在值班室，床大又无纱帐遮护，蚊虫叮咬猖獗，暑热夜凉，竟致我咳嗽加剧，呛咳中吐出血痰。极度的劳累未能让我退却，心志反而更加坚忍。我在日记中写道："没有能够摧毁我的劳累，磨炼意志是我最大的收成。"昏黄的灯光下，我依然读写不辍。夜深有偶尔挤宿到大床上来不能归家的人，他们眠睡如喘，令我无法入眠，思绪纷繁，在青春激情与不堪现状的拉锯中，掉下痛苦和伤感的眼泪。

有天父亲来电话，说鲁清到了宜春，要我抽空回家见个面。鲁清一身风尘，又是一身喜悦来家报讯。他虽做了一户贫农家庭的儿子，但村中群众仍视他为"地主"子孙。他长得高大端正，劳力过人，又能言善辩，却无人上门提亲，偌大年龄依然单身。不料劳动产生感情，一个大队干部的女儿竟爱上他的人品，不嫌他的出身，也不顾父母坚决反对，死活要嫁给他。其父极力阻止，并通过各种手段来拆散这对有情人。事情闹到公社，不想公社领导也反对这桩婚姻。事情闹大，村中扰动，鲁清被逼到无路可走，心下一横，放出话来要与公社大队反对者拼个鱼死网破。他红着眼睛告诉我，他已准备了一把锋利快斧，如若到县里申诉无果，他必将猛烈报复发作，摸黑乘夜潜行，砍杀他十余人后，殉情而死。"他们不让我活，我就让他们死，搞他一个血溅鸳鸯楼，看谁怕谁。"所幸县法院公道，好在《中华人民共和国婚姻法》保护了他们的爱情权利，一场惨剧才未发生。我很佩服鲁清的血性，刘家自来如此。只是此次鲁清返程，家中须得资助钱财，这又难倒了父亲。夜深我睡在狭小房间上方临时搁置的木板上，听到楼下父亲叹息，亦不免与母亲口角，心中忧虑，更感持家艰难，我责不可辞。想到明晨我还要疾行八里路赶到水管厂，又只好徐图睡意，按下愁忧不提。

　　鲁清的遭遇，显然刺激了父亲敏感脆弱的神经，尤其是老家农村顽固的歧视，让他沉默无言，常作长叹。复杂的家庭社会关系，也让他对政治话题讳莫如深，却又不能不与亲人述及，不久竟与爱使性任气的妹妹亚美发生口角，或许也与母亲因亚美姑姑母女常来，唠叨增加有关。父亲忧闷加剧，返城时的高兴已一扫而空。亚美姑姑持家亦难，小女体弱多病，丈夫多下乡不在家。每次突发疾病，又不得不到兄长家求助。有次半夜送她娘女到地区医院，幼女突然昏厥，抽搐不已，亚美姑姑急得失声痛哭。虽经医生抢救无碍，我亦感到母亲的伟大和女性的弱小。独自返回时，我想抄近路，但是要经过野外荒凉偏僻的停尸房，且倚靠在一口幽暗的池塘边。我迟疑了一下，决定磨炼自己的胆量，遂在夜风如魅、枯草缠脚的小路疾走，惊悸着闯过那幢充满恐怖的孤屋，紧张之后的轻松令人难忘。亚美姑姑对父亲和我，以至整个家庭是非常在意的，从心底充满热情与关注。城西郊外滩下有个著名的算命先生，测算极准，人称"王瞎子"。亚美姑姑去找过他，听说为家族几个人，包括父亲和我算了命。我自然好奇，但亚美姑姑闭口不作任何透露。只听母亲转话，说父亲会长寿，对我则一句话都没有。我觉得亚美姑姑迷信好笑，日久也便忘了。我那时读了一些苏联文学作品，尤其是高尔基，他笔下流淌出的《我的大学》，让我感叹："我的大学岂不是如此！"水管厂的临时工作很快结束，我把全部工钱交到拮据的父亲手中，全部时间沉入到我痴迷的写作与阅读中。思考的深长与繁杂，迫使我走出狭小拥挤的房间，走到久已生疏却又无比亲切的市井街巷中去。高耸破旧的西门鼓楼，废弃已久、时隐时现的李渠，参差不平但颇为安静的青石路，还有狭长弯转的崇儒巷，潮湿洞开的大北门，突然一亮逶迤河上的浮桥，遍布各处的深深的泉井，门板齐整敞开的小街店面，都是我流连徘徊的地方。街巷深处偶尔也起扰攘惊动市井，一对彼此深爱的男女，因为世俗偏见的压迫，竟然双双悬梁自尽以死殉情。一个是未婚青年，一个是育有两子的年轻母亲。喧嚣的舆论，如何交代遗下的孤儿？只感到旧式的风俗习惯，就像城墙上遗下的当年太平军的累累弹痕，在枯草的掩映下随处可见，一如往昔。

我也拼命读哲学，读了《宇宙之谜》和《人类在自然界的位置》之后，引发了我深远的疑问。我把对星空浩渺的好奇，迅速转移到对宇宙人生的追问，生发出无数有形无形的问题，写在纸面上的文字是混乱无序的：我是谁？宇宙未来在哪里？人类只是一个宇宙过程吗？我当何去何从？人生浑如星空吗？抽象的理念与形象的文字交织错杂，令我激动又迷惘，最后还是回归现实，回到当时所能提供的阅读范围内。辗转借到的书渐渐多了，父亲也帮我四处搜寻，竟然收获满满。在宜春我们还有一家亲戚，就是舅公王宝珍一家。宝珍舅公是早殁祖母的族弟，他是纯粹工农干部，俗称"老大粗"，是县镇农业口的领导。他虽无文化，人品却好，与我父舅甥两人，甚为相契，来往密切。我到他家中，偶见散落在桌上的精装本《列宁选集》，一套四本皆全，遂向他求借，不料他豪迈地一挥手："借什么借？都拿去，给你。"我自喜出望外，感谢不迭。父亲殁后，舅公一家返回宜丰，我到地委工作后曾去探望。他量大福大，子孙亦旺，其中幼子改革开放后在北京雄起，成为21世纪初中国十大青年富豪之一，不过若干年后又消息全无，似已凋落。舅公不读书，其后人亦不读书乎？失去联系日久，事物必起变化。以我愚猜，王家子弟其兴也勃，其去也疾，非舅公之过，更非少读书或不读书之故，谁之过？只有存问于未来或今古之圣贤了。

八、季节工

1973年深秋，我又得到了一份工作。

那是一个霜风凛冽的早晨，我疾走在去往宜春东门外泗洲寺的路上。泗洲寺早被扫灭殆尽，庵中尼姑四散或被当地农家纳为人妻，寺庵名头虽在，却已完全被一座新型的现代肉类联合加工厂代替。走在泥泞裹脚的道路上，我张望着这块地势高低不平的厂区，古代明朝嘉靖皇帝曾将这块地赐给权相严嵩。严嵩是东面数十里外袁州府分宜县介桥人，是当时州城宜春的荣耀和光辉，留下不少胜迹。后来严嵩骤然失势，这块土地复被朝廷收回，却又成为宜春百姓眼中的风水宝地，四百年来世世代代遗下坟冢累累。民国年间开建浙赣铁路，据说掘墓之多不可胜计。1968年，肉联厂破土兴建，满城盛传挖出了严嵩墓，少年的我亦到现场玩看，只见一个偌大灰暗的墓坑，空空如也。多年后才知道此处乃严嵩夫人欧阳氏的墓地，曾见石人、石马、甬道俱全，可见当年严嵩莫大威势。不过沧桑百变，关山改颜，今日此地已然是一片夺目新貌，千吨冷库矗立连片，压缩机房的制冷机轰鸣，屠宰车间的生产流水线蒸汽升腾，机声、人声、猪嚎声混杂一片，远闻犹如洪然潮声。还有腊味制作、生物制药、饲养屠宰、动力锅炉等区域分布四处，昼夜运转不息。一条从厂外锲入的铁路支线与冷藏库房的悠长站台平行而过，常有火车机列或偌大车皮隆隆推入，将冷冻存储的白条肉、分割肉、猪副产品，甚至分割鸡、蛋品等销往东欧、港澳或沿海城市。庞大的火车机头呼呼喷气，长鸣远近，来回穿梭，一派旺盛景象。此外，大片职工住用的平房，还有篮球场、大仓库、大食堂，围绕着居于高阜之上的两层红砖办公楼，亦是秩序井然，人流不息。哦，这便是宜春人热称的冻肉厂，可日宰千头生猪、万数活鸡，气势盛大。我等属于编外招聘，生产旺季时大批招集，淡季则四散为零，俗称季节工，前后有上千人之多。到1975年岁首为止，我在冻肉厂多次进出，临时成为名副其实的工人阶级一员。

不想在生产科报到，却碰了个钉子。生产科长成老总站在那里，瞥了一眼瘦长文弱且戴着厚如瓶底眼镜的我，脸上现出不屑："我们这里很苦很累，你能干什么？"我被他的蔑视刺激，血气上涌："那请你说，哪里最苦最累？"他立马愣了一下："冷库，零下二三十度，你吃得消？"我毫不犹豫地回答："我就去冷库，开条子吧！"成老总没再吭声，只是又瞅了我一眼。我自然也把他记住了，大高个，浓眉大眼，正气沛然的样子。一次他来冷藏车间参加劳动，我又使出在界牌对付那位老贫协主席的伎俩，紧跟在他身边干活，把几十斤甚至百把斤重的冻肉，抛到高高的肉垛上码放。离地面越高，我抛掷得越有劲，效率和速度远超众人。成老总终于停下来抹汗喘气："这个眼镜子还真有力气哦！"遂态度大变，自此见我总是笑脸相向，再无歧视之意。

从狭义上看，肉联厂实际就是杀猪厂，只不过是流水线作业而已。工人多从封闭无知的农村招来，有人没见过电话机，铃声一响，竟去伸手按住，对惊异的旁人分辩："不是我，不是我搞响的！"也有不少退伍转业军人，在车间亦是军事化管理，负责人分别叫连长和指导员，如同部队建制。早晨广播声起，厂门大开，工人持刀上班，厚袄入库，高筒套鞋，橡胶围裙，拍得空气乱响，显得怪异野蛮，气质粗鲁。闲时除了政治学习，便是玩耍角力，摔跤、扳手、举重、对棍、"榨油"（多人抓住一人放倒，上下抛甩），闹成一片。喧闹中也常有斗气动怒者，口骂手殴，戏玩变真，全赖劝解收场。此外绰号盛行，"土匪""屎肚子""油桶""一截兜""麻糍"还有"猪脑壳""贼牯"也比比皆是，初闻不得要领，熟悉后如梦方醒，感到确是贴切准确。季节工不同，基本上都是城里的"街上人"，除了刚毕业的学生外，混迹街头的社会青年亦有不少，好勇斗狠，讲力不讲理的风气很盛。但干起活来皆不含糊，在低温库装卸冻肉，码堆包装箱，远甩高抛，不遗余力，能干到赤膊上阵，汗流浃背，依然呐喊长啸，犹如打仗冲锋。寒冬早晨，亦能一个个冒死冲出热被窝，在冰冷彻骨的冷水中冲澡，英雄气概一往无前。无事时便互相冲撞，打闹玩耍，追逐如飞。到食堂吃饭，碗筷敲打声响成一片，膳食窗口仿佛打击乐现场。因离家太远，夜晚我便住在车间集体宿舍。一大间五六张床，简陋、拥挤，暂时栖身而已。

我也是群体热闹中的积极分子，但本性难改，便问他们愿不愿意看点书，也把一些人物故事讲给大家听。舍友被我的讲述吸引，晚上便不再闲逛瞎玩，聚在宿舍读读书聊聊天。这很快就引起了不满，这天晚上大家正议得高兴，突然一个大块头闯进房间，"啪"的一声扯掉日光灯拉线，凶神恶煞地大吼一声："睡觉！"然后轰的一下砸向床铺，我们皆用被子盖头再不言语。室中漆黑，没人吭气。此人名叫王老三，身壮力大，勇猛过人，且惯死缠烂打，无人敢惹。我知此时硬对必然爆发冲突，且寝室中多有他同伴，只能暂缓忍下，才得一夜无事。此后我见他喜欢角力，决定挫他声威，以我掰手腕的优势发出挑战。他自然欣纳，反复较量，终以我胜多负少始让他正眼看我这个所谓的"臭老九"了。很快，他又从社会上引来几个魁梧壮汉，与我一较高低，我们的心理距离自然就大大缩小。不过他认为掰手腕小意思，不算本事，要与我摔跤决出胜负。我亦有此意，但知他体重力大，不敢贸然动手。在车间门口的草地上，我与他试搏一次，差点被他抓甩倒地。但我也看出他只知使用猛力，并无章法，于是又约到站台上比试，并说好若失手负伤决不能翻脸"发性"（即发火动怒）。我蓄意为之，有备而来，觑他轻敌骄纵发力冒进，遂在交手中一个借力拖甩，脚下使绊，出其不意将他扑地摔倒。王在众人喧笑中爬起，摸摸嘴巴，竟然吐出一口血水，原来是摔伤了鼻下唇齿。我担心他"发性"变脸，却不料他只笑道："算你赢了，改个日子我们再来。"我见他守信讲义，不免感动，与他关系又近了一层，话便多起来。得知其父乃机械厂汽修专家，有次犯事被请到公安局，见一辆警用吉普发动出门，闻声即说："不出三十里车子就会坏掉。"民警呵斥他妄言，不料吉普车果然途中抛锚，只好请他去修理恢复。于是声名鹊起，"汽车大王"的头衔传闻远近。王家兄弟众多，父母疏于管理，放任自流。兄弟们炎夏常到河中洗澡游玩，码头人多，满河躁动，王家兄弟大小人等，皆钻水嬉闹，夜黑回家竟不知少了一个幼弟，返回寻找才发现不幸溺亡。

我与王老三如此交往，友谊渐增，我亦见出他虽然外貌凶横，其实心底存善，只是逞强而已。有次食堂打饭排队，肚饥不免焦躁，队形混乱，他却能礼让两位女工，以他的霸势方便她们先行一步。不像冷库中另一人"孙菜皮"，其人能言善辩亦读过一些书，以他口才喜近女性，嬉皮笑脸乘机摸扯衣服头发，尤其是对屠宰车间一位气质高雅常到冷库取货的上海姑娘，几近调戏，意有不轨。我等皆不齿孙，反觉王老三有股正气了。自此王虽不参加我组织的读书活动，却也从不阻挠，我也与他主动接近，谈拳论棒，言谈相契，竟成朋友。冻肉厂淡季来临，季节工们风吹云散分手后，便很少见到王老三了。只听说他还打过几次架，影响最大的是在萍乡举办的一次盛大篮球赛事现场，他与当地社会团伙冲突，抽出皮带猛击，竟将众多对手击溃，追逐喧嚣，球赛亦被中断。1983年"严打"期间，他被关进看守所，在牢房又与犯人斗殴，亡命以搏，真不知他所为何事。多年后在街头遇见，脸上浮肿，强蛮不减，却不乏真诚的夸赞："唉！当初没有跟着你，不然我不是今天这个样子。"虽有悔意，却本性难移。听闻他沉溺酒桌，终因心脑血管疾病过早辞世，却也不知消息是否准确，倒总和一些熟人时时谈起。

季节工群体中也不乏尚文好学的人，从外省生产建设兵团转到宜春的知青小肖，便是其中一位。小肖文弱，态度谦和，在崇尚武力的冷库，他多默然笑看。几次猝然发作的持械斗殴，他都躲在一旁，或者有些害怕。但他开口说话，却显得斯文有礼，见识高于众人。他给我看多年积累下来的一本厚剪报，都是《光明日报》文学遗产栏目的文章，让我惊喜。在寝室中翻看时，多有饱学的老高中生们来借阅，皆有如饥似渴之感。

春天到了，站台对面的那一排苦楝树长得青绿婆娑，越出高墙直指蓝天。生产旺季来到，季节工大量涌入。这时我又遇到了两位对我读书颇有助益的朋友。一位是小学同学霍庆会，身高敏捷，是篮球场上的好手，颇得大家青睐。多年不见，由于他父亲在学校工作，他给我最大的帮助，是能够在宜春中学图书室随意借到封存已久的各类图书。管图书的老师，正是儿子在"武斗"时翻车死亡的那位悲痛欲绝的母亲。往事已矣，通过霍庆会，我能读到许多羡慕已久的名著，也一直对这位管图书的老师充满感激与同情，她肯定知道我对知识的渴求有多么强烈，故义不容辞给予方便，虽然我们并未见过面。霍庆会亦不辞麻烦，一如小时的忠实伙伴，给我拉开了一扇通往书海的硕大门窗，多少新鲜的空气扑面而至，令我陶醉，也令我快乐。另一位是尹少山，胖胖的，笑靥常开，喜与我交谈。他的父亲是文化馆长，兼管偌大一个宜春县图书馆，这不免让我垂涎，于是设法请他帮忙。尹亦热情相助，并非正式而是私下借出图书，还有很多期刊，如《文学评论》。同治版的《袁州府志》，也是这时读到的。借书还书犹如时光穿梭，经常在我俩上班见面时交错。这是一段美妙的时光，读书让我心境开阔而辽远，仿佛登高，看到天地宇宙之大。读书亦让我的劳动热情陡增，青春热血沸腾，似有用之不竭，源源而至的气力。

这时，冷藏车间领导开始注意我，特别是那位与我扳过腕子的指导员。季节工每个月都要评工资，群聚嘈嚷，却也公平。指导员常来与听，发现我总是获评一级，且异口同声一致同意，没有一人反对，于是主动接近，聊谈渐熟。指导员姓李，部队特种兵出身，浑身肌肉饱满，亦富心计，在群众中很有威信。他见我有号召力，遂要我领着季节工干活，特别是苦、重、累的关键时刻，总是许我带头冲击，一鼓而下。最紧张时是夜晚兀地开来一串机列，工人临时从各处急招而至，厂内顿时灯火通明，人声鼎沸。机列车顶洞开，与站台上端豁口对接，上面爬满胆大力壮者，二百斤一块的冰墩，砸碎后注入机车，飞流而下。与站台平行的车厢内则装填着冻肉或包装箱，数百吨冻品堆积如山，车载人推，络绎而至。装运工作必须按时完成，不得耽误发车。其场面宏大，轰轰烈烈。有时或机列晚点，或机头不能及时调对车位，我们就爬到冷库顶上张望兼休息。星月弥天，夜气漫漫，远处车声长吟，灯火隐然，我们在等待与饥饿中依然干劲不减。子夜时分食堂免费的一碗肉片汤，更令群情昂扬，不免嘲笑那些困倦哭相的"梭脚"（方言，孬种）和"豆渣"，以致通宵不眠，次日再战不避。指导员亦是传奇人物，他的故事也让我们大开眼界。他曾亲手示范空手夺刃，凝神静气以待，瞬间发作一蹴而就，让我叹服不已。指导员亦对冷库内的季节工群体颇引以为傲，时或带着我们一干人等，到处出场，说："这都是我的兵，能文能武，不信你们试试。"我们亦感自豪，并内心感激他为将我们长期留用而奔走斡旋。

秋天到了，天空爽净高旷，站台上车皮常常满载收获的果实，不期而至，大篓的苹果卸入恒温库。因为食物贫乏，工人们在卸货入库时，常有暗暗偷吃者，库深人杂，虽难察觉，但时间一长，竟成暗下风气。成老总专门开会苦口婆心劝说："同志们哪，我们是工人阶级啊……"我的内心则视苹果的诱惑为意志的磨炼，坚决杜绝欲念。自始至终，我没有吃过一个苹果。此事渐为大家所知，有赞叹者，也有嘲笑者，我皆不为所动，自认在意志磨炼上是位强者，抱定"走自己的路，让别人说去吧"的态度，默然且欣然。此事自然不会走脱指导员的视线。

1974年，在全厂数百名季节工中，我被评为唯一的先进生产者，参加了全厂的总结表彰会，此亦是指导员揄扬荐举之力。那本会上奖发的"春潮"笔记本，藏存屉底数十年，至今我仍能闻到当年苹果的香味，是的，我把它保存到我的精神深处，从来没有消退过。

我家那时已从万家里搬到地委大院的财税宿舍，环境焕然一新，一套厅室新居前所未有，真如鸟枪换炮，糠窝掉到米箩。只是隔墙是大会堂兼电影院，夜来喧声如潮，久久不息。我犹不觉，依旧夜半灯火，读写不辍。只是墙根柴火间，各家皆有鸡笼，偶有盗贼光临，引得我神经绷紧，几次摸黑持棍搜索，虽无擒获，却也有打草惊蛇之效，夜深不碍灯下抄读。其时地委大院亦起大扰攘，各路人马，时来聒噪，竟至机关大楼难以安静办公。好在事态并未引发更大混乱，形势渐渐平静。

受形势的影响，我开始研究先秦历史，把司马迁的《史记》读得烂熟，同时钻入图书馆，览尽所涉书目。终于穷数月之功，写出了一部中篇历史小说《焚书坑儒》，以拙劣的笔迹按稿纸格子缮抄完毕，寄给了省城出版社。此时我已搁笔长篇创作，原因是写出十余万字后，被来访的资深文友窥见，他认为笔力尚浅，只能是尝试之作，以暂停养笔为好。此亦是解我困境之策，于是转向发力，寄望于历史新编拓出捷径。不料出版社很快退稿，编辑来信云："虽然笔法老到，有古文之风，却失于缜密，叙事疏阔，需重理架构，再作酝酿，或可臻佳作之境。"闻之我不免气馁，虽有肯定语句，但显然要重起炉灶，米饭再烧，且结果难于预料。于是将信稿束之高阁，潜心他事，又试图以短篇胜出。其时满室皆书，满桌是纸，文学哲学历史学，长篇中篇又短篇，忙着眼扫笔写，就着日光灯色，昼夜不息，依然兴致不减。同时我也为省县两级文艺刊物写稿，偶有刊发，多得退稿，依旧不屈不挠，每以契诃夫名言自警："在一百个大有希望的写作者中，只有一两个能够成功，命运只认得坚持二字（大意）。"更有高尔基说的："创作的过程也就是一个不断战胜自我的过程。"迭相激励，强悍不退的初心，是我盲目蛮干、不计得失的动力。

此时我的咳嗽复发，晨昏剧烈，少眠、失眠益增，问医求药大半无效。冷库工人中有位湘籍老师傅，见我数月不得止息，入秋后有加剧之势，便嘱我以一秘方试之：在日宰十万鲜鸡的屠宰车间，觅取七个新鲜鸡胆，以冷水逐个张喉吞下，必得奇效。我此际走投无路，如法炮制，依嘱完事。有医生得知，说："你不要命了，等着中毒吧，出了事后悔莫及。"我素以莽撞无智去疾，此际更是以命搏病，如《水浒传》中的人物李逵所言："怕他个鸟事，夺他鸟位便罢。"放心一夜深眠，醒来果然性命无虞，且咳疾如风拂去，竟然痊愈。一事乍了，他事又至。我喜在篮球场上奔逐，不意在争抢篮板球时，将高度近视眼镜摔烂。干活尚可，无非茫然中擒物发力，并不影响劳作。读写誊抄却失去明晰，破碎黏接的镜片，让我混沌了多少个昼夜。好在上海配的新眼镜如期而到，让我摆脱了日也朦胧夜也朦胧的窘境。此后再也不敢轻易在球技低劣的业余赛事中闯荡，以观赏鼓噪为乐，手脚痒时投投篮、跑跑圈作罢。

1975年春节的爆竹尚未炸响，季节工们便渐次退出冻肉厂。淡季到了，站台上空空如也，一片萧索，铁路支线双轨寂寂，无言远伸，苦楝树摇摆着寂寞的枝条，拍打着冷冽的天空。大家领了工钱，在工厂大门旁的铁路道口分手，各自扬臂辞去。望着熟悉的身影瞬间消失，我的内心充满怅然，也不知何时能与他们再度相见，只是紧攥着两个拳头。宛如爬山却不知要登顶的是个什么地方。鲁迅说："世上本没有路，走的人多了，也便成了路。"不过我走的路，却始终只有一个人，那便是我自己，并没有同行者。我不过是一个匆匆过客，没法走别人的路。迷惘、惆怅，甚至忧伤，算是我的亲密伙伴，但至少我并不孤独，这就够了。

九 、 喷 射 的 油 茶 壳

一座顺着山坡而下的公路桥，高跨在时而轰鸣，时而沉寂的浙赣铁路线上，俗称天桥。桥南是一望无际的油茶林，黄土山遍布荆棘草丛，荒凉偏远少有人迹。

宜春县农药厂便深隐在这片被油茶林围裹的丘陵中。

东南是孤耸陡立的半边山，西南是碧玉浏亮的清沥江。山水对眺，夹带着这荒远一隅。故天桥茶林空旷处，便被辟为毙人的隐处。那年钽铌矿上发生了一起因一只鸡引发的凶杀案，凶犯公审后被拖到此处毙杀。林深路窄，亦偶有抢劫和性侵发生。一个昏雨迷离的下午，一位焦急万分进城抓药回家的村姑突被歹人袭击，但她性烈不惧，以健硕身手，竟将矮小奸徒击倒，报警后歹徒遂被民警搜捉归案。虽是茶余饭后谈资，终使人闻此地而心有余悸。

1975年春季，我便是天桥上和油茶林中的孤身过客，以警觉护身，成为农药厂昼夜倒班的临时一员已有半年。

荒僻油茶林激起的心悸，很快被扑面而来的新鲜感融解，但接踵而至的潜在危险又让我时时紧张。烧碱、硫酸、黄磷，都让人敬畏三分。在黄磷车间行走，脚步不慎擦地极易起火，一位粗心的工人，劳作时不慎把浸在水中的黄磷掉了一块到高筒鞋中，竟将脚背烧烂，惊叫不已。一次货到卸车下烧碱，晃动的液体溅到一位工人眼中，他大喊让开，拨开人群径直跳入门口蓄水满满的大池中，才避免眼瞎肉溃的惨剧。而高悬在厂房上空的硫酸管，一次不明原因爆裂，硫酸有如细雨喷降，人群四下逃避，我则顶着一张桌子奔走门外。危险无处不在，惊惧时有发生。而我工作的糠醛车间，则又别具另类险情。

我看见的糠醛，在透明的玻璃管中缓缓流动，好像浅色的茶油。听说用处很多，可以合成橡胶，也可以用于医药和农药的制造。多少年后才惊悉，它是强致癌物质，好在那时愚昧，连什么是癌症似乎也不清楚，无知自然也就无畏了。宜春是全国知名的油茶之乡，八十万亩油茶林连绵百里，一望无际，大量丢弃的茶壳，遂被用来提取糠醛一类有机化合物。我的工作是站在二楼巨大的罐体口边，用长长的铁棍去不停搅动源源输入罐中的茶壳。从堆积如山的茶壳库房中，传送带携壳而至，与硫酸、烧碱一齐注入罐中。这完全是苦力活，我的汗水与喘息混杂在嗡嗡机鸣中，但还是比满头灰尘的库房工人幸运，呼入体内的灰尘至少是没那么多的。旁边那位矮小多舌的女工，一边频繁用pH试纸检测数据，一边用有趣无益的唠叨消解我的疲累。我的同伴叫李自勤，身材瘦小敏捷，眼神聪慧机灵，是一位优秀的电焊工，却不知为何被安排来与我做苦役般的搅拌工。每到满山漆黑的夜半时分，密闭的巨罐提取完毕，开始呼呼加压输入蒸汽。极其危险的时候到了，我和自勤会钻到楼下罐体下端，蹲伏着爬进去，用扳手小心翼翼卸下那十六个封住罐口的螺丝，只留下一根在楼上控制的横杠，顶住罐中万般高压下奔突不已的料渣。我的心提到嗓子眼，在四下喷出的热烈蒸汽中蹲伏操作。更糟糕的是，我戴着玻璃瓶底厚的高度近视镜，不时被无情的蒸汽所蒙蔽，我不得不时时擦拭，腰弯头低，手脚并用，真是险状万分，苦不堪言。一旦失手，罐口的万钧高压脱缰而出，将会把我们与巨量的料渣一起，卷裹喷射到百数米外，那里是一片开阔的山坡，夜空下沉寂无声，渺不可测。好在自勤敏捷，远胜我的笨拙迟钝，每能在呼呼作响的蒸汽围堵下顺利完事，有惊无险。此后，我亦在一位上海知青的帮助下，在沪上购得一瓶去雾水，让眼镜再不易被蒸汽蒙蔽，清晰如我所愿。那位知青女性对我眼睛的关切与帮助，我至今不能忘怀。

在夜色与灯光交错中，我和自勤回到二楼。惊心动魄的警笛声响起，久久不息，向夜空下的所有生灵宣告危险降临，不可妄动一分。轰隆巨响下，强大的气流裹挟着油茶壳渣喷向空旷山野。那汩汩流出的浅色油状糠醛，就这样婴儿般啼哭着诞生了。我自然不关心，这陌生的油状物体，与我等潜入的危险与苦累有何关系，我只是一个临时请来的杂役而已。自勤则不同，嘴角常常泛起自信的浅笑，满意于自己的奉献。他是厂内正式职工，改革开放后，凭着娴熟的技术和过人的才智，成为一个卓有成效的企业家。三十多年后我们重逢时，他已经在享受成功人士的悠闲生活，别墅、豪车，深入远山打猎，那自信的浅笑依旧时时泛起。但我的天性中充满盲目的热情，一次雨中卸煤，众人皆望而却步，我却挥锹登车，独自奋力掀煤落地，引起正在参加车间劳动的厂长的注意。不久我就被派到邻县新余火车站货场，与几位无人监管的临工，干着又累又脏的煤炭卸装劳动。但我兴致颇高，劳作之余洗刷干净，拉着几位同伴到照相馆，留下了一张青春洋溢的照片。此后我又移师宜春彬江钢铁厂，从废弃的炼钢高炉上，拆卸坚实厚重的炉砖。袁河两岸风景如画，尤其那些参差连绵的山峦，在疾驰的汽车上缓缓移动，犹如绝美的电影上演。我兴奋得大叫，与浙赣线上的列车共鸣，天空田野之间的农人，成了宏大舞台上的过客。那种盲目冲动的激情，让我动力无限，浑身充满取之不竭的能量。一次劳动，要把一台刚到的新锅炉抬到山坡上的锅炉房去。路窄坡斜，只能容纳数人发力，锅炉重逾一千多斤，我等四人竟以蛮勇之力，寸寸移动，竟然成功，得众人赞叹，晚上我自测身高，足足矮了两厘米，至今不知是否影响了我的生命体长度。

不知什么原因，糠醛车间停产整顿了一段时间。我被任命为集中劳动的这批临时工的负责人。我心知肯定是厂长提名的，因为车间领导始终认为我是个"秀才"，适合抄抄写写，可惜我的毛笔字过于笨拙，很快便退出了文职工作，自然就被边缘化了。厂长姓张，南下干部，站在巨型茶壳堆上讲话，语言沉稳流畅，很有威势，犹如军队指挥员，一声令下，全厂沸腾。我很佩服他，也试图效仿他。不料在任命后的第二天，站在山坡上派工劳动时，有位临工抗拒我的安排，坚决要求到他选择的那个劳动小队。我不由得大怒，无法冷静，言辞粗暴，强令他必须服从。我们二人大吵一顿，口舌生烟，最终他无法抗拒，愤愤听命。那张新余照相馆拍摄的合影照凝成的友谊，顷刻间土崩瓦解，他有很长时间不跟我说话，似有绝大怨恨。下夜班回家，熟悉后的临时工皆结伴而行，喧哗经过那片沉寂恐慌的油茶林，夜黑林险，少年男女间的近距离接触，自然有了充足的理由，神秘陌生的夜幕也成了遮护。我发现那个临时工紧随一位高挑白皙的西门鼓楼姑娘，主动搭话，切切不舍。方才大悟，那次莫名其妙地抗命，其实是因为他想与鼓楼姑娘分在一起劳动。不知情的我扼杀了他的意愿，还如此粗暴简单，当然必须付出代价。

这时尹少山又出现在我面前，与我一起拆炉砖，下新余，我便又接上了图书馆的借书链条。另外只要有空，我便到中山路邮电局门口的橱窗边，阅读报上的理论文章。

此际又认识了两位有趣的朋友，皆与我同姓且喜交谈。

一位是万洪，军队干部子女，父亲曾是抗战时王震将军的警卫员。延安时期的三五九旅、南泥湾以及南下支队的万里跋涉，都让我好奇心陡起，常向他发问无数。万洪擅说，且富艺术素养，闲谈时喜欢用一株狗尾巴草，不时扫拂自己的鼻脸，讲出令我新鲜不已的众多历史掌故，使我对烽火战争，又增加了很多感性元素。万洪知道我喜武，曾引来几位军中子弟与我掰手腕决胜，更有一位将军后裔，竟是文章高手，对我的文字，提出过难听却正确的意见。万洪的父母是极慈和的老人，他的母亲常笑着对我说，老家河北阜平大红枣儿甜又香，年轻时贪吃坏了牙口，满脸焕发出对家乡的无比喜爱。他的父亲更没有一点老革命的架势，退闲在家抚弄菜土。那年我父殁后，选中的墓址不巧是他钟爱的一块园土，老人家得知后，连声答应，其慷慨热心令我全家感动。

另一位是小个子安辉，肤色较黑，热情健谈。他家住在崇儒巷，高高的青石门槛，宽敞的有天井的厅堂，住户虽拥挤却亲和无隙，充满温暖的市井气息。有次下班回家，他瞅见巷路拐弯僻静处发生抢劫，两人厮打成一团。我们闻声飞奔上前捉拿歹人，矮个的他竟然一马当先。歹徒虽跳墙钻没，被抢的中年人却也保住了腕上手表。安辉最骄傲的是他亲哥，说他哥家穷发奋，十年苦读，饥则饮粥果腹，寒则旧袄裹体，以草绳扎腰保暖，终于考上北京外国语学院，毕业后以优秀生身份到驻柬埔寨使馆工作，有几年没回家了。突然有一天他高兴地告诉我，哥哥就要回国探亲，某日抵达宜春，全家欢欣鼓舞，决定摆出一桌盛宴并邀亲友与聚。其时盛夏已至，赤日炎炎，街巷空气欲裂，火燥难耐。那日安辉突来邀我到他家晚餐，说他哥有急事不能按时回国探亲了，要我们去他家帮忙。那一桌菜肴好丰盛啊，有海参饨肉皮，有薯粉肉丸一大碗，蒸蛋布满油香，还有整条草鱼煎烧在盘，最不能忘记的是那一大碗红烧肉，暑热亦不能掩其香气。这是我有生以来吃到的最豪华的一桌饭菜，而且还是去"帮忙"。秋天分手后，我再没见到安辉。不大的宜春城，竟然没有再见的机会，碌碌的生活又是多么冷漠残忍。

我们渐渐与工厂熟悉，频频行走到厂部机关和食堂去。厂子建在起伏不平的山坡上，连个像样的篮球场也没有，工人的娱乐只有互相开玩笑，甚至恶作剧。厂里有几个上海人，多为技术人员。一位年纪稍大的尊称为管工，胖胖的，见人笑得很谦和，也很随意。酷暑天热，他光着淌汗的胸背上食堂打饭，穿条大裤衩晃晃荡荡。站在窗口伸碗装饭时，竟被后面一位青工刷地扒下大裤衩，赤裸裸地引起哄然大笑。慈和的管工并无尴尬，放下碗筷缓缓拉上裤衩，在众多男女面前也绽放出不辨真伪的笑容。我觉得这玩笑有点大，颇具羞辱感，但作为知识分子的工程师，又能怎样，发火骂人吗？野蛮总能制胜文雅，玩笑亦莫能外。与当时的工厂机关一样，农忙时厂里也组织人员下乡割稻子。清沥江沿河田野风光让人如痴如醉，尤其河中石头形状各异，犹如点化的神兽，凝固在奔驰一刻。免费午餐菜肴多蔬，辣菜为主，饭桶巨大，瞬间罄尽，常令我等咀嚼吞吃缓慢者，望桶兴叹，添汤助饱了事。厂里常起工程，基建就地取材，我和一些善泳者，钻到碧绿的清沥江水下，用土箕捞起浸润百年的黄沙，递送岸上。烈日下的一湾碧水，河岸上掩映的茂密杨柳，还有横卧的沙船，徐徐的暑风，都令我兴奋不已。美丽迷人的乡村风光，是对这个世外小厂最好的馈赠。

政治学习或开会，往往安排在晚上。临时工们索性不回家，在食堂用餐后就按那时的习惯，男女扎堆分开。乡村的暮晚弥漫着醉人的气氛，茶树林那边吹来温煦轻柔的风，夹着绿叶的香味。有人哼起歌来，接着传染成片，一把口琴响了，吹得风生水起，呜呜颤颤，引得人群渐渐聚拢，口哨和吆喝叠加，倾听与赞叹交错。青绿色的山坡上，夜色渐渐变浓，人群渐渐模糊。口琴的吹奏者，乃知识家庭出身，很文雅的样子。生产忙时多夜班，夜半上班是常事。他每从居家的城西北端化成岩骑车穿过整个宜春城，到城东的化肥厂接一位他心仪的姑娘，然后又并车疾驶绕回城西再到南面的农药厂。他的不辞辛苦与锲而不舍，一时传为笑谈。但那位身姿不俗的官家女，似乎仅将他的苦心视为护卫，最终并未动心续写下文。

我也有一把"国光"牌口琴，也能吹出节奏鲜明的复音。但我并未带来，只是倾听与跟唱，口袋中还是习惯揣着书本。刚入农药厂，情形尚生疏，更是独居一隅，翻阅着喜欢的携书。那时阅读眼倦之余，沉溺式的空想联翩而至。有时悬想未来，觉得入文不如济世，最喜《三国演义》中的人物阚泽那句话："大丈夫处世，不能建功立业，不几与草木同腐乎！"我的幻想在哲学、历史、文学和权力高端、苦难革命间游走，滋生自我陶醉般的浪漫，沿着无限的想象任意驰骋。有一次坐在山坡上捧书想象，突然有一句轻柔的问话响起："你看的什么书？"原来是坐在办公室画图的那位安静的技术员。其实我很早就注意她了，在冻肉厂轰鸣喧嚣的屠宰车间，她站在生产线的拐弯处，把从烫毛池中吊起的白条猪，只是顺手一拖悬到空中，确保它们按序进入刮净、破片、取样、分解的流水作业中。劳动分量很轻，但她的上海口音和清丽姿容引人关注，常有人去搭讪，包括自鸣得意的"孙菜皮"。不过她的警觉和高傲截断了外界与她的接触，只容一位与她同进共出的女伴。不想她也辗转到农药厂，又做了份轻松的工作。我自然注意到她，也被她的气质吸引，但从未说过话。我把手中的书给她看，她定定地望着我，眼神柔和亲切，并无惯见的冷傲。站着交谈了几句，她便翩然而去。我无从得知她是什么时候注意到的我，但交往从此而起，又一次在山坡上，她拿出一本书来问我看过没有，我接过才知道是德国作家歌德名著《少年维特之烦恼》，久仰却未读过，她说可以借我看看，我却万分愚蠢地回答："待我看完手中法捷耶夫的《最后一个乌兄格人》，再来向你借阅。"因为我太喜欢远东神秘部落的乌兄格人了，竟然疏忽了她的用意和她脸上微显的失望。事后悟到如此低级的失误，已经过去若干天了。有次上夜班，她跟我说，当晚她父亲没空，不会来接她，问我能否帮下忙。我自喜出望外，但到夜晚下班时，我四下寻觅，才发现她的父亲又接她来了，我的失望至极可想而知。她体察至细，我的高度近视镜片被雾气蒙蔽的苦恼，就是她从上海帮购的去雾水解决的。孤陋寡闻的我，前此毫无办法，不意经她轻巧化解。车间一次事故中，我被误开的电机传送带甩脱击中，休息了半天。次日她见我急问："没事吧？"她的关切令我感动。因路程太远，有门路的临时工们便骑起了自行车，父亲也帮我借了一辆，不久她也有了。一次两人独行，穿过夜色茫茫的油茶林，神秘的气氛让我们靠近，说了很多话，最多的还是文学，神圣而迷惘，激动又朦胧。送到她家的那个路口，大树下我们下了车，相视无言终辞别而去。时代的克制和青春的激越，让我们在欲与无欲之间徘徊，身份的差异悬殊和未来的不可确定，更让初萌的情感不时起伏跌落。我们的接触终于在半年后，因父亲的突然离世和我的停工而悄然结束。没有交集，也没有续接，世界就是如此的奔碌和平庸。当我在一次梦境中猛然猝醒，她的形象不可遏止地让我在清晨走到油茶林连缀的天桥上，在上班人群中寻见了她，但是行色匆匆中，她或许只是把我的出现当成偶遇，诧异迅速兑变成客气，让我的百般言语烟消云散。我能说什么？她又能如何说？深深点头示意终结了强烈梦境中的邂逅。从此我们各奔东西，再未见面。她是从云南辗转至宜春的知青，改革开放后随父回归沪上，却因病早逝。几近半个世纪，天桥和油茶林，在我的记忆中，依然是那荒凉空旷的模样。

我家从万家里搬到了地委大院新建的财税院区后，家居的宽敞也引来不少意外的来客。这时遗落在芳溪的小君妹到了宜春，父母的欢喜和憾意交织，亲情陌生又连绵。她已长成一个安静的大姑娘，只是满身的乡土气息，言语神态都与我们相异，让我不禁感叹这是我的妹妹吗？1960年送到遥远乡下的弟弟均亮也出现了，吴家的老宅山水让他深印山野痕迹，年少活泼的天性却让我们更为亲近。萍乡腊梅姑姑也突然来访，她能干泼辣，却从不看好我，说我小时候太坏，经常惹是生非，让她伤透脑筋。又总是带点嘲笑地看着礼貌的我说："没想到你还长成了一个工程师的样子。"她不愿与亚美姑姑见面。说这个堂妹在萍乡还写她的大字报，让她雪上加霜，批斗后还罚她站在烈日下忍受酷暑的煎烤。现在见到斗过她的人，她必定见一个骂一个，骂她八代祖宗不是人，当然也包括亚美姑姑。我对她的烈性狭隘不以为意，却很赞叹她对父亲至爱亲朋般的感情。她不吝钱物接济贫乏的兄长，却对不善持家的兄嫂口出怨言，令我不屑。父亲在单位依旧忙碌，依然压抑，家事烦扰，公事劳顿，只能寄酒解愁。几次外出赴邀，都酩酊大醉甚至被人搀扶而归。母亲的唠叨和亚美姑姑的任性，更让他烦躁甚至动怒。但我自醉在我的世界中，并没有察觉危险已经逼近。下夜班回来，通常已是早晨旭日初升，我倒头便睡，一天在蒙眬中听见有人喊母亲的名字，接着也被叫醒……

父亲在丰城出事了！

十 、 父 亲

　　父亲的身世遥远而又模糊，却时时在我心底泛起波澜。

　　他出生在近百年前的一座大宅院中，家境殷实。后老爷喜得长孙，瞻龙望凤，给了他一个"卓然"的大名，自然有不落世俗的用意。不过他一如大户人家子弟，习武从文两件事便早早开始，在拳师与塾师指导下，晨学暮练，齐头并进，文学武功皆有可观之处。

　　父亲能文，笔下字亦秀拔洒脱，人皆赞叹。同时钟情艺术，拉琴弄箫，每引吭高歌，声腔超众。尤喜体育，在校得过五千米长跑竞赛第一名，篮球也打得风生水起，我见过他江西省篮球二级运动员的证书。这可能与他的武功深厚有关，几次醉酒后，在众人喧呼中，他的拳技熟练刚劲，舞起座中凳椅，犹如狂风扫过，汹汹如入无人之境。这自然与祖父的严厉训教有关，因为他的天性善良，和气待人，从未见过他与人争执，更未恃武欺人，只是以武功与人疗伤，解人痛苦为乐。祖母体弱多病，无力抚育，父亲从小便拜了一户贫农为干爹干娘，来往密切胜过至亲。干爹喜欢他胜过己出之子，家穷却倾囊以待，父亲的好酒便在那时形成，每当新米酿熟，酒香四溢，他便觑空即饮，喝得酒气满身，再去球场鏖战。

　　祖母王氏不似祖父汪远公严谨持家，因病缠身远离家务，生性仁善，邻里和睦，只一心礼佛，对父亲不免纵惯，后又生下一子一女，更无暇顾及。于是父亲洒脱本性暴露无遗，盛夏祖父叫他到田中督管，他领着长工们在树下睡觉，过手钱财，率性与人，帮贫济急，从不吝啬。祖父视他叛逆，父子关系并不融洽。此后父亲少小离家，先是做了叔叔连三公的养子，跟着做官的连三公走府过县，最后到了抗战时的赣州。辗转多地，又回到了东刘。此后他便一心读书，长沙战役爆发时，他到离家乡几百里远的武宁师范读书。学校在石门楼，远隔崇山峻岭。每次远行赴校，凶险难测，祖母垂泪泣别，整日只是烧香祈愿，祈菩萨赐福保佑。蛮勇的祖父则视若无睹，以为闯荡江湖，正是男儿本色，有何忧惧？父亲曾言，山高路险，夜卧孤栈，多遇劫匪，却都能化险为夷，平安往返。倒是学校深卧山中，寂寞苦乏，常须拥挤抢饭，年幼如他者常扑空挨饿。男女同校，曾发生女生宿舍半夜遇袭怪事，满脸涂满油彩的大龄男生，集群袭扰女生，辱吓惊悸之后，天亮却无从得知何人所为，此亦是抗战时流离学校之奇闻怪事。

父亲读的武宁师范是简师，等同初中。毕业后他又考上高安师范读书，是为高师，与高中无异，出来便有资格当教师了。那时内战烽火又起，学校亦卷入其中。不过父亲在学校是快畅的，他的文体天赋充分展现，加之豪爽热诚，朋友甚多。此时他与一位叫曼华的同学相恋，非常投契，爱情日增。曼华是"资本家"的女儿，但亦倾向"革命"，虽好读书唱歌，却衷心向往朦胧的光明。此时一场悲剧正在降临，父亲竟不知情。袁家老外婆见外孙女蜜香已长大成人，她怕侄孙卓然毕业后远走高飞，其时她亦听到流言，自然恐慌。于是与兄弟后老爷密议，要兑现当年约定。我年轻早逝的外祖母的毒誓，也让后老爷惊心，岂敢怠慢？于是趁寒假回家过年之际，设下盛大婚宴，要逼卓然与蜜香成婚。父亲闻讯大恐，决意反抗，迟迟拖延不肯回家。后老爷施出各种手段，派人游说，斥之不孝，责之不忠，断供经济，造成巨大压力与舆论氛围，最后竟在父亲缺席的情况下，将婚礼完成。姑姑腊梅说，是她代替哥哥拜了天地父母，今日闻之岂非咄咄怪事？我不知父亲最后是如何就范的，更不知他与数十年来念念不忘的曼华同学是如何分手的。只听闻解放大军南下，曼华愤然投身革命，随军南下两广，后终成正果，成为一位级别不低的领导干部。我懂事后，父亲每提起此事，常长叹不已，说自己喜欢巴金的小说《家》中的觉新，那个敏感软弱的知识青年，几乎就是他的化身。我能感到他心中流着的泪，滴滴变成缓慢悠长的痛苦。我考研时有门课须考中国现代文学，便把父亲的痛苦和我的痛惜皆写入洁白无瑕的答卷，解题时狂笔如飞，心绪翻腾，封建专制对父辈一代的荼毒，亦震撼了下一代的心灵。我的这门考试得了高分，并不意外。父亲的最终屈服，当然遂了封建大家庭的心愿，但潜在的反抗也随之滋生。在那之前，多病的祖母王氏婆婆已然辞世，汪远公在娶了一位新妇不久，也因上高战役时脱险塘中的冷寒病症不幸亡去，家境顿时跌落。家乡解放，愤愤的父亲遂离家参加革命，拿起枪到外乡清匪反霸去了。

生下鲁清后的母亲大病了一场，孤独地在家等待表兄丈夫的回归。父亲积极参加到革命斗争中，在一次地方恶霸策动的炸狱行动中，父亲表现勇敢，用枪弹与无畏剿灭了突然发作的暴乱。之后他被派往九岭山脉深处的关隘乡镇，肃剿匪患和不法分子。有一次他和一位年轻同事，闻讯追查一伙担纸逃税的外乡人。缺乏经验的年轻同事贸然抢先前进，闯入停担待查的人群中，被挥舞的扁担打翻在地，枪支亦被夺走。父亲此时赶到，对着摆成长龙的纸担开了一枪，枪声震慑了刚刚得手准备脱逃的不法分子，顿时束手垂首不敢妄动。年轻同事亦夺回枪支，两人遂成功押回这群凶蛮悍徒，严惩了结。父亲很快入党，并很快被提拔，做了税务部门的股长、所长，接着又要任副局长了。他能写的才华亦经常闪现，地、省乃至北京的报刊，常能看到他的文章，同事与领导皆很看重。此时建设形势大好，宜丰县分来大批外地青年男女，皆是师范一类学校毕业的知识青年。父亲以其活泼热情的浪漫个性，很快吸引了一位萍乡姑娘的芳心，父亲决定甩掉封建包办婚姻的包袱，追求他执念中的新知"曼华"。母亲知情，怒不可遏，她虽然几近文盲，与父亲没有丝毫心理共鸣，但对潇洒文气的表兄是满意的。先是寻到久出不归的父亲大吵，要他退物还钱。母亲嫁时风光，解放前的袁家是当地"大地主"，老外婆又痛惜早逝的爱女，遂将丰厚的嫁妆与外孙女一起送到刘家。父亲好酒，赋闲时常与同学好友往来聚餐，少不得手中拮据，旋即将母亲嫁妆的众多卧箱衣物，拿去换了酒菜下肚。此时工作清苦，他忍住积习，亦无钱物偿还。母亲见逼财无效，遂又找当地政府哭告。父亲的顶头上司葛局长是南下干部，糟糠之妻一同南来，最恨见异思迁之人，遂将父亲严词责斥，令他不得妄为。辗转数年的离婚大战，终于落下帷幕。

此后父亲又遇更大麻烦，审干时查出他在读书时，曾加入"三青团"，并在国民党故意留置的档案中，发现集体加入国民党的人员名单里有他的名字。他辩说除抗战时加入"三青团"外，余皆不知，大呼冤枉。但组织上并未详究，加之嫉恨者进言，翻出他恶劣的社会关系，父亲竟被停撤党籍。此后有到省机关和中南局机关工作的机会，也统统被无情扼杀，从此他沦为一般干部，断了进步的念头。1957年后愈形严峻的斗争形势，更让他噤言与消沉，他与酒的不解之缘，变成沉溺其中的嗜好，借以消解时或滋长的失望和压抑。母亲则常以胜利者的口吻说话，说生下第三个儿子即我后，父亲再也没有了对那个萍乡"曼华"的念想。多年以来，有多少压抑要舒放的父亲，只好与渐渐懂事的我，徐徐道来，我听出了深沉的人生感慨和历史沧桑，久久不能平静。

我自小喜欢读写，父亲给了我特别的眷顾，将大量的书报筹借到家，并不时提问朦胧向学的我。他喜欢饮茶，常在饭后端着粗瓷茶杯，娓娓而道陌上诗风、李杜盛名，还有天方故事、家族旧史。我兴趣日增，沉思亦多，心灵的点拨是响亮的。拥挤的房中，旁边的母亲总是昏昏斜倚，撂下手中针线催叫："快睡吧！"父亲总是叹着气，捻着小玻璃灯罩的煤油灯，把长长的话头压低，却依然汩汩流响。他给我至重的警句是"要做一个高尚的人"，期许甚高。而对我的顽劣与莽撞，又常施以严厉制裁。我不能忘记夜深时他给我披好被角，患病时细微地端水饮药，读书时在深山学农百般清苦中，收到他送来的可口农家小菜。冻肉厂冷藏车间那个寒冷的清晨，他突然出现在冷寂的站台上，察看我的食宿，把饥饿煎熬中的我的粮食定量，从二十九斤提高到三十六斤，我才有了每天一斤二两米饭果腹，去对付艰苦沉重的苦力劳作。他有农家子弟的习性，喜欢辟土种菜。地委大门东面那口池塘边，他贴近水土种了一蓬韭菜，常为乏味的家食带来新鲜的欣喜。下放时更是大显身手，丰产的蔬菜遮满园地。上山砍柴不畏艰辛，与年轻力壮的两个儿子一起，鏖战终日，百把斤重的松木，一根根轻松扛到山下，劈斩为柴，码成高垛。他能耐饥苦，有病负痛不言是常事。但他又有大户人家遗下的疏阔，喜借贷，好酒食，爱串门交友，虽举债不肯慢客。晚年视小女儿春女如掌上明珠，一次春女高处坠落，晕厥不醒，他焦急万状地抱着急奔医院，路上春女醒来百事皆无，父亲喜极落泪，其性情若此。

他乐于助人的心性，有时也让人不知所措。在最拥挤最困难的北门岭下时，他热情接收了假期无家可回的表弟意起，同时又让艰辛的堂弟亚英进来，名为客居，实是暂栖，并不顾忌家中已是拥挤不堪的窘状。界牌村湾子里某日，突然请来木匠，锯板，断木，刨凿如飞，多日忙碌，造出一堆箱柜，却被一张姓下放干部全部取走，酒饭不计，噪扰不算，完全义务为朋友帮忙。有人伤痛上门，他必含酒喷洒擦拭，汗滴额头，为人祛除痛楚而乐此不疲。但他的消沉也是明显的，牢骚变成自嘲常说："硬饭三碗，闲事不管；吃光用光，身体健康；有钱没钱，总要过年。"生育八个子女，却将四个送人带养，流散在外。这或许算是对贫寒生活的反叛，但更可能是沉闷心情的排遣。他的浪漫变形疏放，热心化为沉默，藏在心底的仁善，也包裹在厚重的冷峻中。很少看到父亲的笑脸，公务的繁杂，家事的纠缠，还有长子鲁清因不满滋生的强求资济，次子刘冷下乡造成的工作烦恼，都让他焦虑莫名，承受日重，腰背渐渐向下弯倾。但他却信了戏坊时测命先生的放言："君乃宽额天庭，饱福盈颊，长寿之相也！"常说自己活到七八十岁不是问题。他对寿年的自信，几乎让所有人感到精神上的沉重束缚，终有一天会烟消云散。时间是多么公平正义，你只要沿着它缓缓走去，身后是浅浅的痕印，前头是长长的曙色。

从宜春开往丰城的火车上，还有两位陪同的干部，他们说父亲重病住院。但到丰城火车站下车时，我察觉气氛不对，宜春地区税务局的赵局长亲自带人到站台上，以严峻的脸容迎接我们。我把赵局长拉到一旁急问："我爸到底怎样了？"赵局长瞅着我低声说："昨晚你父亲已经过了！帮我们做好你妈的工作！"我闻之犹如天塌，顿时念头万转，晴色陡暗，眼泪不忍而下。在纷乱人群簇拥中，我偷偷抹去泪水，知道灾难与考验就在眼前，于是憋住内心的狂潮，在赵局长面前点下千斤般沉重的头颅。在医院太平间，我看到了僵卧的父亲，那惨淡的面容，告诉我一切已经结束。从萍乡急赶而至的腊梅姑姑，哭着抚下父亲微开的眼睛，那里深藏了多少沧桑艰辛，又有多少期冀追求。经地区遣来的法医细察，确证父亲死于突发心梗，时间在当日凌晨三点。与父亲同住一室的老李告诉我，前天召开的全区税务工作会议落幕，晚间设酒聚餐，每桌上了一碗当地肥硕的鳝鱼，父亲吃了不少一贯嗜爱的鳝酒。餐后又遇一位二十年未见的老同学，交谈到深夜方散。老李半夜听到父亲仍在辗转不能入眠，起身如厕后始安静，在凌晨鸡叫时分，只听到他哼了两声，或者此时恶病发作，或疑过量食鳝凝血致梗，夜深人静，又有谁能知晓？四十八岁，英华犹然，走得如此仓促。离家半月，竟未留下一句话，亦未照过亲人一面，就这样天人两隔，永无接续。多少年后，我曾经写下如许诗句：

那一个

暗淡的夏夜

他如秋叶般凋谢

风把我的少年梦吹灭

从此

开始我对父亲的追念

呵，父亲

你寂寞地走向了哪里

为何

为何消失得如此彻底

　　之后是收殓，换上与时节不契的呢帽衣裤，数百与会人员脸容庄重次序绕行致祭。赵局长一声："刘卓然同志，永别了！"引致更多的低声呜咽。工作会变成出殡会，令丰城市民意外且惊疑。我家兄弟人等走在大街上，不断有群众议谈相随。火化后，捧着新布围裹的方盒乘火车返回宜春。亲戚皆至，家中议葬时风波陡起，言辞转向。腊梅姑姑否定我把父亲骨灰扬到大海或长江让他永远无拘无束的新潮想法。她言辞激烈，机锋四射，对嫂子亦发出怨言，说未能照顾好她至敬至亲的兄长。继而又对匆匆赶来的亚美姑姑发难，语涉前怨后恨，竟至大骂。母亲则大哭："今后怎么得了！"二哥刘冷盲目冲出房间，要去找对接态度不甚客气的某单位干部发难。这无非都是情绪发泄，但皆非其时矣。我按下愤愤不已的腊梅姑姑，又强力拽回胡乱冲动的二哥，对着哭泣的母亲大喊："莫哭了，我会管你一世！"这句近乎誓言般的叫声，成为我恪守四十七年的承诺，直到母亲在2022年春天，以九十五岁的高龄安然辞世。我做到了坚守，虽然只是一句冲口而出的叫喊，但我始终铭记，须臾未忘。其时满室纷攘，纠吵不已，正好满头斑白的宝珍舅公赶到，他的痛惜溢于言表，冷静得让人收束。到晚上诸亲戚绷紧的神经开始放松，坐在门前树下纳凉闲谈，话及家族旧事。远房却历来亲近的春叔感慨，1962年后老爷辞世，作为长孙的父亲未能前去奔丧，是他和其父象公公一手操办。零落地主，青眼难觅，唯他家感恩后老爷曾经扶携，垫杀了一头猪办酒治丧，问："猪债咋办？"此问奇特，引致满场沉默。鲁清事后说，此债早已消解，无非闲话，不必认真。我顿感父亲故土难归，亲族中异见者亦不乏人，何况偌大村中。我给父亲挚友广东林业厅的王柏林通话报丧，柏林亦说葬宜春为妥，老家口杂，风气不睦，叶落归根只能容缓。宝珍舅公熟知我家底细，闻此深以为然。他说父亲生前曾与他闲走到北门岭上，远眺风光秀美的宜春城，指着脚下一块菜畦说："我死后葬在此处最好。"时为戏言，此际当真。我即与宝珍舅公攀至北门岭上，与军分区干休所的那位老革命说下了这块高皋上的菜地。次日追悼会上，我代表亲族致辞，满厅静穆，唯闻我喑哑低沉的声音，窗外风止叶静，更显气氛压抑凝重。上山时汽车疾驰拐弯，触撞秀江桥墩，挫伤我手，致中指骨裂，我隐忍未言，直到丧事办毕。我那时还写了《吊父诔》，发送文墨亲友，末后附诗云："躯殁本若飚尘飞，世间犹存身后名。逝者已随日月去，关山依旧后人继"。兄弟众亲散去后，母妹孱弱，唯我独撑。此际我搜尽家中余存，还了父亲生前借债：单位老姚的十五斤粮票，万载中学乡贤刘春庭先生的现金三十元。春庭先生系我父高安师范老师，收款后回信致谢，言我之举，殊出意外，唯古义可鉴。

光阴荏苒，1984年转眼即到，十年过去了，时代亦已变迁。宜春地区811无线台在北门岭上拓建，父亲墓址需迁动。此时改革开放大潮吹起，僵化风气一扫而空，常被禁锢的远亲亦来走动，我决定将父亲骨灰移葬老家东刘。一部斑驳半旧的吉普车，就将父亲在世的全部遗存，也装载着我的深深思念，转藏到东刘村西田野中的一座高皋上，黄土鲜润，草木低矮，地名叫竹形上。选择位置时旁边田中劳作的一位老农插话："此处出官出府，可惜没有靠背山，衙门终究不大。"我望望四野平畴，烟树遥遥，唯北面九岭山脉，远矗连绵，似作势欲奔此而来，遂手指渺渺北方说："远山气势可借，官府不足追羡。"老农未解，只是摇头叹笑，并未回言。此虽戏言，赶来帮忙的象公公和其独子春叔，却颇认真，左觑右看，最后认可了我的意见，借远不借近，也是靠得住的说法，就这么办。其实那时我对中国传统民间风水并不在意，只是随俗杜撰一说而已，对水清龙瘦、莲花座小、祖山难靠传言，颇不以为意。赣西北宏大山川之气势，早注入我少年胸次，风云万里，金戈铁马，常在意中驰骋，志非俗辈可知，根本不把当地古俗旧习，当作一回事。象公公盛情，象婆婆热心，邀我到江家洲街上居宅，肉酒款待，诉说我祖上恩德，永记不忘。我亦感动良久，历史深长多变，竟在历经劫难风雨后，仍有人间真情闪烁。至今象公公和婆婆仍是我对故乡一抹温馨的记忆。至于春叔说到的猪债一事，确也只是闲话一句，其父的仁善恩报，说明并无此事，此后更再无踪影。

父亲迁葬当然惊动远近，亦得适当走问各村亲戚。不意东刘村支书兆明，素未谋面，却通过鲁清来邀我等兄弟，在一个娴静的傍晚到他家厅堂酒叙。兆明专门捉来两条硕大鲤鱼，是桌上盘中的主菜。我那晚酒喝高了一点，雄辩滔滔，泄出胸中若干见地，竟令陪酒的一位村干部感叹，说他当兵走南闯北，仅见过两人能纵谈无敌，说我算一个。博此誉称，自然快畅。不过我那时仍是工人身份，刚做了厂中的生产科长，历练浅薄，只是一贯的书生意气，大雅大俗皆离我甚远。故乡风土，我亦是局外人，瞻望明天，仍是混沌一片。

父亲的迁葬，仿佛终结了一个时代。我的旅程，或许已经吹响号角。只是对父亲的思念，绵延至今，距他离世半个世纪，又凝为一首七言诗：

忆父亲

先严刘公讳卓然，生1926年，殁1975年。武宁师范与高安师范学院毕业，宜春公署税关为业。艰难家世，坎坷平生，落魄抑气，期冀唯谁？逝去今四十五年矣，念之不胜悲慨！时庚子春，刘密记。

长于箫咽诉衷肠，

穷舍频迁起灶忙。

乱世魂惊入眠短，

闲时饭少对愁长。

携家变户成新贬，

逐客为耕隐僻乡。

得酒常拿旧事点，

好教月色不薄郎。

十一、流水岁月

制 药 车 间

1975年10月，那天阳光灿然，远山如黛，我又走到熟悉的宜春东门郊外。

一条缓长的斜坡下，是一栋两层的青砖楼房。不远处高高矗立的水塔下，是大片的荒野山丘，围裹着屠宰、饲养、急宰、腊味车间和锅炉房。

青砖楼房紧靠着巨型冷库的后背，显得有些文雅和小巧，这便是制药车间了。

父亲殁后，地区财贸口领导江汉叫我到他家中见谈，亲切、关心、严肃的脸容，令我感到温暖，充满对老革命的敬重和感激。作为一个回城并留城的知青，我可以进入一家工厂就业。我毫不犹豫地选择了冻肉厂，分配到制药车间直到考研离开，我在这里待了整整十年。那片天空上的星星、月亮、太阳，都对我有着太特殊的意味，青春曾在这里蜷伏舒展，收获并藏匿了无数的念头。

刚进门，车间技术员老吴热情地与我握手，盯着我厚玻璃片眼镜问："有多少度。"我回说："一千六。"他带点夸张的诙谐道："噢！祝你高升！"顿时众人皆笑，其中一位当过演员的青姐，表情丰富地用拖调京腔念白："我是国家正式职工了！"又是一片笑声，他们知道我原来的季节工身份，不免欢迎中带点揶揄意味。老吴原是张家口农业大学教师，全家近年回籍江西，人很干练，善言辞，笑眯眯的，一脸和气。我被编入钙片班，正是青姐等一班姐妹，皆长于我且各富个性。车间虽按药品分为钙片、胃膜素、胆南星三个班加上化验室，但真正忙起来，也会打乱分工一窝蜂上。互相熟悉后，玩笑不断，当然也不免工作纠葛，怨言暗发。

班长徐锋，老高中生，性格细腻，一笔好字，是厂中知名秀才，笑颜常开勤于奔忙。只是偌大年龄，眼光甚高，尚未婚配，独来独往，常成大家关注逗笑对象。其中笑得最厉害的是已育有两女的雪姐，言辞泼放，冲劲十足。如此性格，当然易与他人发生冲突，有次家中起事，众目睽睽中她与丈夫对骂，言辞激烈，奔逐如飞。但她爽朗大气，时或家中请客聚餐，有次我们喝了一瓶当时难见的泸州老窖，那种晕晕的感觉实在过瘾。她与我同姓，只要听说我有长进的消息，便笑容绽放地夸我："我们刘家的，就是厉害！"听说她后来随女儿去了美国，并很早病殁，令我叹惜不已。胡姐正好与她相反，常细声诉说，娓娓道来。她是党员，喜欢说她在生产建设兵团的知青往事。她来自省城，人脉广泛，自然常为徐锋一辈牵线搭桥，人来人往，却也只开花不结果，徒劳的回报总是引来快活的笑声，饮食男女是每天不倦的话题，自是底层工人的乐趣。工作与闲暇时笑谈得漫无边际，也难免有火花溅起。或失口伤人，或无意触痛，乡土气十足的泄骂，便会源源流出，注入耳郭。有次两位女工翻脸，善骂者滔滔不绝，污言秽语有如泼粪；体壮力大者则高扬双手大喊："我这两只手，一只手做事挣钱赚饭吃，一只手专门打坏人。"场面混乱，几近失控，最后却总能百般劝解草草收场。徐锋后来终于觅得佳偶，是位娴静的护士，恋爱时如胶似漆，出送入迎，感情炽热。车间领导老曲见了笑说："嗬，哪来那么多麻烦？我当兵回家几天，就把媳妇娶了，人都没见过呢！"老曲山东籍，高大英武，铁道兵部队出身，明敏过人，果决精细，我很敬服他。厂内军人多，乡野莽夫亦多，厂风粗蛮异常。徐锋在城中青年路一家名店办婚宴，每桌十个大菜，白酒佐之，哄哄然中，众人下箸如比赛，竟然碗碗见底，盘盘清光，皆呼不够，气氛热烈，叫好不迭，礼让客套完全失去踪迹。人际间虽然偶尔猛烈如风，但大面上融洽和睦，不失工人阶级本色。

那个年代，物资极度贫乏，冻肉厂的优势是明显的，肉、油、蛋、鱼、水果，都在这里加工贮藏，很容易就能买到市场难见的猪油、猪头、猪下水，还有蛋、鸡等物。于是城乡人等，皆往此处聚集，拿到一张批条自是欣喜异常。本厂职工更是近水楼台先得月，为亲友敞开方便之门。我那时常为此苦恼，两头奔忙。一头要专门负责两台单冲压片机，亲手往料斗中倒入调好烘干的黄色钙粉，看着机子扑扑地喷出一粒粒钙片，女工们则忙碌地装瓶包装。机子疲劳老化，常出障碍罢工，我须得张大高度近视的眼睛，贴近修理，久之竟然成为熟练技工。此外还得钳子、扳手、起子不离手，开关、线路、灯管，有问题都得自己动手，一不小心被电击中也是常事。一头又常常被人相中，百般请托找熟人开后门，无非批条子、取猪杂、拿肉排、称板油等杂事，甚或还要送货上门服务到家，令我应接不暇。尤其是生产旺季，人山人海，工厂犹如市场，哪能有安静的时候。社会上自然对包括肉厂在内的"开后门"现象深恶痛绝，反映强烈。一段时间予以严厉打击，似乎平静了一些，却不知暗下依然波涛汹涌。有位高层问管肉厂的下级领导："最近后门堵得怎样了？"下属回答："都堵住了，没有问题。"领导满意点头："不错，继续保持。"却不料下属冷不丁冒出一句："后门是堵住了，可是围墙全倒了。"听者无不窃笑。据说肉厂泄往厂外的下水道口，旺季时都有不少农村姑嫂，不嫌烦累污脏，用土箕去捞取废水中的肉屑油渣，运气好的能拾到杂碎下水，常为人津津乐道。其实工人贫困者仍多，便宜的猪肺、猪大肠等移送乡下老家，板栗、辣椒、生姜、薯类则携入厂中，我亦常有分享，快乐自不待言。同事中有位老邹，当兵退休进厂，妻子无工作，子女六个，嗷嗷待哺。他为人正气，不愿钻营便宜，于是在厂中荒野地带，辟土专营时令蔬菜。他常与我讲："那池塘边一大片蕹菜，养了我一家八口。"比起老邹来，我家自然好多了。父亲殁后的痛楚，已悄然消退，凭着我的工资和母妹微薄的抚恤金，再兼济以肉厂便宜的蛋肉猪杂，母亲和两个妹妹，脸色也渐渐红润起来。工作之余，我还得看顾两个妹妹的学习，学校召集家长会，我亦包办出席，常为她们的成绩与表现忧喜兼至。

当然世态炎凉，不免流入家中。穷家蜷居一隅，门前冷清异常，父亲生前熟络的亲友，大都不见踪影，音讯全无。有一位县局老友，多次路过家门，掉头不顾，似不相识。邻里亦视寡母孤女为等外人物，机关年节物资，自然无缘，眼中透出的神色，渐由微弱的怜惜转凝为居高见外的冷漠。倒是有个远房舅舅袁顺德，常来走动。他的父亲乃贫苦农民，旧社会受过袁家老外婆霸凌欺负，正是那位为死犬戴孝的被辱长工，但他好读书，喜交友，解放初参军远行，后回乡当了党校校长，与父亲言谈往来甚为投契，上辈恨怨，早已忽略不计，烟消云散。有次与父亲对酌，酒余不慎喷饭满桌，父亲大笑，袁舅尴尬全无，可见友情之笃，无世俗之累。他喜与我谈家乡人物，有些故事我也是头一次听他讲到。吸引我翻遍党史资料，去寻找前辈乡贤在中国近现代史上的足迹，意外发现晚清至辛亥革命时期，或著名南社，或惊世同盟会，皆有我乡烈烈人物，名威赫赫，浸在我心中生根发芽。此番我再入冻肉厂，心境已然改变，厂中活动多积极参加。我偶尔购到一本英语自学入门的书，照葫芦画瓢，语不出声，字不勤写，竟以汉字读认习惯学起英语音标语法来，一时兴趣所至，把一本新书摸成了旧籍，汉英互注，密如蚂蚁，换谁谁也看不懂。只不过家中的书桌上，多了本好像要扔入垃圾堆的烂书。路长长，夜荒荒，我窗下桌上的灯光，常常半夜照至天亮。

不久钙片销量走衰，胆南星、胃膜素亦不见好，车间筹备上肝精片、肝膏片，还有新品种肝素钠。停产期间，整车间人马拉出到东面荒山厂区，垦挖硕大土丘，每日挥锄不止。时值盛夏，太阳如烧，亦得戴草帽挽袖上阵，有如农人，只是苦了那些衣鲜肤白的城市女士，瞬间成了乡间农妇，汗水湿衣，日光灼脸，不免畏缩退让，却又必须弯腰劳作。尤其千年古岭，藏匿荒冢，每每掀出棺木枯骨，在黄土中阴气森然。我自无惧且无倦，每在众人疲惫懒怠急于回家时，主动收拾板车工具，以为明日再战，苦累且抛到已平整无人的新辟土地上。全厂生产旺季时，各班又抽调到屠宰一线助力。我的任务是割猪舌，将猪头往三脚架上翻转一搁，抓住底根，挥刀取出。旺时日宰生猪千余，我自割舌千余。旁边生猪破片机剧烈震响，工人手臂颤抖，我自泰然不惊，挥刀不止。闲暇时以逗闹驱除单调枯乏，斗嘴者、角力者、习拳者、抄手闭目只听不言者，自成群落，跨车间哄闹成堆，堆堆各有特色。有位习拳者，击打墙壁铮然有声，知情者说他以猪体试手，至今功夫已成。还有位在乡下的高手亲授，腿绑沙包练飞檐走壁，也不知他练此等功夫于今何用。有位当兵退伍者说："我一枪能把飞鸟蹦下来，你能比得了鸟儿飞？"也有会画卦烧符算命的，大伙逼其拿出功夫来示众，他便当场展示，揪住一人大耳说："你本可寿过八旬，可惜薄耳虽大，招风而已，风吹寿走，能得六十就不错了。"他凝目视我，半日却未言语。后来竟请他年迈舅公，远乡拄杖而来，要与我测算。可惜他的这位师傅，老眼抬起，匆匆一扫，久久只说了一句话："他与你们不同。"也不知他喻指何在。老邹听了笑说："八十年代会见功吗？"舅公笑笑颤然辞去，留下众人无语。

制药车间的文雅气，其实源于有个大学生群体。老吴沉毅少言，自不是逗闹热心人物。化验室的盛姐，苏州人氏，莺语轻柔，唱得一口好曲，常带着开会人群学唱新歌，亦与大家笑成一片，融洽无隔。胃膜素班的林元藻，复旦大学高才生，赣南人，生性爽朗干脆，说话大腔洪亮，每在篮球场上鏖战，远远就能听到他的呐喊。只是性刚口烈，自然家中每起波澜，妻子娘家人等，偶见兴师来问，他便扛起被褥，睡到车间后端的值班室来，孤身守楼，不惧鬼魅。原来值班室僻居一隅，后门通向巨大冷库厚墙下的深沟。墙沟长长，阳光难觅。电工老姚夜间路过，曾遥见沟中冉冉升起一物状似人形。惊视之却又渐渐下沉，渺无踪迹。值班室后门一关，自是无虞，可是门侧面向库房后沟，却开有一大扇玻璃窗户，亦无布帘遮挡，内外通透，寂夜自是有点瘆人。林走后，我据有了值班室，白天闲暇安静读书，一床一桌足矣。晚间除了不得已，无人愿意睡在此处。恢复高考那年，肝素钠上马，车间又显热闹，夜班频繁，每每半夜后才下班。女工们善调理，征得领导同意，半夜饥饿时，便将制药原料猪肝以及夹带而来的猪心等，蘸上家中带来的盐巴，个个吃得喜笑颜开。住得远僻的，有时还得劳驾男工护送，因闻偶有路劫发生，不免令女工生惧，我也做过此等护卫之事，不过多跑点路而已。那日夜深，诸事完毕，我闲站到车间大门窗边，不意窥见对面大路上，从防空洞那厢走出一白身长物，逍遥而过，我遂叫身后几位女工来看，她们闻而惊叫"不要吓我"，惧而退走。我推门出去以便近看确认，却已倏然不见。那夜下班后，我便宿在值班室，新置棉被盖身，煞是舒服，只是头前敞对后面的玻璃窗，念起所见，令我稍有不安。世上无鬼，或人心中有鬼乎！一夜无恙，只是不解那白形人状长物，何以能逍遥而行，莫非我恍惚乎？视物模糊乎？至今不解。虽然厂人多说有见过此物者，曾驱动持枪民兵围捕之，依然逐之即逝，没有下文。林元藻后调宜春一中，又转宜春医专任教。我逐次跟踪，以他之助借阅两校之书，诚为读书良机矣。后来我考研赴鲁就学，林曾设酒相贺，嘉言感人。再后只闻他往广州，发展甚好，不知他还记得这个值班室否？那个我独守一楼的值班室之夜，我的脸上似被轻拂，或梦中神感，或破窗风入，人鬼难辨，亦无从辨矣！只是不知林君何日再得相见，或纵谈以解当年之惑，问君是否亦有此遇，畅叙旧事，不亦快乎！

1976年9月9日，毛泽东逝世。那是一个日色平淡的下午，厂区突然有人大喊："快来听收音机，有重要新闻！"顷之传来沉重的声音，低洪的哀乐，令众人惊愕哑然。追悼会前，厂人强烈要求购得井冈山牌电视机一台，现场观看，悼心与好奇交织，前所未见的电视机，令得众人耳目一新。哀心未静，贺声又起，又不意不足一个月，"四人帮"捉获，撼动内外。顿时锣鼓上街，喧声震天。群众大潮，东风吹则西往，北风吹则南去，汹涌街头，走势全由苍穹作主。那晚政工科遣我深夜上街采购纸笔，骑上厂中新购的自行车，不料夜深店户皆闭，无获而归。暗夜中见东门大道溜光寂静，遂加速狂驶，不料砰然惊魂一声，竟与对面同样疾驰车骑劈面相撞，新车扭曲，人却无恙，幸甚。才知大悲大喜之时，还得如履薄冰，战战兢兢才能无事为功。

那时我已隐然感到，一个新的时代就要开启了。于是加速了阅读与思考的步子。新华书店多有新书上柜，但我囊中羞涩，只能催促厂中图书室，时时去购取，供我尽兴。此外亦常遛达到下街的收购店，到堆积的旧货中翻找弃如糟糠的书籍，竟也有意外收获，低价取走，高声道谢，店主亦点头不迭。但思考是苦涩的，从马克思读到毛泽东，逻辑醒然，思想深宏，我自然深信不疑。我的苦恼无人可说，大学梦又强烈泛起，搅得我不得安宁。这时近邻好友赵平就要上大学了，这是最后一届工农兵学员，但毕竟也是上学深造，令我称羡。当我在下班路上，把想上大学的强烈愿望轻率说与一位仁兄听时，这位当年北门岭下的熟邻鄙夷不已，谆谆劝道："你看，我一个月三十多元，娶了个老婆又带三十多元进门，豆腐豆芽天天吃，每个礼拜还能吃到肉，住在小街上风不冷雨不恶，还骑着线车（即自行车）上班。热天吃完饭骑车兜风，敞开胸前衬衫迎风快踩，舒服得喊娘老子万岁，这个日子好过得不得了，读什么大学，读了还不是赚钱吃饭？"此君令我想到高尔基笔下的小市侩，顿时沉默觉得生分无比。赵平设酒辞行，看着醉酒的他，我想了很多，那位"市侩"的言谈，反而引发了我的长思，此时赵君将远行求学，我当何往？次日火车站送别，望着东去列车遗下的长长铁轨线，我远眺良久，惆怅无比，泪水差点滴下厚镜的边缘。我深知，我身后没有任何奥援，只是一片空虚无倚。除了发奋，我别无选择。

风平浪静的制药车间，工人友爱，衣食住行无不畅谈，家长里短亦参差其间。我那时出差省城，女工们常托付我带回当地名产南昌酱油，去时罐瓶一串，归来手提肩挽，却也赢得开怀一片，心下快乐不减。世间本无事，只因财与气。那年承平日久，大家收入早习惯平均主义，不料政策突下，可以涨工资了，只是比例甚低，全车间只有五个指标，还要评议产生，报上级批准。于是风乍起，吹乱一池静水。会上领导铿锵动员，会下群众议论纷然，攀比计较，一时盛行。于是人人皆心存侥幸，嫌隙防范之心理大批滋生，人际关系顿时紧张。对此乱局，领导挠头，群众骚然，看花落谁家，公平与否。我新入厂，无资格参评，遂决意出头，摆平乱象。于是精心构思，言辞得当，大会上口辩滔滔，一锤打出五人名字，声遏行云。全场闻之哑然，无人出言反对，反复斟酌后，竟得通过。其中一位工友，亦是部队退伍，身形高大，心思缜密，工作无可非议，只是恋爱失信，将一位乡下姑娘抛弃，使其精神萎靡无法自拔，令众人非议。但我以为此与涨工资无涉，一码归一码，不应混议，该工友方得如愿评上，高兴之余，邀众人到他家包饺子并款待致谢。那次宴请，让我感到公正与智辩，是解决困难与矛盾的通行证。北方风味的一顿饺子，众人其乐融融，却不会知道，它抹去了多少隔阂与怨气，只是因为那张无形的通行证。

虽经冲击，并未影响甚至还促进了我与诸工友的融洽关系。大家见我居家遥遥，又不喜欢独住厂中宿舍，每天只凭两条腿来回奔走，遂有人提议"起汇"（民间自主集资旧称），每人每月发工资时拿出十元，集腋成裘可购大件，我即将头筹"起汇"资金，买了一辆永久牌自行车，顿时如添双翼，昼夜飞来飞去，好不痛快。又有热心大姐为我介绍对象，说你这个年纪了，晚上不去月下踩马路数地下卵石有几个，还待着干嘛？那时有对初恋男女，夜间沿着宜春到外县的公路漫步而去，兴之所至忘乎所以，走到天亮，竟到了八十里外的万载县城，真正一夜无眠，次日乘车而返，成为当时情爱的一号新闻。那年盛夏厂，里包了一场电影，影院就在我家隔壁地委大礼堂，入夜即一片喧腾。我早早从秀江河中洗澡抹干急步回家，到地委小卖部买了一脸盆冰棒，款待晚餐后远行而来的诸同事，送凉脱暑。热心大姐们亦次第驾临，皆主动进入居室，与我母寒暄，且着意张望。满室唯书，简陋几件桌柜零落其间，自是寒碜之气充塞。尤其那位善于表情的青姐，梭巡一圈，冷眼察看，此后再未与我提及介绍对象之事。她曾说有一位亲戚之女，与我相当，愿意牵线相见。可惜冰棒吃完电影看毕，这根线就不知牵往何处去了。

世事纷纭，注入胸次，令我心绪如飞。不过事去境迁，遂又埋头书卷，握笔案几，渐次复又坠入平静，如鲁迅先生所言：心如古井，不动毫厘。

山 外 枪 声

冷峻澎湃的1976年，我意外被抽调到专案组，历时年余做了一项特殊隐秘的工作。其间奉命外调，足迹遍及周边省县，涉河川，钻大山，捋线索，追逃人，艰险异常，饥寒不避。领导我们的是一位老干部，他在空前激烈的淮海战役中无畏冲锋，受伤倒在战场上，因此落下旧疾，常挂着一根拐杖上班，一瘸一拐，却脸容严峻，说话斩钉截铁，令我们丝毫不敢懈怠，皆踊跃上前，果敢无私。

这年7月底，唐山大地震爆发。盛夏时节，日光如灼，我和同伴邬安，被当作可疑人员留置监看在安福县公安局的一间昏暗偏室中，长凳冷坐，口辩无果，如被囚禁。

虽然此后风云突变，"抓纲治国"势如大潮，专案组又给我追加了清查"三种人"的任务，但比起这次经历，不过是小菜一碟，不足挂齿。

之前一些锋芒毕露的激烈人物，当时多有一些极端举动，尤其是程度不等的"打砸抢"行为，此时势所必然受到清算，是谓正宗的"秋后算账"。机房工许某，那时他是学生，能说能写，但性情偏急，极喜动手。传闻他甚至殴打女生，用香烟头烫人胸乳，手段恶劣。很自然，此辈人等，皆从人群中挖出，立案深查。此时，我亦被派遣，两人一组，深入山乡僻壤，寻找人证，记录询问，以助定性结案。但我印象深切的，却是行途艰辛，风雨无情。寒冬天气，我们往往搭乘便车疾行，多蜷伏在敞篷卡车上，风如刀割，冷寒致僵。有次到宜春远乡的巉塘中学，下车后还要走二十里，冻饿至移步艰难，只好暂栖路边，在山野荒岭中取闲散柴草燃火取暖。活络后又急奔到一个村店，各吃了一碗热气腾腾的葱花豆腐，暖意方才入心，香气亦绕口鼻，又匆匆上路。

这次安福受困，却是专案组成立后展开系列调查的一次特殊遭遇，算不得独此一次，麻烦和危险可能随时浮出。专案组集中在一间大房间内办公，有次一位隔离审查人员的儿子来询问情况，手拎一把尺把长的杀猪刀，进门时先用刀在旁边的铁栅上敲了两下，当当作响，气势汹汹，以震慑办案人员，发泄不满。肉联厂屠宰是主业，上班时人皆手持锋利白刃，犹如上阵杀敌。见面交谈多是"杀不杀、杀多少、杀几天"之类言语，杀气盈路乃是常见现象。上次评工资有不服怨恨者，遂坐在家门口大磨杀猪刀，人见好奇："现在淡季，磨刀何用？"磨刀人竟说："没用？到时候杀个不公不正的人给你看看。"多少年后，确也有因个人怨恨暴发者，突然抽刃追杀某领导，穷逐不舍，及身刺体，致鲜血涂地，造成惊世凶案。故此际专案组亦顶绝大压力，有心寒动摇者，竟向隔离审查对象暗下通风，被那位在淮海战役负伤的老干部开会严词责斥，人心遂为一振，放胆做事，办案迅速推进。

贪渎案是从厂内检举揭发，摸获线索着手追查开始，然后须奔赴外地搜寻人证物证。此前我到过浙江诸暨，旅途劳顿，追询烦杂之余，亦为浙中秀丽山水和别样民俗所吸引，难分性别的敞开式如厕场所，风俗全然另类，令我殊为意外。但后续的湘中之行，却更富有魅力。那次辗转跋涉，亦是与邬安同行。我等刚到湖南，在醴陵县食堂用餐，就发现购买饭菜的窗口旁边有一大桶酸菜热汤，免费任意舀喝，汤满菜多，令我惊喜，感觉其时湘省，食用胜我赣省一筹。在乡村问路，乡人皆热情应答，有位手持一本小说《山乡剧变》的湘妹子，竟主动随行引路，辨明无误后才离开。我们去韶山寻找一个叫毛泽兰的人物，他是专案组的重点取证对象。可是走到伟大领袖故里，问遍周边村落，也未摸获此人足迹，遂又向邻县双峰、湘乡一带追查。那天步行到湘乡一个僻远山村，主人对我等查案到家并不高兴，冷脸应答，寡言少语，却应求请为我俩安排了午餐，寥寥几碗蔬菜之外，加了一大碗辣椒炒鸡蛋，香辣致我泪汗交加，胃口大开，米饭亦任由取食，可见湘人心底的厚朴。返回时我等迷路走到夜深，幸亏月色微明，终于脱身山乡崎岖小道，摸到公路上，敲开一家旅店，臭汗疲乏中点了一碗名菜回锅肉，就着大碗米饭灌入饥腹，方才缓过神来。那时的我，背包斜挂，衣衫不整，裤筒挽起，露出脚下一双旧鞋，整日奔波，汗湿发黏，形貌狼狈。自然，放眼周遭，我也不会轻易放弃观览人文胜迹的机会，邬安亦深表赞同。我们几乎是追寻着伟人少年的足迹，遍睹了韶山风貌后，又车行到湘乡城内，一瞥那条穿城而过的碧绿涟水，便入东山学校去感受毛泽东初出韶山后的雄健步履。那简陋教室中曾经留下的求学身影，让我思长意深，在旅馆灯下写出烂漫的诗句。在双峰县荷叶塘，我们不意闯入曾国藩家族旧居。那一百零八间错落交构的大宅子，其时是人民公社驻地，但周边一望宏远的荷塘稻田，与这座巨龟如卧的深庭大屋，构成奇特风光。湘军悍勇，曾文正睿智，开晚清一脉清新风气，又多少渗入到湖湘文化，为后世革命所鉴照取舍。

却未料到，从湖南返归不到数日，又受命赴安福查案。

邬安长我八岁，华南工学院高才生，食品专业出身，是厂内技术型大学生群体中表现突出的一位。其为人激情洋溢，性烈如火，说话铿锵有致，亦不免涂满那个年代的思想色彩。我俩依然脚紧疾行，当日就进山宿在明月山林场纷乱的居屋中，入夜还去探访了相关人员。林木混杂的山路上，眼神较好的他，不时招呼我小心注意。山中交通不便，次日凌晨我们步行上路，很快疾行到密林掩映的山沟里。体力充沛的我，被山中幽静引发谈兴，大讲世界历史的前世今生，邬安听得颇为欣赏，不时赞叹提问，使我更加话如溪流。我俩一直走到一个岔路口，向一个拄杖坐在地上的盲人问路，不意此人湖南口音，竟对深山路径熟如指掌，出语冷静清晰，用篾片在地上划出我们要走的路线，简直是山中奇人。我们在一个山场棚屋借餐，进出的都是扛木而归的林场人，满身汗气，满脸勤谨，说的却都是外省口音。20世纪60年代初期，他们因饥馑大量流入江西，占据了苦累超常的深山林场劳作岗位。我领到了一份竹兜筒装的蒸饭，还有煮得喷香的南瓜和辣椒炒苦瓜。旁边空地皆是菜土，大约菜蔬都是就近摘取，油少盐重，米饭不丰，这些外省籍的林工，如何维持体力，颠沛山中从朝至夕，确令我惊奇不已。

进入安福地界后，山高路险，只能用手中木棍拨开草木，摸索前行。突然乌云压顶，天暗如夜，疾风之后，就是一场罕见的雷暴大雨，电闪劈地，洪水眨眼淹没小路，轰轰然泻脚而过，教人心惊胆战。我们只能退避到高处，浑身湿透，雨伞全然无用。不久雨过风停，天又复晴，我俩迷路在一个岔道口上无法前进，其时狼狈不堪，举目无人。正张皇失措间，有一挑柴人出山负薪而至，我即急切趋前问路。此山民瞪目视我，大概看到的是一个戴着眼镜的外乡可疑人，邬安亦是雨后苍白，发散额际，稍显心悸。不意山民瞪目以对并不回话，突然抛下柴薪，竟钻入山林不见人影。那时常听闻中国台湾有特务空降深山老林，山民警觉，看见我等形貌怪异，莫非怀疑我等为敌特，到村队报告敌情去了？我们只好苦笑乱走，夜幕时终于寻到人家，手提湿透胶鞋，背负包裹，倦怠毕显地踏入农家大门，就像失散战士找到了部队，欣慰不已。不想房东曾到宜春，还找过邬安购买猪头，竟然蒙眬记得。看了介绍信便到队上报告，晚上我们便住宿在他家。山中人家朴实，热菜热饭端上来，还蒸了一碗盐菜肉，肉块全黑，吃来却也可口，让我们发自内心地连声道谢。邬安心紧，餐后稍事收拾，又着急到线索农家，讯问记录不辍。我坐在一张八仙桌上写笔录，周遭七八张孩子脸，贴桌盯我，眼睛滚圆，原来他们从未见过戴眼镜的人，一副厚玻璃片近视镜，更是让他们惊奇无比。回时赤脚硌在碎石硬实的山路上，星月如洗，山风轻拂，大山中的宁静，让我陶醉，顿时忘记脚下传达的尖微痛楚。我俩在主人空出的一张老式木床上抵足而卧，油灯昏昏，室内暗暗。半夜突闻邬安呻吟不已，顷刻呕吐，并且发烧不退。原来体弱的他着了风寒，突发急病。熬到天亮，我们便急奔二十里外的公社驻地樟庄去寻医取药。邬安拄着拐杖，蹒跚而行，好在他有过人意志，喘气慢走，终于艰难抵达。医生诊断只是肠胃小疾，药到病去，我们便在樟庄住了一晚。

大约二十年后，安福深山中的这个小村落，发生了一桩惊世命案，僻居一隅的一家农户，被一帮亡命歹徒满门杀尽，只是为了不走漏逃窜取食的风声。惊骇之余，我多方打听，究竟也未得到确信，只好暗暗祈祷上天护佑，厄运不会落到那户朴实热情的山里农家。他们给我蒸吃的那碗盐菜肉，是那样香浓情深。

早晨我外出散步，就在街头广播中听到了唐山大地震的消息，一时骇然，匆匆与邬安乘车赶往安福县城。在一家饭店窗口，我问服务员如何购吃午餐，那位姑娘低头不语，如同聋瘖。我自不悦："饭店不是都要凭票供应吗？那我们凭什么？"那姑娘突然抬头翻眼相向："凭什么？凭你的眼镜？"声音尖高，出语惊人。邬安一听顿时爆炸："你什么态度？给我站出来，站出来！"气势凌厉，理直声裂，吓得那位姑娘不敢吭声，乖乖办了吃饭住宿事宜。带着如此气势，我们下午到了安福县公安局，办理到银行和看守所的手续，做查询账户和追寻线索的准备。不料公安局同志接待我们后，拿走由宜春地区公安处开出的介绍信久久未归。接着有人要我们坐到一间暗室内，一张长凳冷然，外面还有人看守。这是干什么？我俩同时站起，急问门外人员。那人冷漠粗暴："叫你们坐这里就坐这里，有什么好问的？"我们意识到问题无解且莫名，遂加以解释申辩，急促的声音又引来几人，有人叫道："吵什么吵什么，不准吵！"邬安霎时勃然大怒，大叫："你们这是干什么？想干什么？怀疑好人，放走坏人，我们坚决反对，绝不答应！"他攘臂向前，有动手之势。这时外面人群中，有人拔出手枪，朝天开了一枪，"砰"的一声，满场寂然。更远处又有人大叫："谁打枪啦？不要乱打枪！"静下片刻，远远还听到有人大声打电话："对，两个人，一个戴眼镜的，叫……"我知道真相即将大白，不必着急，遂拉着愤愤不已的邬安退回室内，安坐静候。果然，片刻后一位满脸祥和的人物出现："对不起，对不起，我们误会了。前几天有情报说，广州方向会有两个敌特分子，伪装到安福来搞破坏，碰巧遇上你们，误会了，误会了。我们马上办手续，不耽误你们办事情。"其言客气有分寸，邬安才破怒为笑，于是皆大欢喜，握手频频。我此时才明白，为何山中挑柴人，见了我们会弃柴奔逃，果然敌我斗争暗下较量激烈，误会自然接踵而至。枪声同时让我警醒，武力面前，道理只是一张薄纸。

到专案组交代完使命，一个新任务又落到我身上：先后看守两个隔离审查的涉案对象，犯的皆是经济问题。在厂内铁轨旁闲置的镀锌车间内，被看守的人不爱说话，只是闷头写材料或睡觉。我和同伴小徐整日枯坐，多读书与交谈，常常坐在夜色笼罩的灰暗铁轨上，张望遥远深邃的星空，倾听墙外浙赣线上不时呼啸而过的列车。我们凌晨即起，在房侧菜草灌木交错的荒丘上，察看虫鸟蜂蝶生息逐飞。几次撞见蛇类，隐伏危机，我曾用一根长竹片击断一条挂在灌木上误为绿枝的竹叶青蛇。在同伴的锐目帮助下，我对草类植物的认知达到新的娴熟程度，摇曳多姿的蒲公英、狗尾草、仙鹤草、车前草和卧地勃发的马鞭草，皆被我反复端详形状神采，成为养眼怡心的雅趣。之后我又转移到暂时停产的制药车间楼上，看守另一位隔离审查人员。车间闲置包装纸壳甚多，我遂在室外厅中，在纸板上写下文字诗句，自己反复观赏，然后弃之不存。不料那位看管对象心态颇佳，主动接话，熟悉后以至谈兴渐浓，令我倾听并好奇发问。他的问题或许不严重，或被组织误判，故胸次开阔，自然滔滔不绝。他其实是个"老革命"，家穷当兵，十六岁在冀中战场被人民解放军俘虏，旋即教育转变，成为光荣的工农子弟兵。他的经历丰富多彩，口才出众，文学造诣亦高，常有诗作刊出，又富表演天赋，终于从部队转到地方垦殖场，成为知名人物。后江西省组建农垦文工团，他被推荐为导演，其为人慷慨大方，善交朋友，结缘深厚，人格魅力十足。面对他的坦然热诚，我甚至怀疑，审查立案是否可信。后续虽然恢复上班，岁月漫漫，人亦作古，但我对他的不凡谈吐却记忆犹新。

我的那段看守时光，被历史磨洗至今，只留下了人性的清晰与底蕴，供我时或咀嚼，超越抽象的理念，添加了很多无以言述的温馨。那是如大潮而来的改革开放之前，一幕严峻的序曲。我不能预知，在新的人性和道德裂变的背景下，当时的严峻，最后会蜕变成什么景象，是新奇夺目，还是紊乱无序，最终走向哪里，哪里又是结局或回归。

南 北 千 里

恢复高考后的那年春天，车间突然派我到北方出远差，为即将停产的胆南星中药材，急购原材料，我接到通知即走。

又要应急做采购员了，我心中一阵悸动。远行的期盼与孤单，过往的挫折与愤怨，同时迸发，一时心绪纷然。

1975年的冬天，化验室要购进一台真空干燥箱，须派人去长沙联系办理。其时寒潮从遥远的西伯利亚呼啸而至，我接事后半夜抵达长沙火车站，在旅客住宿登记处排长队等待办理手续。队伍半天不能动弹，我衣裤单薄，虽在拥堵的大厅内，依然难抑寒战。急了的旅客嘈杂一片，高声叫喊，办理登记的一位老头从窗内伸出光亮的秃顶，一口长沙话，大嗓门宏然震耳："同志们哪，毛主席说，我们的任务是过河，但是没有桥或没有船就不能过。不解决桥或船的问题，过河就是一句空话。么子办？耐心等等吧！"他对领袖语录切合实际的熟练运用，令我惊异，只好忍着寒冷，等待桥和船的出现。差不多快到天亮，我才被分派进了一家简陋的旅馆。曙色与夜色的交替混融中，我无心观览长沙市面，只记得一大片黑色屋瓦的老式房屋，在路过的火车轰鸣中，闪烁着陈旧但亲切的远影。我裹上被子，仍然不能止住寒战，遂取用热水瓶中开水，吸啜着连喝数杯，身子才渐渐有了暖意。

我到了远在长沙郊外的生产厂家，找到了那位管销售的科长，在他家中把带来的十斤猪板油提上餐桌。他精瘦也精明的脸上露出喜色，目光警觉地扫了我一眼。我等待着他把钱从皮夹中掏出，一共九元，交到我手中。事毕，精瘦科长告诉我次日即可来提货，遂匆匆走掉。我迅即冒着铺天盖地的寒风，当日赶回宜春，饥寒交迫，疲惫不堪。稍事休整后，第二天一早即带车赶往长沙，途中还在萍乡芦溪腊梅姑姑家稍作停留，沿途修路，颠簸至极。好在司机王钦富，当兵出身，爽快喜言，一路谈笑不断，倒是有趣。如约赶到厂家，却未见科长踪影，只得转话交代隔日取货。这虽令人不爽，但毕竟事情有交代了，寒冷有旅馆棉被抵御，单调有两人笑谈驱赶，自也罢了。只是天色灰暗，风雨呼啸，懒得上街，只急着完事返回，全没了一丝游兴。次日取货，精瘦科长见我亦是无话可说，感觉此人比天气还要冰冷。手续办好，一个偌大包装箱被众人发力抬入货车车厢，此际精瘦科长早已遁走。归途中我帮腊梅姑姑带了一只蜂窝煤炉子，午间姑姑煮了两大碗面条，飨我和王兄。顺利回到厂中，不料次日上班，车间主任苦着脸对我说："怎么搞的？我们要的是真空干燥箱，却变成了恒温干燥箱。"此话如同炸雷，令我目瞪口呆。找到厂中联系精瘦科长的业务员，他两手一摊，哈哈一笑："我怎么知道？"仔细追问，才意识到那十斤猪板油不该收钱，对方故意使坏了。问题是厂里供销科业务员只是要我带油过去，并未说明白送给他。再者，油是我代购，钱亦我代垫，我不收钱，谁替我报销？此时风气清正，人心纯朴，怎料想会遇到此种心怀不轨的人，又能奈他其何？最后还是车间主任一句话解围："反正化验室也要一个恒温干燥箱，缺它不得。真空干燥箱就下次买吧！"我虽然如释重负，当时仍欲奔赴长沙，找那位精瘦诈人鬼喝问："为何要害我？你安的是什么心？"

曾经蒙受莫名欺辱，此番远行，我自然慎而又慎，买了香烟火柴，虽然不会吸烟，也只好为方便交际委屈自己了。

我在下着毛毛细雨的宜春上车，车厢里满是陌生人群，很多是戴着黑眼镜，外貌黑瘦的福建农民，言语生僻难懂，还有很多穿着窄袖窄裤腿的华侨，大都沉默不语，视若无人。我在株洲转车，坐的是驰骋在京广线上的48次特快，满车是悦耳的北京话，亲切感油然而生。邻座一位热情的广西小伙，还递给我一本书《德黑兰》翻看，他在太原上班，扛了四十斤大米上车，还招呼我端开水放提包，指点沿途城市。长沙、岳阳、临湘，还有汀泗桥、贺胜桥皆一晃而过，唤醒我对北伐战争在两湖战场快速推进的历史记忆。天快亮时到达河南信阳，在旅客住宿介绍所，一个睡眼惺忪的中年美貌女子，把不多的旅客迅速登记送走。满街是相貌气质完全不同的北方人，多见魁梧高大、鼻高丰颐者，给我别开生面的新鲜感。住在通铺大房间，满眼是床和纷乱的人群。晚上办事餐毕归来，正回味着水饺、烧饼、豆腐脑和煨红薯的感觉，旁边床上的两人正在聊天，此时正比试着讲朝鲜话，原来他们都在朝鲜打过仗。其中一位是四川人，肤黑脸圆，嗓音奇大。住宿登记时站在我前面，算是脸熟了。我问他出国作战后回来干什么工作，他突然一下激动了，有意引起大家关注地叫道："冷湖，冷湖！你知道吗？"

此后他滔滔不绝的话语和激奋的神情，永远镌刻在我的记忆中，四十年来依然新奇如故。

冷湖在荒凉遥远的青海北部，坐火车到甘肃的红柳园下车，再昼夜不停坐几天汽车才能到达。"好苦的地方啊！"四川人嚷道。那是1958年，他所在的部队抵达这里，为后到的建设大军做基础准备。冷湖寸草不生，满地是茶缸大的石头，开初饮水要从甘肃那边运来，每人每天用茶缸分水喝，后来才找到水源挖了一口井。"老大老大的风吹得人发晕，嘴唇皮裂得像松皮，走几步路累得气都喘不过来。晚上搭帐篷睡觉，早上起不来了，帐篷给大风吹来的石头压塌了，把帐篷里的人全压住。吃的菜都是干的，还得拼命干活。有人扛不住了，想逃回去。这些逃兵，多半饿死在路上，要不就给石头砸伤了，走不动渴死了。那么大的戈壁滩，东西南北分不清，白茫茫一片，谁走得出？刚开始看见饿晕、渴昏、砸伤的逃兵，部队还用汽车拉回来，决不准拉出去。后来领导火了，遇见这号人，既不准往回拉更不能往外拉。我在那一口气干了两年多，领导批准我回家探亲。

介绍信开了，要自己找车，来回半年，光坐车转车就得几十天。我走后有人说，他不会回来了！去他奶奶的，我回来了！工资照发，首长夸奖。我一个共产党员嘛，怕什么苦？再说，那地方可有味道呢！"

四川人说得眉飞色舞，朝我和渐渐围拢的人群比画起来：

"我们刚去，那儿的鸟儿、黄羊、野牛从没见过人，一点儿也不怕，鸟儿还飞到你肩上，吱吱嘎嘎地乱叫。1962年自然灾害时期，全国都饿肚子。我们每人每天还能吃到肉，二两，不少吧？那都是野牛的肉啊！这会儿鸟儿羊儿一见人，知道厉害了，老远就跑，开始我们打野牛没经验，包围它几百只，站在汽车上用枪打。野牛发狂了，对着汽车冲上来，伤了不少人。后来我们改变办法，追着野牛只打后面的，打着了就插根红旗，一路追着打，高原上几百里到处是红旗，有专门的汽车拉野牛，见到红旗就停，可美了。"四川人停顿了一下，突然放低声音："啥动物你都能打，可狼你不能动。有一支部队深入戈壁寻找迷路的勘探队，碰见几只狼，忘记当地人的叮嘱，开枪了，有一只狼没打死，嘴巴对着地猛吹，呜呜地响，一下功夫引来狼群，一波波围上来。战士们凭着弹药充足，狼死了多少不知道，可就是越打越多，最后把战士们围在一个大草垛上，子弹打光了，狼群把草垛扒空，拥了上来，这支部队的战士全完了。"大家听得入迷，四川人也缓了口气："当然现在不会这样了，动物都很难看得到呢！"

初见这位四川人，觉得他土头土脑，矮小单薄，却不料他嗓音洪亮，气冲斗牛。他强调说，他在部队是扛重机枪的，自豪的神情溢于言表。

"你带着伞干什么？"从信阳上车后，一位喜欢了解各地自由市场行情的河南采购员和我熟悉后问我。确实越往北走，我越感受到了北方干旱的风，不见乌云，不闻雷声，河川干涸，出门不愁雨袭。在那条著名的洛水，七步成诗的神才曹植，曾写下动人心魄的《洛神赋》，那神女宓妃，出洛水而翩若惊鸿，宛若游龙，明眸善睐，气若幽兰，华容婀娜，致曹氏自云"令我忘餐"。至今却是河床裸露，细水纤弱，不复见当年泛滥的神奇气象。虽然此际春上枝头，原野旷远，亦见白杨耸立，麦绿如水，桃树绯红，但山头光秃，窑洞多见的苍凉景象，也跃入眼帘，高阔深远的天空，仿佛无情收取了土地的水分，留下历史的遗址坚固长存。列车不时稍作停留，熟悉的地名接踵而来。小商桥，让我浑身一震，岳飞麾下名将杨再兴，当年悍勇无敌，却马陷桥下淤泥之地，被金兵乱箭射成刺猬，犹昂然骑马而立，英雄气概惊鬼泣神。岳飞《满江红》中的"怒发冲冠，凭栏处，潇潇雨歇。抬望眼仰天长啸，壮怀激烈……壮志饥餐胡虏肉，笑谈渴饮匈奴血。"此际更令我热血涌动，再三吟诵。到了许昌，大街上涌动着自行车流，那座座高楼，犹如壁立的群山，广场上悠悠而来的广播歌声，仿佛远古的薄雾，缭绕和包围了这座名城。这就是曾经挟天子以令诸侯的雄杰曹操的居处吗？那《短歌行》的"对酒当歌，人生几何？譬如朝露，去日苦多。"的千古感慨，那《龟虽寿》中的"老骥伏枥，志在千里；烈士暮年，壮心不已"的不朽气势，令我追怀至仰敬。

在郑州转车，匆匆瞻望偌大市容，"二七"纪念塔昂天矗立，记录着现代革命的汹涌波涛。但人海茫茫的郑州火车站，让我饱受了极度拥挤的苦楚。车厢中人贴人拼命昂颈升头，如同包扎的干鱼，几乎让人窒息。但车往西行，人渐次如水退去，我又从窘迫的现下移入历史。首阳山，那是不食周粟宁肯饿死不肯屈节的伯夷与叔齐隐居的山啊，难以想象古代的先贤，为了心中的坚守，可以做到如此极致。可以想见，千百年来有多少坚贞自强的精神，融入了我们民族的血液和肝肠。夜抵洛阳，我被勉强塞入一家大旅馆，睡在又宽又长的走廊一侧，临时架起的一长串板床上，仅得一个位置塞身而进。我和衣躺下，提包当枕，头对着被棉被淹没身脸，只露出一袭黑发的旅伴睡去，蒙胧状态中天已大亮。我起身一看不禁大吃一惊，抵头而睡的竟是那位在信阳排队购票时相遇的女干部，当时她拖着两个大包裹，大约是内急，张目一瞥，便确信了我这个仅攀谈过几句话的陌生人，要我帮她看管包裹。此时她盈耳披发一甩："天啊，是你？"她亦是和衣而卧，一个模样不俗的女子独闯江湖，令我心叹：难道她没有任何惧怕？她说亦是受单位派遣，外出奔波采购。走廊另一侧的房间门户渐开，可以看到赤条条的北方大汉，从床上跳下来，肆无忌惮地大声说话叫嚷。或者她已司空见惯，平静淡然一番收拾后，笑靥向我，就此别过，不知又奔向何方。

洛阳城多有名胜古迹，时间紧迫，我仅到周公庙去瞻望了一下，也只见门户紧闭，无物可看。但于我却仿佛是遥见了那位三千年前的圣贤，如何在沐浴中握发见客，虚己待人，"周公吐哺，天下归心"的气节，奠定了周王朝八百年一统江山。白居易的名句"试玉要烧三日满，辨材须待七年期。周公恐惧流言日，王莽谦恭未篡时"也一时流溢心头，反复吟诵，犹见当年周公辅佐之艰难，其心志明洁，日月可鉴。洛阳街头，我在公园门口的图书摊前流连，那是我幼年的喜爱，如今这一位老头儿守着的地摊上，竟然也冒出了古旧图书。《三英战吕布》《水淹七军》《双枪陆文龙》《王佐断臂》等，惹得我情不自禁，注目那些儿时读物，久久不舍。坐在长阶上稍歇时，有一衣衫破旧的中年人靠近，低声言道："能照顾我两毛钱吗？"我见此人四十多岁，体魄亦壮，开口乞求，自是不易，遂伸手至口袋，但瞬间念头又转，此人精壮，又是本地口音，有何困难，竟向陌生人讨钱，实为可疑。于是收手视他，坚决地摇摇头。此人亦不纠缠，转身即走。旁边一位坐摊的大娘骂道："懒汉！"我便大悟，原来是此地惯乞，路人皆知。那个大娘的摊上，五个鸡蛋四毛五分钱，虽然价格太贵我自然不买，但也敬她枯坐待客的坚守。

此后一路东行，入了曾是北宋都城东京的开封城，事毕即奔向慕名已久的相国寺。高大巍峨的牌坊前，有两座威风凛凛的石狮左右护卫。乾隆时造的巨钟，高约7米的木雕千手千眼观音像令人惊叹。此外众多瓷器、古玩、书画、皇帝佩穿的甲胄刀剑，特别是为慈禧太后六十大寿专门制作的牙雕大龙船，皆令人眼开心悦。但我更喜欢徘徊在春色满园的寺外，欣赏桃花、柳叶、松针、柏枝、草地与一碧水池，蹲在茶摊边喝水闲话。遥想鲁智深当年如何在此倒拔垂柳，慑服众泼皮，又与豹子头林冲结交的场景。次日到商丘，灰尘夹风撞人口鼻，可我仍能兴致不减，寻找城中三千年的远古痕迹。历史癖让我钻入想象中的宋国，看见高大肃然的壮年孔子，去拜看风流绝世的王妃南子，引来弟子子路的猜忌。夫子气急发誓："予所不者，天厌之！天厌之！"意思是如我有失道行为，天都会厌弃。此桩公案，却让我看到至圣先师孔夫子，亦是血肉性情之人，见了不该见的风流南子，又有何罪？历史的矫情，让我等目睹多少虚伪？

之后乘坐乌鲁木齐到上海的54次快车，转身南行。经过闻名已久的兰考县，看见铺霜似的大块盐碱地上，农民赤膊挥舞镢头，活动在稀疏的树木中。欣赏着窗外风景，便到了安徽蚌埠，淮河古城，南北要冲，满街人等，皆是江南水乡模样，尤其声软腔低的女子，白皙婀娜，自与北方迥然不同，风情殊异。对面食不惯忍耐已久的我，终于如愿吃到爽白的大米饭。为了节俭，见街头苹果品种丰盈，遂专购削净的烂苹果，五分钱一斤，便宜量大，以至饱腹代餐，仍感香甜不减。我亦不敢耽误正事，下车即奔药材部门。不料南北人情，竟然一致。我把揣在袋中已然软塌的香烟掏出，亦将脱皮的火柴盒备好，热情问候，递烟致敬，换来的多半是冷眼下垂，漠然应答。虽然办事有成，但那些松弛的老脸，迟缓的应答，总让我不快以至厌恶，几次想扔掉那包自费购买的"飞马"牌香烟和那盒火柴，似乎罪过都在这物件上。住进蚌埠一家旅馆，已是入夜时分，室中只有一位先到的中年旅客，主动与我搭话。此时我心有郁闷，不愿交谈，欲就着灯光翻书然后蒙头睡去，又想到明日凌晨四点须早起，不敢耽误，遂多以沉默应之。不料此人热情，问餐问事，盘根究底，几让我应接不暇，突起警觉：他要干什么？房中唯我与他两人，我自不惧，但如何沉睡，却是个问题。一瞥此君，四十开外，笑相怡然，肤黑宽脸，善恶难辨，只得道声倦了，掩被而卧，提包压紧，以免不测。一时踌躇多端，终于朦然睡去，不知所在。突闻有人喊叫："这位同志，快醒醒，四点过了，你不是要赶早车吗？"我那时腕上无表，时间全靠臆测，清醒时尚能把握分寸，睡深了自然误时。急促之中才悟到，我完全误会了这位热心肠的好人。道谢之余，却不能道歉，遂辞别出门，扑入茫茫夜色。旅途艰辛，人心叵测，自然暗藏警觉，养锐心机。但疑窦滋生，亦难免误解好心，抹杀善意，此事让我深自反省，叹惜再三。

车到芜湖对岸，眼见得万里长江滚滚而来，恢宏壮阔，气势浑然。换乘大轮渡过江，又见落日斜照，白帆片片，还有单人双桨，在水天淼茫间，远去如蚁。我顿感气贯胸襟，情满肝肠，元曲《单刀会》中那几句，遂涌上心头奔旋江上："大江东去浪千叠……年少周郎何处也？不觉的灰飞烟灭……破曹的樯橹一时绝，鏖兵的江水犹然热，好教我情惨切！这也不是江水，二十年流不尽的英雄血。"念古今相承，如此一江英雄热血，又演绎了中国近现代史上多少悲壮故事、冲天壮举，流奔不息至此际，依旧浩浩荡荡，顺者生，逆者灭，将造出新的世界，又是何其壮烈，气势万千。带着如此大江情怀，我在芜湖客中，静静翻读新购的姚雪垠的长篇历史小说《李自成》，在历史与现实的对比演进中，风尘满脸地进入热闹繁华的南京城。观看古城墙、雨花台、中山陵，又急切扑向雄伟矗立的南京长江大桥。怀揣一腔幽情，在桥头久久伫立，回望着历史沧桑，咀嚼着古典文章，长思金戈铁马，气吞万里，亦有异族屠城的血雨腥风，更有金陵王气，两江文心，太平军兴，辛亥共和，不知多少烟雨风云，洗出了此际灿烂天空。犹思辛稼轩五十骑从百万军中冲出，不知怎么此时竟成了眼前最奇美英绝的图景："醉里挑灯看剑，梦回吹角连营，八百里分麾下炙，五十弦翻塞外声。"民族的无数英贤，都仿佛闪现在这首词的绝世意象中。怀揣充斥脑海的浪漫想象，几乎忘却了南京名吃的美味，径直住进了下关的一家简易旅馆。不料室中一干人等，皆是慷慨热情的山东大汉，攀谈起来，言谈投机，我遂将伟大长江注我心中的热烈想象，激昂陈述，并言中国造出了多少韩世忠、梁红玉这样的英雄，一直响彻十四年抗战。当代横绝一世的领袖人物，莫不皆是古代辛稼轩、岳武穆的再生？满室人等，听得神情专注心驰神往，顿时豪情勃发，竟有一大汉视我良久，指我直言："如遇乱世，你也就是！"一句话引起满室哗然，议论蜂起。亦让我骄心与羞怯交织，快乐和自省同兴。此是我千里旅途中最为刻骨铭心的一幕。下关北面的大江日夜奔流，滚滚不息，真是流不尽的千古豪情，洒不完的百年热血，浩浩荡荡，泱泱不绝，让我那晚心潮逐浪，久久不息。

霏霏雨夜，我悄然抵达大上海，睡在一张双层的弹簧床上，不敢惊动熟睡的其他旅人，从宽阔的落地大窗户中，我凭高眺望楼群林立的城市夜空，辽远微茫，隐然有声。我从南京路走到外滩仰望，又溯回到尖高的国际饭店下面，川流不息的人群中，多见金发碧眼的白种人。百年来，上海这座国际化程度最高的城市，见证了中华文明的沉沦与进取。我在上海图书馆度过等候转车的大段时间，在静静的阅览室阅读与沉思。同样是舶来的马克思主义，为何与民族精英高度投契，掀起惊世波澜，将旧中国洗刷一新？我在漫长枯燥的旅途中，特别是在轰轰作响的列车上，常做着没有休止的思辨与疑诘，没有结论，只有沉浸。瞬间感悟的快乐，与一时无解的苦恼，伴随着我在大上海如蚁般的人群中行走。但这并没有影响我用节余的旅差费补贴，购置了一些糖果饼干，并为小妹买了一双鞋，想为贫困拮据的穷家，带回我独行千里储存的惊喜。

就这样，几近半个月后，我回到宜春。走过下街，走过浮桥，走入与外部世界完全不同的熟悉环境。小城的闲适与陈旧，丝毫不见外界已经涌现的变异。生活依然循序进行，我便把那些不得其解的幻思，暂时寄存，了无声息地做了隐匿。我不知道这些对我有什么用处。只是隐隐感到，生活将很快面临变局。

忧 伤 的 高 考

那时我还没有自行车，每天快步走去上班。

我喜欢从古老的浮桥走过，喜欢看碧绿晶莹的河水中，鱼群悠然出现，又倏然消逝。早晨宏大高远的广播声，在古城墙和吊脚楼上空飘越，男声深厚，女声畅亮，耳熟万遍的《东方红》旋律，与秀江河上的清风流播远方，直到山峦遥遥。

此时我是宜春县广播站的常客。

同学云文退伍后在广播站做编辑，从奉新见面后，我们便成了来往频繁的文友。他很看重这份友谊，过年请我到他家吃饭，一桌肉鱼蛋蔬，唯坐我俩举杯贺岁，家人远避。我虽略表不安，亦也知他当兵入党后，在家中的地位和威势逐年上升，成为砥柱。遂安然餐毕，不遑辞让。他的部队首长韩明雪，此际也转调宜春军分区，先后在警通连和独立营任职。我们三人喜在周末傍晚散步，尤其老韩谈兴甚浓，一次与我绕城一周，遍谈社会现象、部队治军、历史掌故，夜深犹不愿分手。我记得他的厚实身躯，热情笑脸，但严峻起来，有不怒而威之感。他说部队指挥员要善于带兵，慈不掌军是对的，但慈能掌军也是对的。慈不掌军是指大事果断决绝，不含糊，不动摇，不怕牺牲，虽死不辞。但慈也能掌心，什么心？就是军心，战士之心。对战士要关心要用心，身体痛痒乃至家事恋爱，个人卫生，都要知无不谈。带兵光有文化会读书不行，有位秀才当个副班长，三个兵都管不了，毫无威信可言，就是他既缺慈心又无狠心，恩威不能兼施，喜怒失于分寸，谁服你？我不知他说的秀才是谁，但他的人生经验，特别是铁心治军，善心待兵的谈吐，对我启益极大，影响深远。

其时厂中借全国"抓纲治国"之大势，正在大举整顿。政治上严肃追查处理"三种人"，经济上以霹雳手段查处贪渎窃公者。风气厉厉，小偷小摸现象也列入整顿范围。有位库房保管员，半夜从冷库窃得半边猪肉回家，被人撞见检举事发。"仓鼠"岂能容忍，于是那些下班时顺走零碎猪杂肉块的藏匿夹带者，均被严查揭出，纷纷"洗手"，干净回家，气氛为之一变。肉厂多年来近水楼台先得月的暗中痼疾，终以狠心割除一时得治。于是厂风转向，各擅其长。工人中多有天性活络者，勤作于厂中荒芜野土，使瓜菜丰盈。也有善于渔猎者，则凌晨骑车到河流深阔处，放网擒鱼，满篓而归，以至到菜市场放摊售罄，握钱而归。也有养蓄批量禽类的，善于驾驭，天明呵赶群鸭放入野塘荒沟，天黑一一唤回笼中，挥长竿吆喝，犹如指挥兵马，鸭群亦能听令，散拢自如。厂中严格的企业管治，与乡村的农家风范，竟能浑然融合，构成独特景象。

我这时喜到"和尚庙"玩耍。庙者，厂区大门口独屋一栋，里面住着单身青壮六七人，皆无家室，大家戏称为"和尚"。因身无牵累，整天谈笑喧嚷，故充满乐趣活跃异常。其中两人是高中生，年龄稍大，又优先住在屋中两小间内，好文多书，是吸引我的魅力"庙藏"所在。其他"和尚"，精力充沛，闲时玩牌下棋，角力逗闹，引来更多同趣者，整日熙熙攘攘，来往穿梭。其中一位叫新民，顽诈异常，玩术多端。那时工人的最大喜好，是晚上结伴到城中看各路精英打篮球赛。有次在春台公园下的篮球场，球赛精彩进行，观众如堵，大门早已关闭。新民提议攀越高墙跳入，于是脚踩人梯，他率先上墙，不料触上墙顶一堆人粪，亦是人心不古者故意遗下。新民却不语，触手将秽物沿墙涂满，事毕叫大家踊跃攀墙，祸及全体，竟拍手称快，狂笑不已。有次触怒雪姐，被她恶语相向，以致破口大骂，他却不语，掉头走开。转身从垃圾堆中捡得一双烂皮鞋，送到下街口雪姐父亲的鞋摊上，交代补好后送雪姐转交。其父百般补缀，劳心费力之余，却换来女儿惊诧叫骂，猜定必是新民报复所为，却也无可奈何。我那时因喜欢讲故事，颇受工人欢迎，尤其夏秋月下，侃侃而谈，引来众人倾听，端水搬凳殷勤招呼，令我快意。新民亦来，初时欲作哄乱，不料被我言辞动心，竟与我交往起来。原来他父母早殁，寄食舅家，受尽屈辱。三餐粥饭不足之外，唯霉豆腐为主菜，下筷三次，舅娘不准多取，否则硬筷敲头，疼辱交加。成年后他反馈舅家，以粗蛮诡诈应之。肉厂蛋果猪杂，舅娘垂涎，他便使出捉弄手段，让舅娘欲得未得，求告不已，才稍放一马，不让舅父难堪。对此我颇同情且不齿，出言规劝，他亦泄出心事，道戏谑人生，为不满世间炎凉生发，我们遂成好友。后新民得他大姐相助，调到省城肉厂，做了他称心如意的司机工作。我曾到南昌访他，与他抵足而卧，对酒畅谈，他说出恋爱对象，不日可成，言语之间，不免诡心又露，戏耍对方。次日在闹市遁入小餐馆，点菜端盏，酒至晕晕，我们握手别过，各自奔碌再无音讯，但新民的孤苦身世，顽诡个性，常令我闲时不忘，知人生艰难，世态百变，扭曲是必然，正心为出路，不免长思自省。

时厂风肃然，原作乱分子，皆敛衽垂眉作老实模样，惧怕清算的带头人，亦有仓皇逃匿者，不久自被强力逼归。于是人心大安，生产革命互为激荡，气象一新。此际仍风行大字报批判，我著文两章，淋漓尽致贴满食堂。那时正读《毛泽东选集》新出的第五卷，受其熏陶，竟也写得大气磅礴，言辞尖锐生动，且涉具体人事，引来好读者人头攒动，自是得意手痒，又作杂文评论多篇，发在当地报刊，至今多已淹没不存。

其时云文正在谈恋爱，对象是干部子女，为他素所追慕之人。颇为兴奋，从不作诗竟也下笔如飞。只是贫寒子弟，攀高心虚，多有无从措手落入窘状之时。老韩则及时点拨，如何说话逗笑，如何邀看电影，电影票应如何巧妙自然送出，好计频出，令人称快发噱。云文身为媒体人士，活跃于城乡文化圈，故事甚多。印象深者三人，首为剧团演员奇哲，北京人，生得高大威容，放声高亢一歌，震动屋瓦。此外见识不凡，谈吐不俗，对我等亦赞誉有加，期待甚高，是一个可交的朋友，惜改革潮起，辞归京城，此后再无信息。次是聚宁，部队作家，说从福建所部驻地，千里单骑来投宜春，竟为看中意中人，上门自表，以求得未来婆家欢心接纳。云文说此人才貌双全，文采出众，言下啧啧称奇。多年后我见到聚宁，亦是因此时所闻铭记在心。其三是彭小莲，亦是剧团中人，云文接触甚多，说此女出身高贵，却艰难坎坷，以上海知青身份插队奉新，读过马克思《资本论》，后入地区文艺学校就读。是她告知云文恢复高考在即，并把母亲劝她报考北京电影学院信件的内容通告诸友。云文亦将此信展示给我看，我感觉一场激荡心灵的文化战鼓就要擂响了。但我并未见过彭小莲，只是好奇于她读过《资本论》，萌生交谈切磋之心，惜无缘见谈，只知她后为著名导演，成就非凡。宜春小城，曾是她暂栖的赣西边镇，在她的天才创作中，却没有占得一席位置。或者此地没有激发她灵感的内容，是单调沉闷，还是平庸堆积？总归是名家早岁跋涉，未对此地留意。惜其早殁，永远无从得知了。

此时我亦识得文友几位，常来寒舍聚谈，不免激情洋溢，引来同好者旁听助兴。有回夜色甚浓，室中灯光微微。文友带来一位姑娘，脸容甜美，尤其一双眼睛，黑而灵动，似会说话，引我时或注目对视。于是谈兴渐浓，纵论奔放，她虽少言，却听得专心致志，颇为倾心。文友遂为牵线，问我意下如何，可否再行接触。得知此女亦动情愫，我自欣喜答应。正欲密接之际不料又有文友递来坏讯，说她曾有恋人，名声非美，恐与我不配。一番话说得我头脚透凉，退却了眉头喜气，冷落了心头热意。此后再无续接，经年未遇。一次街头骑车撞见，只见她在人群中视我良久，似含幽怨却隐忍不语，致我疑窦丛生，却无勇气出言约叙。一时罢了，真不知人间男女，有多少是误了约会，坏了真情，我自愧悔久之。

1977年秋冬之际，云文告诉我，中央决定恢复高考。此言顿时激起我心中千丈波澜，大学梦似乎转眼即可成真。但我足足犹豫彷徨了一个整周，始终没有拿定主意。最难的是，如我考上走了，老母和两个弱小的妹妹谁来赡养？按政策，我不能带工资读书，自己吃饭都是问题。更揪心的是，我可能过不了政审关。云文讲，我的家庭出身和社会关系，将成为录取障碍。我亦深惧当时严酷的社会偏见，将断送我的上学梦想。恰在徘徊之际，收到好友赵平从省城大学帮购的书籍资料，王力的四本《古代汉语》之外，竟还有中国社科院旧时考研的试卷一束。详阅之余，顿感欣喜。原来一堆考研试题，我均能完满答解，如能用几年功夫拿下一门外语，直接考研不就得了，还读大学干什么？一下豁然贯通，茅塞顿开：我自考研去，大学让别人去读吧！一旦考上，那时诸多问题岂不皆迎刃而解？决心下定，心情自然平静，遂安然看着云文他们仓促备考，昼夜抱书苦读，造出一片紧张气氛，他后来成功被江西师范学院录取。此后我抛下诸般烦恼，收集各种书本，重修早已读完的大学课程，同时兴趣所向，又开始研究毛泽东军事思想，一篇略论五次反"围剿"的文章，洋洋洒洒上万字，让自己甚感满意。

不料半年之后，考风又吹。1978年的孟夏，大可匆匆来说，他要参加高考。其时他的父亲赵局长已摆脱羁绊，远赴宜丰黄岗山垦殖场任党委书记去了。赵家顿感轻松，"包袱"卸下，喜色盈门，笑脸绽放，我辈亦觉欣然。大可问我："为何你不参考？"我遂将顾虑全盘托出，亦把肺腑决意娓娓道来。他沉吟片刻，反问："如你考不上研究生怎办？"一语轰然，犹如点破。我虽自来信心满满，骤接此问亦感惊愕，是啊，百分之百的事绝无可能。如若此问成真，其身何寄，其后何去，让我一时无语。大可接着又说，赴考高等学府，学人皆心驰神往，大潮涌起，更是我等难遇良机，如果放弃，岂不是一生绝大遗憾。他拉着我到宜春县图书馆阅览室，翻看报纸公开通告，又说："试试有何不可，也不影响你考研。"我遂动摇至确定。此际风气转向，厂中亦鼓励奔向考场，一时读书声四起，人人争相觅取复习资料，互为流转，成为热潮。大可鼓动成功，并拽我到一上海籍干部处，每晚补习一节数学课。我初中学业皆是空白，只好倾力猛攻，将一本初中数学课本翻得面目全非。上海干部的讲解，常令我坠入半懂不懂之间，好在基础与头脑均胜我一筹的大可时加点拨，竟在旬月之间，学了个大致模样。从确定到参加考试，只有一个月时间，全蒙允准请假，都用在数学上。好在文科乃我之长，不须费事，否则必然捉襟见肘，无从措手。

此时正值炎夏，走进宜春中学考场，杨树高耸，蝉鸣长长，人山人海，川流不息。据说文科考生有两千多人，天下攘攘，皆为考往，我亦兴奋其间，又不免暗下惴惴。想到鲁迅自云初到北京，惊异于人才有如鲫鱼之多，不敢自傲。其时我目睹各路青年才俊奔聚而来，亦有此感。谁将脱颖而出，笑到最后，无人敢夸下海口。考时广场声寂人空，考生皆如流水注入教室，急眼拉开长卷，持笔在手，凝目以视。铃声长响，满室笔声沙沙，久之汗溢额手，唯见监考老师身影，徘徊于坐行之间，与窗外大片树阴，互为动静，愈显宁谧有如无人之境。不久，成绩公布，据说两千文科考生，上线者只有三十三人，亦不知真假，所幸我入列其中，不胜侥幸之至。虽然数学考卷铺开，我只识得因式分解一题，余皆陌生冷峻，缓笔而下，最终只获六分。但因政治、语文、历史、地理四门文科成绩皆能拔俗遥上，总分竟然超过本科录取线三百四十分，令我一时窃喜不已，虚荣心陡然涨满，竟至夜来无眠。不久接到通知到医院体检，又很担心高度近视难以过关，遂请来暑假回家的云文，要他遁入视力表检测人群中，为我指点应急。同时我亦先期将视力表符号按顺序背熟，如视力1.5处各符号从左至右是：左上右左上下下右。如此用心，自然顺利过检，一举成功，云文之助亦未派上用场。自感信心大增，以为所报江西大学中文系，必上无疑，即告赵平为我准备开学赴校就读。赵平亦尽力疏通，说新生宿舍床铺亦已说妥，届时自当有备无虞。此时厂中亦有人言，说我家庭情形特殊，工资可随学带走，不免让我有坠入糖罐，甜注肺腑之感。前所未有的高校入学考试，震动中国社会，虽然如我幸运者稀少，落榜失望者众多，但十年停考，读书为贱，此际仓促上阵落选，亦是普遍现象。故多有自嘲一笑解颐者："小子本无才，父母逼着来。白卷交上去，鸭蛋滚滚来。"其实我的鸭蛋亦不少。只不过藏匿在数学白卷中，轻易不为人所知也。此后渐次平静，只闻厂中政工部门在调我档案，并到父亲生前单位登门查问，意下虽稍感不安，但毕竟风气已开，我依然热心等望，悄然翘首。不意全国高校九月开学，直到十月国庆红旗飘飘，各方得志学子，皆肩扛手提，辞亲别友，火车长啸，南北奔去。唯我依然是日日望断雁影，毫无动静。也到有关部门询问，自是空谷回声，不明就里。我越来越怀疑是政审作祟，索性将热心冷下放落，管他十月、十一月如梭过去，渐渐不为人问，也不问人作罢。车间人等，知我心灰意冷，遂来安慰："不读也好，我们多个身边伙伴。"笑逐颜开，我便潜心工作，将高考录取一事渐渐忘诸脑后。不想到了十二月，寒风料峭，天色如晦，又突然接获一纸高校录取通知书，要我到江西师范学院宜春分院（宜春师专）迅即报到，限期速至。此时我心已冷，拨灰见火难矣，况且又不是意中高校，与初心大相径庭，遂不与任何人商议，决定放弃。此事对我冲击极大，一段时间心绪难平。傍晚时分，我常走到北门岭上，前面是父亲墓碑隐约，返身则是宜春分院灯火闪烁，眺望徘徊，久久不去。反复念诵鲁迅笔下《过客》，不知我是瞻望鲜花盈野的女孩，还是只顾跋涉不知何往的中年汉子。忧伤、惆怅、苦闷、失意，一并袭来，天昏地暗中似见父亲急切神情。大学、墓碑、鲁迅、女孩、父亲的意象，纷至沓来，次第融入混沌的梦境。

我梦境中的1978年，充满了硕大恢宏的忧郁气象。我用一种激奋与忧伤的眼神，阅读了轰动一时的《哥德巴赫猜想》，此际伤痕文学、朦胧诗风靡文坛，"卑鄙是卑鄙者的通行证，高尚是高尚者的墓志铭"；"中国，我的钥匙丢了"，让世界目瞪口呆，争相咏叹。科学的春天到了，郭沫若用他苍老的呐喊，喊醒沉睡的古国生民，不久他安然躺在北京鲜花丛中，永远不醒。

此时我认识了宜春中学教师李伟。他的父亲是省城党校领导，不知何故贬到边城宜春。或因家风熏陶，他对政治思辨充满兴趣，他的热情激发我的理论思考，我们的交谈充满理想和主义，被时代风潮吹得色彩斑斓，饱含新意。这时又结识了报社编辑陈小平，他的深沉与文采，又让思辨式的长谈洋溢了文学的浪漫。次年冬季，我们三人在火车呼啸中结伴东行，先到陈的家乡丰城，热情绽放结交当地才俊。文学、印章、师表、思想追求交织混融，扑向我的内心，浅酌慢吟，交相切磋，令我眼界提升，胸襟开阔。顷之又赴南昌，与李家父兄茶聊餐叙，兴奋与新奇，让久处底层的我，有了见面精神奕然的动力。此后三人日益亲密，有次在李伟居室开怀纵谈，彻夜不息，竟至天亮曙色一新。时夜半饥肠辘辘，四处搜寻，仅觅得白糖一包，各自置入口中格然咀嚼，以白开水佐之，丝毫不减谈兴。那时报刊蜂起，议论纷纭。我和李伟决意发出自己的声音，筹议多日，斟酌完毕，遂由我执笔，写出一文，洋洋洒洒数千言，刊在省内理论刊物《求实》杂志。那几天为了下笔有神，李伟置我书桌若干香烟，时或点火轻吸，缭绕口鼻，非为有劲，反招刺激。不过，十数根香烟罄尽之日，文章亦完稿功成。虽然偶试香烟，但我并未上瘾，最终又悄然远离。亦未见李君钟爱此物，此后聚谈皆是无烟环境。李陈二人皆知我考研心志，均表赞誉。李君亦说他必走此路，遂加紧学习，数年后他果然如愿，考入厦门大学专研《资本论》，出有专著贻我，使我颇感惊奇。我亦开始发力，泛读之外，专攻英语。晨起猛背单词，夜深专听《英语九百句》。借来小收音机一台，一月为期，故夜夜开机，次次精听，不敢浪费。为了强势突破，把一本破旧的英语小字典背一页撕一页，硬性装入脑中，再掷烧为灰，不复见之，以示背水作战，退无可退之决心。工作繁忙，又学会科学时间计算法，此法旨在分秒必争，三五分钟乃至半个小时，觑空抓读，寸阴不虚。入夜则逐笔归总登记，每日能用功四至六小时，则暗呼幸甚，学业自然日有进益。

大可见我如此发力，亦被感染，约定同赴考研，遂添购书籍，我亦荐书，期同居一楼发奋同行。不料大可素来自由散漫，说最难早起，要我晨色暗昧之际，于楼下呼他快快醒起。不意次日呐喊，始终没有回应。遂又约好用长绳系手，甩到楼下，届时拽动，必会奏效。翌日凌晨我又复至，摸索二楼窗下墙壁，不见绳索踪迹。于是知他并无决心，此后再无接续，依旧各行其是。

忧伤的高考，唯一存留的是那张高校录取通知书，被我置藏至今。这早已不是我个人的记忆，而是那个年代镌刻在心灵的痕迹了。我便这样走入到20世纪80年代，在每天的日记中，写下我的梦想与寄寓。

婚　恋

1979年初春，震惊世界的对越自卫反击战打响。

关心战事的我，为了获取更多消息，依旧常常到中山路的邮局，浏览橱窗中的各类报纸，购取一些报刊，顺便也投寄稿件，这段经历至今是我梦境中的"常客"。多少生动入微的战斗报道，令我激动乃至盈泪，写下行行诗句抒发奔涌炽热的情感。

一晃春夏即过，那天又从邮局走出，突然想到好友大可前些天说的话，要帮我介绍对象，是他未婚妻丽玲的同事。大可说，那位是南下干部的子女，长得很有气质，照相馆橱窗中有她的合影照，如我同意就安排见面。骑车到中山电影院对面的照相馆门口，我端详了一屏大玻璃后陈列的几张照片，皆是清秀美貌的艺术照，虽不知道是哪一位，但心里是兴奋的，有暗暗泛起的期待感。快车行过东方红影剧院时，念头陡然一转，心情顿时一片灰暗。

正是在这个影剧院门侧的骑楼下，前不久我受了个大挫折。

我早已决心苦熬三年，硬闯考研难关。春节时，老家诸亲戚来宜探看我母，热闹中三舅起身说，刘密这么喜欢读书，何不我们都凑点钱，让他再考一次大学。听罢大家皆默然不语，我知诸亲戚兄弟无不经济拮据，有谁能拿出多余的钱接济我读书？于是赶紧声明，我不考大学了，不劳大家费心。三舅知我心愿，又叹息着说，你年纪这么大了，总要成家吧。我坚定地回三舅："考上研后再说这事。"不想车间领导老曲，也很关心我，要帮我介绍一个对象，我以为说说而已，并未放在心上。家中清贫却安宁，两个妹妹读书，却也听话，春女好动，喜唱歌好打球，是学校的活跃分子。苗女娴静，肯用功，还是班干部。母亲在机关事务管理局做临时工，扫扫地，也做点售卖开水票和洗澡票的事，还帮邻家带看孩子，赚点钱补贴家用。小院内每有货车满载消暑西瓜或过冬炭煤等物，会请我包揽卸车。人皆知我家贫苦，亦是好心安排。但感觉人情多变，初始的怜情稍现渐变为不屑冷对。我当然自知家落下风，沦为遗属，却白眼相向由它去罢，毫不影响灯下苦读，著文盈桌。也常在门前树下，聚友纵谈，闲时也敲敲借来的扬琴，兀自取乐。此外或吟读古诗，或朗诵名作，声越墙垣，铿锵有致。动静自会溢出户外，亦有院内青春淑女，好奇借故来访，见满室陋鄙，母妹朴拙，也只是触眼一瞥，悄然而退。我卑彼贵，自然无多言语，礼貌辞去。

有一段时间，厂中事多，我便住到了集体宿舍，四人一室，颇为热闹。晚上虽不能静心读书，却与各车间工人混得烂熟，无话不说，无隐秘事不敢讲。有位泼辣女工，较有姿色，丈夫外出日久未归，半夜遂有男人到窗下轻叫暗呼。她惊恨交加，不予理睬，并将此事说与女友与熟人听闻，且此后并不顾忌众人以玩笑调侃。有次她在闲聊时，指着一位道貌岸然走过的中年男子说："就是他！白天还在会上骂我落后分子，晚上就想来做这不要脸的事。"此言一出，令我对这位男同事大跌眼镜，原来人可以表面说着一套，背后又做着一套。以致后来某车间一位斯文脸孔的工人，某日突然被公安民警带走，说他就是西门郊外作案的强奸未遂犯，也并没引起我太大的惊讶。只是后面听说，斯文脸孔是民间常传的"花痴"，作奸犯科是天性，无法自控也无法根治，才知道人性的常态与变态，表面也是难以察知的。偌大一个厂，饮食男女之类，人间烟火而已，只是僻处一隅，人情密集，必然碰出各种新闻，朝闻夕议，渐渐也就习惯了。

我那天早早下班，在水龙头下匆匆擦洗一番后，便带着一身疲惫往东方红影剧院驱车驰去。果如老曲所言，影剧院东侧骑楼下，站着他的爱人小刘和一位稍显高壮的姑娘，笑吟吟地等候着我的到来。看着那位大方整洁的女教师，我有点慌乱，觉得自己衣衫不整，加上紧张劳动后的满脸倦容，恐怕与一般苦力无异。不记得说了些什么话，只记住了那位姑娘浅浅的笑靥，眼神中满载着挑剔和冷意。客气的没有下文的分手后，忐忑了一阵也便淡然了。我的工人身份，必然令对方心意蹉跎。何况我家贫如洗，小刘必不能隐瞒，如何会有下文接续呢？那时谈婚论嫁，盛行"三转一响"，男方家中必备缝纫机、自行车、手表（三个会转的）和收音机（一个会响的），否则免谈。沿海大城市，更是风传"海路空"笑谈，个子高有空中优势，办事方便有捷径门路，外加决定性的一条，还得有人人羡慕的海外关系。厂里工人开玩笑说，政治上要向前看，经济上也要向"钱"看。此时国门渐开，沿海城市开放，市场与消费共生，物资和货币并重，爱字怎会敌得住一个钱字？谁又能超越现实？如鲁迅所说："你能拔着自己的头发离开地球吗？"果然没过两天，老曲摇着头有点不好意思地笑对我说："她说你太瘦了点呢！"我松了口气，虽然略感失望，却暗自感谢这位小学教师给了我充足的面子，只是太瘦了点不般配，并无其他不对。

此后我便灰了心也铁了心，把婚娶抛诸脑后，闭口断念，一心投入书本。那时手不释卷，也读闲书。我在读恩格斯的《家庭、私有制和国家的起源》，对恩格斯描绘的共产主义社会的爱情婚姻之自由浪漫，心驰神往。革命的冷酷惨烈化为春花秋月之烂漫，真是不敢想象。克鲁普斯卡娅的长篇回忆，又让我看到了铁血列宁温馨日常的另一面，革命家的烽火岁月，也脱不了世俗生活的起居眠食，直到性爱婚恋。自感人生跌宕，命运奇诡，每见生老病死、酸甜苦辣，有如翻山越岭而去的逶迤古道，皆藏于每人身上，必得循行，不能脱空遨游，谁也做不了超凡脱俗的神仙。于是我悟到俗人自俗，雅人自雅，但都不免柴米油盐之烦，衣食住行之累。马克思的伟大原理，无非也只是生活真相的揭示，并非一味玄妙高深，脱离烟火人间。生活总会手把手教会我一切，我自知多想无益，遂放下诸般心绪，心静如寂然深井，一汪水也是镜样，无纤纹泛起。

这年秋天，天高云淡，厂里准备做出口分割肉和猪副产品，生产科长成老总带着我等一干人到武汉肉联厂去学习。岁月久远，武汉肉联厂除了场面宏大、喧嚣如潮之外，在我的记忆中皆已模糊远去，杳无踪迹。唯独记得游龟山，眺大江，以至于进入武汉大学，游走在葱绿玲珑的珞珈山。那一个个抱书穿行的学生，又引得我内心波翻云滚。成老总却在湖边草堤柳树下一屁股坐下来，感叹说道："这真是个谈恋爱的好地方啊！"引得随行男女一阵调笑嘲讽。大家皆知老总夫妻恩爱，闻名全厂，却也还有此等心思，不免讪笑不止。接着又游古琴台，大家无话可说，俞伯牙与钟子期的名字都难记住，更莫说遥远的古琴知音故事了。倒是进了著名的归元禅寺，一见那活灵活现的五百罗汉，且可按自己年龄岁数任意点去，必能测得来年运势，大家便轰轰然一片聒噪，各自仰头点数，嬉笑不已。我亦不能免俗，随手从一个狰狞鼓腹的罗汉点起，点到一个笑容可掬的罗汉止，即问寺中僧人，此是何意。那僧人瞥我一眼，轻轻回道："明年你要恋爱结婚了。"此言一出，众皆哄笑一片。我以为玩笑而已，心中惊异，也只能化作疑惑一叹，摇头于罗汉菩萨环绕之间，随人流往寺外淡去。

如此还真有点奇妙，你不信还不行呢！

大可和丽玲的热心，驱逐了我的挫伤与冷静，似乎还证实了归元禅寺的笑谈。那天是周末，晴好云淡，我披戴停当，遂与大可走向城西泉井头。橘林零散的一栋农舍中，我见到了丽玲陪着的同事小姜。握见时她的手是柔软的，与她绽放的美同时令我意外，她应是照相馆玻璃橱窗中最出众的一位。她的眼神也是挑剔和搜索的，不免令我收敛与警觉。原来说她的姐姐会一同前来，此际却不见踪影，料想其也是场面见多，我等人物分量自不在她们眼中。好在大可话多，可着劲夸我，对方只是听着，没有任何呼应。只是说到我得意的一篇政论最近发表在《求实》杂志上，似乎引起她的注意，但她依然是不动声色。为了不冷场，我只好贸然开口，一番言辞也只引来几句询问。我便不抱丝毫幻想，客气分手后，很不爽她的居高临下，一点热心也便冷了下来。不料改日丽玲传话，要我写封信给她，好像峰回路转，又别开洞天了。我知她识文，自想考我一场，以决心意。大可说，她对我的印象，是可以接触。依然是眼高视下，睥睨之心可见。我虽不悦，但亦信手下笔，沉郁顿挫，辞深意浅，满篇夸饰之言，犹似司马相如作赋，料她有如撞面峰峦，必不知我高下。故意示奇，也是一泄多年积郁之气，洋洋洒洒，或许只是终场鸣锣，一声惊响，便了却此时局面。

不料隔天大可拿来两张电影票，要我邀她看场电影，并说此际人已在他家中。于是我欣喜前往，果然见她红装素裹，满脸羞笑以向，全不似那日初见冷淡模样。大可外婆见状夸说："比过我家那位了。"于是我和她前往隔墙喧腾的大会堂影院，途中我说，电影无甚可看，何不走走更佳。同意后我便要她稍等，转个弯把手中两张电影票掷到隔墙外，便折了回来。她问："退了？这么快？"我说退了，正好有人要。她便满意点头。我们遂漫无目的地向远方走去，走到寂无人迹的郊外，田野蛙虫鸣成一片，星光朦胧，她的话便多了起来。此后也就无须大可、丽玲援手出面，私相授受，约会自定。月下河岸，田园橘林，便成了我们约谈走聊的安谧去处。她的工作、家境、朋友渐为我熟知，信任自然也与日俱增，以致她把以往追求者的信件摊予我看。兴致来时，也时或拉一曲小提琴隐诉心声，把当年初恋受挫的委屈婉转叙述。熟悉至而亲密，于是她携来密友薇莉与我相识。薇莉是当年六〇一三部队首长的女儿，对时政与历史充满兴趣，我们三人谈的内容更加广博，往往把休闲便茶变成答问释疑的讨论。这种乐趣使我们友谊更加笃厚，一直延续到我读研后，我们去山东济南看望这位好学上进的美丽姑娘。她们皆不高兴照相馆张扬她俩的那张合影照，知情后与照相馆交涉撤去，确也怕人言流转，说得俗不可耐，有违她们的本意。我知她心意初定，便带她到家中见了母亲，粗茶淡饭，家徒四壁，未见她有诧异之色，便应她之邀，亦赴她家面见双亲。

那天晚上我穿了件不合身的绿色军装，是请人从上海代购的，也是时风余韵所致，但显然与我的身份气质不符。这样尴尬着进入她家客堂，却又受了意外冷遇，久不见她父母从房中出来。最后我未来的岳母过来应酬了几句，也是冷着脸，一副不高兴的神情。我自知趣，迅即告退，她亦焦急默然不语。此后一场较劲便次序拉开，她家动员了各路亲戚，反复劝说，多方建言，要她放弃。莫大压力逼至，我亦心下嘀咕，不免探她口气，不想蹉跎徘徊。一日雨中撑伞同行，我问她咋办，沉吟片刻，轻声曼语却听得分明："不管穷富贵贱，我就跟了你。"我听得感动，又问后面怎么做。她说："你找我爸去说，家中是他做主，只要你敢上门。"闻罢我心意遂决，婚恋大事，岂有我不敢之理？只此刻她的心志已明，我更有何畏惧？她告诉我受阻的原因只有两条：我家出身不好，政治前景堪忧；还有高度近视，也让人担心。其实还有未说出口的一条，是我出身贫寒之家，怕女儿过去受苦。运筹一番之后，择日我便挺身上门，单独拜见了我未来的岳父，我有足够的信心与勇气，让这位老革命点头首肯。

岳父姜德清，是吉林通化人，老家与朝鲜族杂居，通身是东北长白山森林原野的浓郁气息。抗日战争胜利后，八路军进入东北，他便做了村里的儿童团长。他极为痛恨日军的暴戾，逼老百姓吃橡子面，把中国人头颅当球踢的场景，让他终生切齿不忘。1949年，天翻地覆，他参加南下工作大队，随第四野战军入关，走过千山万水，到了全然陌生的江西。他浑然不惧土匪猖獗的时势，挎把驳壳枪指挥区乡百姓土改反霸，此后便在宜春娶妻生子，东北老家渐渐远去，只是成为岁月蹉跎里梦境中的幻影。他颇具北方人的豁达气度，忠厚快直，却又性犟偏刚，要他认下一件不情之事，恐怕亦非易举。虽有志忐，但我决心既下，自无彷徨。于是拜见执礼，正式求婚，正大光明，态度恳切，且加上"可变资本与不变资本"的未来预期，让文化不高的他终于识我底色。自然谈话渐渐融洽，他的仁厚天性随之流露无遗，转而交代："我也是穷家养骄女，还要你也多多担待啊！"他的谦和如同拍板，我一身轻松地走到阳光明媚的户外，像一个胜利归来的战士。橘子林是多么地香绿盈目，远处的河流更是浏亮可爱。那个地方叫滩下，是自来水厂的驻地。那一时刻，每个遇见的陌生老表，似乎都对我充满了笑意。我紧攥了一下拳头，觉得终于胜了一场。

我们之后进展神速，开始挽手而行了。她在毛巾厂做印花工，以前还做过更辛苦的挡纱工。我每天便昂然在人流中接送她上下夜晚班，那辆永久牌自行车，便载送着我们的喜乐欢笑，穿行在小街僻路，刚健无碍。有时夜半坐在她家门前，享受郊外繁星满天的宁静，对未来的憧憬，让神秘的夜空嵌入心田，悄盼黎明的曦光。婚期便在两人的商议中确定，可是苦恼接踵而来，家无余款不计，家具总得稍添，除了颜面，也是结婚必需用品。于是我辗转于亲朋之间，筹借了五百元巨款。又从二哥奉新山中，低价购入一堆杉木，以作衣柜斗橱之用。请得木匠入门，斧刨锯凿之下，却还差两根木头。情急之下，幸亏云文出手，说他官园乡下外公家，可借得两根圆木，虽可济急，但年底归还不得误时。那时木材珍贵，价值超过粮油布匹，顿时令我大喜，迅即出动用板车拖来。车过状元洲，沙黄石褐，滩流草树，又引发我读书贫寒，古今慨然之感。吉期迫近，尚有衣物手表缺位，倒也好办，我遂向好友诸人，借得白衫短袖一件，腕表一只，只要混过场面，余皆可不计也。那日循礼成婚，天空晴朗，鞭炮噼啪，母女相拥哭成泪人，犹如万里之别。才知贫困之家，真在万里之外，春风不度，秋雁难来，关山遥遥，大漠寂然。父母意中，一捧热泪又能解愁多少？

婚礼简朴，家中亦备薄酒，亲友来贺者，两三桌而已。只是晚间借得对面办公楼中一间大厅，引来厂中同事云集，糖果若干，洒发众人，有身份者致辞一二，大礼便毕。夜色淡然，有歌声穿窗而入，众皆称好，真是天助我婚，贺客怡然。我虽在众人的摆布中，循革命化后的简约礼俗成婚，但家贫物乏，不敢铺排，却也是境况使然。好在妻子淡然，更无半句怨言，便让我欣喜与烦恼各半的心境，渐得一种满足至而得意。人生大事竟成，感谢有朋友相佐，亦感恩天上神人暗助，但此际更把感激的目光投向娇羞且坚决的妻子。人皆唤她小姜，家人亦沿称之，她的到来，使我的生活全新而充实。

她名叫慧荣，满满的东北文化气味，小我三岁，是"文革"前实验小学的优秀学生。生得一副好听嗓音，宛转而绵柔，最后终于以此特长改变了她的命运，成为广播电台的播音员。一个温暖且贫寒的家，便在几件新家具的环裹中，悄然新生了。她对我最大的寄望，如我心底的隐秘一样，便是读书考研走出宜春，到一个更为广阔的天地去尽情遨游。

生 产 科

铁路道口是一个充满危险的要隘关卡。

从厂门口顺坡而下，就是被黑白栏杆挡住的铁路道口了，偌大的厂区被堵在道口的南面山野中。火车驶过时，如挟雷电，地动山摇，急风扑向栏杆外等待的人群车辆。道口东面却是个急转弯，火车扑来往往只是数秒，稍有不慎，就要出人命事故。那天道口又喧叫起来，我赶到时，停住的火车已驶走，道口十数米外的泄水沟里，躺着一个干部模样中年人，已经毙命，所骑自行车，也掀在近处农舍边。

这已经不是第一次了。上次车队王师傅的妻子，骑车下坡绕过栏杆穿越道口时，火车突至，她因穿着筒裙慌乱不及下车，被卷入车轮碾亡。还有更早些时，黑夜中厂区值守人员追捉一个小偷，急不择路的偷儿，奔过铁路时也被车轮轧断一条腿。

危险又恐惧的道口，常让我冷汗直冒。为了熟记英文，我在骑车时也念念有词，不时瞥看写在掌腕上的单词。由于一心多用，视线又不好，一次在街上逆着日光骑行时撞上板车，竟越板车而过扑倒在地。又有一次被急行的卡车挤到路边，碰上一个也急欲穿街横行的卖肉屠夫，反怪我撞了他，一手持着铁钩飞舞，一手抓着我的自行车龙头不放，引来一群围观的好事者。辩说无效，又急着要上班，我遂使出猛力，将恃武无恐的屠夫一手掰开，强行脱身。怒叫一声后，那无理耍蛮的屠夫竟然被吓住，目瞪口呆不敢回手，使我得胜且得意地扬长而去。但铁路道口的巨大啸声，常让沉浸在背诵中的我如梦方醒，不敢绕过黑白栏杆造次。那位道口工人，天天看熟，不时仍然要喊两句提醒我："火车要来了！"铺天盖地的震撼声里，我又回到现实中。道口的疾风，成为我饮吞下的一副"清醒剂"。

那时我劳作之余，便是昼夜苦读不辍，不修边幅，蓄了一头长发任其飘洒，不知者还以为我是一个颓废青年。新来厂长是原广州军区部队驻海南的首长，与我同姓，一身刚直之气，目光炯炯，声高气大，初下车间见到我，眼中充满嫌恶，不与我言语半句。半年后神情始变，知道我这个长发眼镜年年都是先进，又听闻我能写，遂和颜悦色问我："调你到厂部来写新闻报道，发挥特长，怎么样？"我一听便摇头，不愿去做那吹嘘粉饰的事情。失了面子的厂长脸色严峻起来，没有强迫我就范，却足足冷了我三年之久。当然这并未影响我的心情，仍以吃苦受累为荣，积极肯干。被群众推为班长后，我细观生产运转之弊病，向厂领导致信，提出了定额管理和加强政治工作的建议。1979年底，我被宜春团地委命名为"新长征突击手"，自是厂内唯一，荣誉醒目。1981年，新婚不久的我，突接通知，调到生产科任生产干事。我想，这恐怕又是厂长的主意，或者也是已调走的成老总和厂内老干部的揄扬推荐。我欣然赴任，那是一个能做事且又发挥管理作用的岗位。

红砖砌就的办公楼，立于高阜之上，可凭高眺远，纵览全厂大半景色。坐在窗户宽大的内室，明媚的阳光越过窗下绿树洒在办公桌上，正是读书的好地方。我的欣喜与满足，还来自办公室内的融洽氛围，忙碌而热烈，安静又闲适。生产科是厂内最大的科室，管着全厂的生产、基建、动力、统计、仓库等事宜，范围大，事多人杂。办公室内时或人声鼎沸，吵成一堆，时或人去室空，鸟声可闻。我的职责除协助生产调度之外，还要管理劳保用品，无非是办理领取登记，接受来访询问，接听传喊隔室的一部电话机，那是楼下唯一的通讯工具。电话铃一响，我即主动接听，遇到科外人员电话，我便得先清清嗓子，然后迭声大叫，响遍楼下所有科室。清嗓喊叫，便成为我的"专利"。日久我一清嗓，楼下皆侧耳以闻，等待姓名报出，出现短暂宁静。有次嗓子作痒，我亦大声清咳，之后自然没有下文。有人倾闻良久失去耐心，呼我喊道："谁的电话？"知情后引来笑声一片，也算是我"专利"误用后的乐趣。

隔壁内室，是倏来倏往的基建管理者和技术人员，核心人物是老李。他是福州军区特种兵出身，肌肉发达，英武有力。老李喜欢讲述，言辞生动有趣，激情四射，很有个性魅力。说到部队严格训练，几如残酷折磨，严冬短衣短裤被驱到冰冷室外，动作不休以驱寒壮。爬到绝顶高悬处战战兢兢行走，借此克服恐高症。此外深夜独行扛尸，坟墓内蜷伏待命，都是令人毛骨悚然的奇事。我自小就喜欢摔跤格斗，常向他讨教切磋，白手夺刃、扫眼迷敌、侧踹重击、转身肘撞等招式都令我大开眼界，叫好不迭。老李亦重文，喜与读书人交友，对我重视有加。1983年考研，他帮助我特批两个月假期，每周只须来半天处理急务，为我备考且一举夺得佳绩提供了极大便利，我自然心存感激，至今不忘。另一位老李，人称李工，河南人，本是中华人民共和国成立前参加革命的老干部，却不知为何落籍到此。李工亦喜与我交谈，说他以知识青年身份参军，大军南下，在大会堂内听过邓小平作报告。李工是建厂元老，说破土动工挖山时，有百斤老蛇蹿出，在众人追赶呼喊中没入遥遥山野，不知所终。办公楼下面的篮球场，原是巨型墓址，是明朝权相严嵩原配欧阳夫人之墓，掘开时他曾亲见"南京工部侍郎严世蕃"之牌，坐实此片山野，确系当年明朝嘉靖皇帝赐予严嵩之地。我那时正读《明史》，翻到严氏父子事略，读得更是兴趣盎然。乘便也到附近农家，找到见多识广的老人，往往打听到书上未载的新奇传说，更觉历史神奇莫测，魅力无穷。

坐在外间大办公室的，还有几位不怎么走动的"座山虎"。小彭最年轻，热情勤谨，低调积极，手中事办得快捷妥帖，闲时还能拉几手小提琴，有文艺青年风范。有趣的是老卓，不苟言笑，神情沉默，但熟悉业务，常能说出异于别人的工作见解，且执着不移，显得有点固执。办公楼前曾来一江湖郎中，说能治眼病，当场见功。人皆不信，老卓却勇敢试之。郎中说他眼白泛红，其后必有眼虫作祟，挑出必愈。众人好奇，只见郎中用左手撑开老卓眼睛，右手持针，顺手一拨，即见针头上蠕动着一只微小白虫。甩掉再拨，又是一只，拿给大家看，两眼挑毕，说："好了，以后没事了。"众皆惊其神技，我独不信，以为江湖魔术而已。但老卓坚信不疑，痛快付了诊费。如此又有数人学样，亦是前景再现，老卓更是惊呼："你看你看，这还有假。"哄哄然中还当成了科学技术，那位郎中却不敢久留，怕我等究诘者疑心更重，哄乱中人去踪无。

办公楼前是块空地，环绕着水池、垒石和树木，闲时常聚拢着一些人在此笑谈议论，几级台阶也会被当成坐凳，蹲站不拘，热闹起哄是常事。那天一干人等却很安静，围着一位拄杖老人听他讲述，也不停有人好奇发问。老人眉长脸宽，身板厚实，有七十开外年纪了。一口安福话，原来是位老红军。他上过红军学校，是主力红军基层骨干，遵义会议时，在所在部队担任会议警卫。他亲耳听到会场内领袖们的大声争执，气氛激烈紧张。可惜第二次攻打娄山关战斗中，他腿部负伤，未能随部队继续长征。后来历经艰险回到江西，却不敢涉足家乡，最后辗转躲藏在宜春东南深山中，娶妻落户，隐名埋姓藏匿下来。转眼到了1949年夏天，他在山中听到了隆隆炮声，说当年的红军如今的解放军就要打过来了。他顿时激动万分，遂背了三十斤大米，走到袁河下游的清江县城去迎接解放军，见到认识他的兵团司令陈赓时，他忍不住热泪滚落，哭了一场。众人听了皆感动不已，扶着老人要进办公室坐椅子，他却不肯，就在台阶上坐下来，说："这样就好。"有人说老人如不负伤退出长征，今天就是将军了，起码是少将。大家皆同声首肯。于是又说到厂中一位退休老职工，十三岁就跟着彭德怀的红三军团离开家乡，当了一名司号员。走过万里长征，成为八路军总部的司号队长。后来知道老家宜春的母亲想他想得发病，于是思亲心切，请假潜回宜春，抗战烽火一起，却再也回不了部队。为了活命，他又去当兵混饭吃，直到解放后被遣回家乡。为了提高待遇改善处境，他曾给北京的首长写过信，能享受到现在的退休待遇，已经很不错了。历史显然不仅是单纯的记忆，它还能以其生动复杂的人事，教育和改变年轻的心灵。

生产淡季时，闲暇自然更多，也方便了我的阅读记诵。那时两位妹妹已经外出参加工作，女儿白维出生，我的工资涨到四十五元，妻子掌家，境况也便好多了。我花六元钱买了一本大英汉辞典，实现多年夙愿。此时，又因朋友介绍，可常到宜春师专图书馆借阅，读书环境大为改善。尤其是在妻子舅舅工作的文化局，借到了渴望已久的《鲁迅全集》全套本，兴奋之情不可抑止。曾记得多年前，到一位小学同学家玩，发现他家也有一套《鲁迅全集》，遂偷偷借了一本来读，读完暗下决心归还无误。不料还借第三本书时，撞见同学父亲，他毫不客气地盯着我说："我这个书是不外借的。"令我尴尬以至羞惭，断了一条借读之路。这时云文大学毕业，考上了复旦大学研究生，常与我结伴去韩明雪家聚谈。老韩的岳父是全国民兵战斗英雄，曾在北京受到毛主席的接见和嘉奖。岳父弟弟在金门战斗中牺牲，是胶东当地有名的光荣之家。不料改革开放后，那位牺牲的烈士却在台湾返乡探亲的老兵中出现，见到了离别三十年之久的亲人。原来金门战斗失利，他被俘至台湾，并未牺牲，家中所闻实为误传，才造成这一跌宕起伏的悲喜剧。好在时风大变，人性复暖，社会并未过于关注与苛责。

风气之变也在厂中出现，真是"风乍起，吹皱一池春水"。那年厂长到先行改革开放的广东走了一趟，回来在办公楼下的篮球场上慷慨激昂地开了一场大会。行伍出身的他，见识开阔，头脑敏锐，捕捉到很多得天下风气之先的新鲜信息。他提到了物质刺激的作用，首次言及奖金与红包，让大家听得笑脸绽放，希望的眼神触目皆是。那时号召尊重知识和人才，厂里的大学生群体受到重视，有调入高校的，有走上领导岗位的。厂领导为了留住并吸引人才，竟专门建了一栋两层楼的宿舍，专供新老大学生使用，人称"大学生楼"，一时新风荡漾，人心思学。我在厂内被人视为"小知识分子"，本属于小学初中学历的低文化群体，由工人转为干部还得过考初中文化。但我毕竟考上过大学，也在大学学报等刊物上发表过一些文章，厂领导对我的关注度还是很高的。终于有一天厂长找到我，很坚决地说："刘密，不要去考研究生了，就在厂里干，哪里都一样。"那时正逢我考厦门大学失利，但并未放弃一直坚守的执念，遂对厂长说："考不考不影响我的工作。"就在那一年，我二十九岁，当了厂生产科长，可算是越级提拔，一时议论颇多。

由于升迁突然，我很快感觉到了压力，相关同事的态度亦为之一变。匆忙走马上任，素无权威积累的我，骤入的是意气难平、疑窦丛生的人际环境。没有一次生产任务是能顺利下达的，争吵和叫喊是常态。终于有一天我没有憋住，那天车间主任们正在不情愿地与我争执时，一位不识深浅的愣头班长闯入会场，责问我为何久拖不决。瞬间引爆我的情绪，火气冲天而起，我以吼叫般的严词呵斥，将其逐出场外。失控的意外收获，是生产任务在屈从的沉默中顺利下达。此后境况渐有好转，指挥亦能如意。不久遇上一次紧急调运任务，一列上十个车皮的火车驶进厂内，要装走数百吨库存冻肉。为保证长途运输冻肉质量，每个车皮须灌上足量冰块，可是冰块储量不够，只能达到标准的百分之八十。怎么办？不装，机列走不了，调运落空，冻肉厂难辞其责。装，风险很大，若途中耽误，冰块融化，冻肉软化变质，亦是天大事故。此际恰逢厂长等领导外出，电话亦未能接上。决难之际，众人皆把目光视我，有不畏风险的信任，也有等看笑话的冷漠。机不可失，时不我待。稍作斟酌，我便拍板决定立即装车，命令全厂动员，昼夜完成。顿时站台一片喧嚣，人声鼎沸，冰碴四溅，冷库大门洞开，冻肉蜂拥填入机列。终于机头一声长啸，徐徐吐气，扬长而去。眼望远去的火车，疲累至极的我，才感到些许的轻松。时值盛夏，骄阳如灼，空气热得似要炸裂。不日突有消息传来，因中越边境战事爆发，军车大批过境，冻肉机列滞留铁路枢纽向塘，冰块本不足，加之天气炎热，冻肉开始软化，若延期到目的地厦门，冻肉必然变质，后果不堪设想。满列机车冻肉，价值近百万，谁能负得起责？犹如一声棒喝，惊得我全身冷汗直冒，四下奔走交涉，终于通关南昌铁路局，调出机列到南昌再次填入冰块，最后才安然无恙抵达厦门。旅途中焦急万状的厂长，闻讯也一路交涉，惊恐之状亦不下我。甫一见面，他就大声喊道："刘密，要是出了事，我们两人都得坐牢去。"我当时即深悟国家财产之神圣不可亵渎，而我的决定又隐含多少盲目与武断？令我寒心的是，此时实有一位副厂长坐家，久与厂长不谐，见机称病，冷眼要看事态恶化，让厂长难堪，故推诿让我拍板。其人阴险，曾佯称要向我讨教一个哲学问题，说"异化"这个词他搞不懂。我不知是计，遂向他娓娓道来，倾其所知，谁料他转身即变脸，说刘密这个人傲到了骨头里，一试就露相了。设个圈套诳人，真是知人知面难知心。冻肉事件，更让我看到人心的险恶诡谲，不可简单幼稚以视。

那时风气清正，干部都很自律，厂中每有上级来人须接待，都不愿去食堂后室陪餐。有次我奉命前往，经过食堂大门时，觉得全厂群众都在盯看我的举动，脸上发烧，低头前趋避人而行，真不是好滋味。不过其时享乐之风已经滋生，省食品工作会在厂里召开，来了一位省城公司的科长打前站，交谈时说到会议用餐，他遂语气和缓，时作停顿，给人回味空间。温言说标准不要太高，上的菜肴尽量简朴，然后意味深长地看着厂长言道："至于酒嘛，就不要安排了，比如你们清江的特产四特酒，就不做考虑了。还有消暑的西瓜，冷库冰冻的海鱼，都不要考虑……"谁都能听出他的言外之意，因为他呲着外翘的大板牙微笑着徐徐道来，犹如在提醒："这可是都要的呀，只是我不好直说了。"我望着他时或闪现的大板牙，差点笑出来，如果没有西瓜，怎能显出晃亮板牙的优势？事情当然如他所愿，西瓜、海鱼、四特酒都在会议餐桌上出现了。吃得高兴的省城科长，满脸通红，用牙签剔着牙对厂长说："会开得很好，公司是满意的……"

风起于青萍之末，这些细节群众当然不知道。篮球场上依然热火朝天，除了球赛，还有拔河比赛，各车间部门竞相参加。肉联厂的篮球队在宜春拿不到名次，人们皆嘲笑说，是猪脑袋吃多笨到家了。但是拔河队参赛，每次皆能名列前茅，甚至夺得头筹。一色的彪形大汉，一色的高筒套鞋着地，自然百战百胜。人们又笑说，猪脚吃得多，当然有劲。正因为力量奇大，一次拔河预练时，拳头粗细的拔河绳索突然断掉，摔倒对阵的两厢人马，末尾的一位坐舵大汉，径直摔晕。我也是热烈的参与者，与工人在一起，有一种如鱼得水的感觉。大声呐喊甚至喊哑嗓子，是多么淋漓尽致，爽脱无比。每当脱离热闹，回归书桌，那深夜的冷静，书卷的清香，又让我感到别样的轻松，沉浸到悄悄萌生的希望和激越中。那是20世纪80年代初期的特殊体味，让我至今仍能时时嗅到，从未忘记。

厦 门 之 试

那是1983年4月的一天下午，我听到外面有人迭声呼喊我的名字："刘密，电报！电报！"春天烂漫的阳光，透过门前大梧桐树的茂密枝叶，洒到轻风回漾的阶前。陌生的邮差把电报塞到我手里，那生涩的电码数字下面蹦出的几行字令我心跳加快。原来是厦门大学研招办的急电，要我5月5日到厦门大学参加研究生复试。这意味着我参加的厦门大学中文系鲁迅研究专业的统一考试通过了，学术殿堂的大门已经洞开，离成功只是一步之遥。

我先想到的是妻子，正在毛巾厂整理车间忙碌的她，看完电报高兴得跳了起来，她的欣喜自不下于兴奋难抑的我。远在福建的两位友人朱向前、张聚宁夫妇闻讯来电祝贺：

天不负刘。朱宁遥贺。

苦心终于有了回报，虽然它来得如此仓促与意外，毕竟令我吐了一口长气。我是以同等学力去报考的，实际学历只是初中毕业。虽然政策允许并鼓励，但到厂政工科办理手续时，那位掌管公章的副科长沉默一阵，终抱疑发问："你凭什么证明，你达到了报考研究生的水平？"虽经我解释，如何学完全部大学课程，如何拿下了关键科目英语，并把我发表的学术论文一大叠搁在办公桌上，他仍旧沉吟着不肯盖章。最后我只好拿出与厦门大学导师许怀中先生的通信，以此证明我完全有资格，但那枚公章也还是拖了几天，才"恋恋不舍"地印在报考表格上，让我差点错过报名时间。

我深知我完全可能因为我的低浅学历被人轻视甚至蔑视，我亦知道我的举动被人嗤之以鼻，视为狂妄与自吹混合的荒谬。但我无所顾忌，坚信世上本无路，还不都是人脚下踩出来的，何惧之有？只是更加珍惜这不易的机会，兀自在半夜起身，真正做到三更灯火五更鸡，把专业书目读得滚瓜烂熟，并将要点记在一张报纸般大小的白纸上，密密麻麻，却井然有序，随时铺开以备指点百般，熟记于心。困了，咬一根干辣椒强行刺激醒脑；饿了，摸出餐余冷食匆匆填腹，不够，热水瓶中白开水足量供应。藤椅久坐摩擦，烂絮了，胡乱包扎一下依然不离不弃。我的准备充分且周密，虽然一搏只是须臾。邻里同事，看见的只是一个整天沉默着的忙人，却不知他的内心，总是如潮涌动，发力到毫末之微，又腾越到九万里外。

早前，我曾抽调到地区商校学习，其时学风大盛，知识分子被空前看重。请来上课的有党校专家，也有省财经学院的教授，讲的课程五花八门，包括企业管理、成本、仓储、物流、贸易，以及政治经济学。一次听完学习《资本论》的辅导课，商校组织座谈会，直接与专家教授面对面交流。我作了一个简明扼要的发言，引来专家的注意与赞赏，称我的学养和眼界出人意料。会后商校校长即找我谈话，言辞恳切问我是否愿意调商校工作。我稍作犹豫，却遭性情耿直的厂长坚决反对。不久，我仍然被借调到商校任语文老师，为进行文化补习的商业系统职工上课。于是我忘情投入，天性迸发，尽其所学，讲的课很受欢迎，常致教室外的走廊上都站满了人。因为听课的人越来越多，最后，竟将课堂移到商业局礼堂，济济一堂，坐满了一大片学员。我暗下不免得意，觉得自己当个好教师还是够格的。特别是批改作文一项，除了主谓宾定状补之基本句法外，尚能一语中的，批赞得当，给学员以启益，于是又引来访客不断，当面讨教。有两位文学优长者，虽仅中学学历，最后历经跋涉，苦学皆成正果，其中一位成为我好友，位至国务院某金融部门负责人，此是后话。

其时诸友皆很关心我的破格一试。有位新认识的邹君，被我言行所激励，亦声言准备应试。于是家中竖起书柜，购书盈室，暇时备酒，邀诸友围桌纵谈，真是激情洋溢，胸怀远大。更有趣的是陈君，见我每日用功，急于知道我的未来走势，竟请来一位民间异人，要看我的命相。那是1983年的春节前，天气寒冷，惟室内无风而已。众人寒暄一番，那位十年后在热潮涌动的南粤被称作"江南神算子"的高人，端详我的脸相和细看手相后，耷拉下眼皮正襟危坐，半天不语。陈君见状急问："你只说一句话好吧，能不能考上？"催促再三，那位民间高人慢条斯理地吐出一句话："早晚能拿到一个文凭。"众人皆惊，不知其真实含意，让人如堕五里雾中，不得要领。我便当是术中搪塞语，应景而已，并不相信，笑笑罢了。

只是已在上海读研的云文君，态度却有变化。他原先亦赞成我拼力一搏，愿意到沪上购书，助我一臂之力。不料此次寒假返宜见面，话风陡转。原来他把我的状况与同寝室的师兄弟一说，众皆认为试之无益，徒然浪费时间，以放弃考试为善。他以为众意如此，就无须助我购书了，自然书款我也不好意思讨回，这条路算是堵死了。此君到沪上后，口气早已不似以前，见得多眼界也升高了。他在校听过美国总统演讲，言谈中说得绘声绘色，脸孔通红。还见过《巴黎圣母院》里的著名美女演员埃斯米拉达。尤其鄙视市井乡下野老，在择偶上，他亦以沪上为傲，开玩笑说闭上眼睛到淮海路上随便伸手拎一个，都一定是美女。如此心态，自不会把我的考试放在眼里。但某天他似乎又反悔了，跑来说宜春诸友皆力挺我考研，尤其在向前、聚宁二位将他的异见驳得体无完肤之后，他好像又变得谦虚了，带点歉意地说道："或许他们说得对。"我却深知，论见多识广，他自不能与朱张比拟，更莫说其他了。

虽说闻名已久，但真正与朱张夫妇见面，却还是邹君的热心。那是头年的初夏时分，邹君把他们带入我偏处一隅的陋室，窗外是一片寂静，门内只有几张凳椅，端上的也只是淡茶两杯。气质高雅的张聚宁，秀丽的脸上满是热情与开朗。她的叙述生动诙谐，言谈富于文采。说到她的大学生活，更是兴致勃勃，顺手便把"文疯子"与"武疯子"的同学趣事讲得趣味盎然，让我们笑成一片，令寒舍熠然生辉。她讲笑话说一个运煤车司机耐不住长途枯燥，想找人解闷，却不料拦车搭载的是个乡下老表，便挥手令其爬到车后去。顷之又有人扬手拦车，却是一个漂亮姑娘，于是大喜过望，邀其坐到驾驶室交谈甚欢。到得卸煤场，他倒好车然后把翻斗车一踩，轰然一声把煤炭卸个精光。忽然醒悟车后有人，大惊失色跑去一看，却正见那位老表从煤中钻出来，惊恐万状喊道："师傅对不起，我下车时一脚踩重，把车踩翻了。"于是满室又大笑，气氛犹如观戏一般轻松。聚宁此时已是省内知名作家，正在宜春文联上班，我早读过她的出彩篇章，真是人如其文，智慧、才华、灵气、活力，还有那浑身洋溢的陌生而高贵的军营气质，漾放出脱俗的魅力。她的父亲当过司令员，是军界"一方诸侯"，曾经是震动中外围歼张灵甫七十四师孟良崮战役的主攻部队团长，战功赫赫，更是令我崇敬有加。

朱向前则不苟言笑，显得冷静而沉毅。不多的言辞，沉静的语调，穿插在初见的欢快与兴奋中。但他眼神深邃，有英气时或透射，若有大志含蓄，不轻易与人言也。其时他是福州军区知名的战地诗人，我读过他的组诗《古田抒情》，此际直面，诗行犹逶迤而至，文气军魂并融。他出自干部家庭，却长期蹲踞遥远山乡，少年当兵，远离家乡，在部队磨砺亦多坎坷。但他的气质深处，早已兼具了军营的刚毅与乡村的广豁。机锋相触，言谈契合，我们很快便成为了无所不谈的好友。此时还有报社的陈君也加入进来，他刚大学毕业，"文革"中又受过名人林默涵的指点，古文与诗词底蕴深厚，且善谈文论政，自是吐纳不俗，遂引为知己。

朱家坐落在上水关秀江桥西头河滨的一个院落，有宽阶引至楼上。交往日多，院中橘树，绿意环绕，楼上台前，更是河风吹拂，引来清凉与安谧。高谈阔论是我喜好，向前亦辞辩滔滔，有时月下置一二凳几，放三两果茶，便能吹到夜深时分。谈文学，谈人生，谈理论，谈天下，各自把腹中所藏，口中欲吐，皆倾泻而出。加之相互激发，枝叶蔓接，常是无穷无尽，饭点临近，灯火阑珊，亦不自知。时常放谈，不料引起朱父注意，常静听良久，却默然不语。后来才知他竟找到有关领导，揄扬荐举，让我声达上层，于是便有单位来寻我，问是否愿调动以发挥作用。

朱父名胜杰，萍乡人氏，知识分子出身。宽颐广颡，长身壮立，生得目光明敏，言吐睿智。其为人虽和气盈善，其为事却峻厉果断，有威信，重然诺，自能服众。传言朱公幼时背膊刺字，以立志苦学自励，惜未见过。他虽为领政一方的主官，但艰苦耐劳胜过田野农夫。据说他能负重数百斤，跋涉在泥泞中久之不须歇肩，亦能在七月骄阳下，赤膊割稻栽秧，经日不息且速度过人。此外不吝钱财济人以急，艰苦年代能慷慨奉出囊中积蓄，投入兴修水利等重要民生工程。其轶事为部下百姓津津乐道，数十年间犹未泯息，至今传颂。他对我的欣赏，抑或有某种精神的契合，即文可学贯时事，武能率先屈人，从他身上闪现的风骨，我或者亦有某种呼应，自能得到他的青睐，也未可知。因朱公力荐，农村政策研究室的一位负责人找我约谈。那位后来成为江西省委领导的农研室主任，目光沉静，言语恳切地与我交谈良久，看得出动了欲用之心。后来党校、报社、社联诸单位皆接踵而至，惜皆因编制问题，未能达成。朱公善饮，且喜制腊味，常邀人与酌，小碟大盘，辣腊双至，荤鲜皆全，佐之美酒良言，不啻轻风送暖，温馨可人，其意洋洋而乐从中起。他家客多，真是往来鸿儒，谈笑才俊，常常门庭若市，半宵不息。交谈中他每对我赞励有加，催我奋发。自然，我对朱公的揄扬引荐，也是心存感激，一直未能忘记。

20世纪80年代初期，正是国家现代化扬帆之时，思想活跃，事业蒸腾。朱张夫妇珠联璧合，每有佳作问世，我便是最初读者，亦不揣浅陋，作文评荐。聚宁亦常来电约稿，渐与宜春文坛名宿熟稔，动笔码文，发稿见刊，亦成为我一大乐趣。聚宁很快做到文化局长，领航起一个单位，而向前则从福建蹭蹬到宜春，不久考入北京，开辟一片新的天地。

朱家各位皆是我的坚定支持者，每能让我增加信心，来电之"天不负刘"，亦令我感慨良久，不敢怠慢了未知的厦门之行。

5月3日，我踏上前往厦门的列车，从鹰潭转车，很快进入福建省境，一路崇山峻岭，峰回路转，最后是天海茫茫，水无际涯，那便是岛城厦门了。

进入绿树掩映的厦门大学招待所，房间内还有三位，都是来复试的考生。上海复旦大学那位，文秀颀长，干练热诚，说话较快，很快活跃了室内的氛围。福建师范大学那位，是渔民的儿子，不擅言语，却生得目光炯炯，聪慧过人，令人感到亲切。最有趣的是那位嗓音略带沙哑、满脸真挚的年轻人，他叫杨小洪，竟然是与我一车从宜春过来的，我们的话便多了起来，好像不是来赴试，而是结伴旅游。四人一同去食堂用餐，吃着美味无比的海鱼，汤汁仿佛都浸透了海水的鲜味。餐后精力陡增，共同的话题是各人的求学经历，说到高兴时，竟互相比试腕力，自然以我的优胜见笑告终。

到厦门大学研招办报到时，接待人是位干瘦的老头，冷漠的脸孔上神情寂然，无一句寒暄言语，只是阴阴一眼扫来，让人心中寒意陡起。回来又听小洪说，他今年是第二次复试了。碰巧的是，他去年住的也是这个房间，有点不吉利，说得我又阴影来袭，一阵快快扫过。夜晚的厦门大学校园是美丽而热闹的，南国风光的树木掩映下，阔大的校园缀满了暖色坚实的大楼。看过水色暗深、波涛涌起的大海，又去看鲁迅先生住过的小楼。陈嘉庚先生辛苦营造的这所海滨大学，真是充满热带与古典相融的迷人魅力。"五四"青年节就在眼前，草坪上站着一队队合唱比赛候场的大学生，他们唱的都是同一首流行歌曲《在希望的田野上》。歌声四起，人流涌动，大礼堂弦管齐鸣，好一幅催人奋进的时代画面。白天的些许不悦便也消失得无影无踪，兴奋与好奇一直追随到我彩色斑斓的梦中，那一晚我出奇地睡得深沉。早上，我们相约穿过南普陀寺的大门，登攀到林木茂密的后山上，在岩石竖立的高处坐下来背书。岩山背面便是波涛涌动、潮起无际的大海，海风扑来，鲜氛盈鼻，我仿佛感到新的生活在遥遥招手。

复试分上下午进行，增添了若干内容，事后才知多半出自厦门大学资深专业用书，且偏题怪题缀满试卷，充斥着生僻感。晚上去拜访导师许怀中先生，我们通过信，见握即很亲切。许先生是鲁迅研究专家，生得高大，长相和蔼，一身的书卷气，说着一口缓然温暖的福建腔普通话。在他那间灯光明亮、略显拥挤的书房内，他态度谦和诚恳地告诉我，我的初试成绩很好，复试只是做个考察，录取是无问题的。他的话让我感到莫大欣慰，心中陡然明亮，连日来些许的阴影一扫而光。出门走在树影婆娑的小道上，小洪高兴地说："你没问题了，导师都这样说了，还有什么好担心的？"抱着这样的好心情，次日我们便去鼓浪屿游玩，攀石径，站岩顶，望大海，沐海风，在钢琴小岛上尽情行走。坐在公交车上返回，望着街上行人，去猜那些留长发的背影谁不是女人。错了哈哈大笑，弄得不懂普通话的闽人莫名其妙。厦门那时的苹果几块钱一斤，是我工资的十分之一，贵不可问。上火车时，我依然掏出十元钱，买了两篓香蕉回家。妻子乐不可支，送了一篓到娘家。千里辗转，青青的香蕉这时已经浅黄，正是好吃之时，香味让人欲罢不能。

两个月后，正是盛夏时节，骑车到厂门口时，值班人叫住我，说有一封厦门大学的来信。我急切准备停车取信时，值班人却说，信已经被生产科的同事取走了。我知道，厦门复试之后，全厂都在关注我考研这件事，生产科的同事更是如此。待进到办公室，信已经被大伙拆开，正在哄嚷着传看，但办公室内渐渐安静下来，没有人作声了。信是许先生写来的，他很客气地告诉我，厦门大学见面后他便出国了。回来中文系说，我复试成绩不够理想，故未能获得录取。如此他亦无法争取，只得"割爱"云云。这如同当头棒喝，令我懵然良久。那时从厦门回来，家中顿形热闹，有《工人日报》的通讯员来采访我，亦有在京沪津读书的一班本地研究生，相继登门拜访，交谈甚欢，诸友更是寄予厚望。此际，这一切都让我感到不堪回首，心情的惨淡是不言而喻的。受挫后的妻子也责怪我不去厦门申辩。烂事缠心只有保持沉默，那时心情的灰暗与偶闪的绝望，笼罩着我有好一段时间，每天逆坡而上的自行车也踩得缺乏信心与力度。祸不单行，一天深夜下晚班回来，遇上停电，家中漆黑一团，我摸索着到卫生间去冲澡，俯下头去却不料撞上了母亲放在一旁的晾衣竹杈，枝尖刺中我的右眼，我大喊一声后，痛不可当。但黑暗中我只能忍住疼痛等待，打落牙齿和血吞，憋到天亮才到医院去就诊。这样的痛苦持续了有半个月，右眼每天捂着纱布，眼睛一动就痛得泪水直淌，几乎不容我有安静的时候，心的苦闷和眼的疼痛相互纠缠，我度过了一个苦闷和难过的夏天。唯一使我欣慰的，是令人焦躁的丝丝蝉鸣声中，从未缺席的诸友，给了我莫大的慰藉，皆鼓励我勿灰心，来年再搏一回。陈君一句话尤不易忘："再坚持一下，成功就在眼前。"

1983年，我把很多的话都写在日记本里，沉郁而激切，悻悻且深深。我像一个在寂寞世界遨游的行者，魂在心中，心在身外，远远注视着那个独自默默行走的年轻人，悄悄提醒着：你在往哪儿走？不要忘了！

烈 火 冷 库

1984年的冬天，冷得出奇。办公楼下的一排排苦楝树，凋零风中，簌簌颤抖。太阳很难露面，天色总是阴沉而忧郁，犹如我灰暗的心情一样。

此时全厂已经停止生产，转入冷库大修。压缩机房、冷凝器、高温库、低温库、隔热层、库房道路、动力系统，全面整修，汰废去旧，期待新生。沉寂的厂区，少有车辆疾驰，孤零零的铁轨线上，鸟雀停跳低飞。冬眠的气氛，笼罩了全厂。

越年，我从生产科调任厂办公室主任，兼任整顿改革办公室主任。生产"杀"声偃息，手中快刀休闲，改革承包成为议事热点，此时整顿便是要务。整改自然是剔除管理弊端，以往诸患丛生，此际无非是寻根割灭，一网打尽。但安全却是大事，生产管理暂且不论，就是厂区管控、职工生活，也是每有事端，出人意料。水火无情四个字，常有教训。早年有调皮的孩儿攀到旧房窗棂上玩耍，下面一大堆刨花木屑，遂有顽童手持火柴威胁，不赶快下来就点火烧你。结果戏弄成真，火起风助，竟将窗上孩子活活烤死，大声呼救已是不及。厂区内外池塘不少，草肥水满，炎夏亦引得职工小儿洑水游戏，结果在去年就溺亡一男孩，全家哭得死去活来。还有追闹奔逐掉落粪坑溺毙的，也曾不幸发生。悼亡慰生，劝抚不幸，多是办公室的事。还有派出所寻上门来，或捉强奸的罪犯，或拘逞凶斗殴的恶徒，办公室亦需协调帮办。

整改办虽是个得罪人的地方，但毕竟也有几个人可供调遣。全厂停产，工作也多半是落在方案上，实事并不多。趁着闲暇，我每派遣他人外出学习考察，有次倾巢而出到沿海地区，一走竟是大半个月。独自一人留守，我当然依旧抱书苦读。天气寒冷，就趸到隔壁的大修办公室，那里有个热烘烘的煤炭炉子，却只坐着两位操笔制图、安静少语的技术人员，我自围炉读我的书，炉上一把大烧壶嗞嗞作响，冒着白汽，真是闻之生香，自得其乐。时间长了，自然也就有话。一位技术员是南京人氏，眉长眼静，头发有型，言谈举止皆很洋派，工人戏称他为"洋拐棍"，只是背后叫叫，当面却还尊重。偶尔也有人议论，说他怪僻小气，不近人情。某次一位熟悉的厂中同事，也是一位老大学生，抱着幼儿去串他的门。此公手中正削着苹果，见人来顺手把敞开且装满苹果的抽屉关上。很镇静地把苹果削完，放下小刀兀自咬嚼起来，令满怀期待的同事大失所望，只得抱着小儿怏怏辞归。此公却与我言语投机，或谈地理生态，世界上有几根"辣带"，吃辣民族与山脉河流走向如何相关；或谈海洋大国，从郑和下西洋，说到哥伦布发现美洲大陆，又说到今天的钢铁舰艇，各国吨位战力几许。每能于工余饭后，在火炉边聊得忘形，他博学多闻，内心辽阔，丝毫看不出乖僻狭隘，也是怪事一桩。但技术员很忙碌，室中往往余我一人，有时我低头读得入迷，抬起头来常不知此际何处，懵懂一阵才能缓过神来。三十年后有位女职工满头花白，苍苍老矣，犹在一次老同事聚餐的饭桌上嗔笑我，说那时中午时分，她的小女儿玩耍时不慎掉在办公楼前的水池中，她大声呼喊叫人助力，我坐在楼上办公室门口晒太阳，低头看书竟充耳不闻。她问我："你是故意装的吧？读书有这么入迷？"我只能回说："我根本不知道这回事，三十年了还是头次听说呢。"大家遂哈哈大笑，笑我读傻读呆了。

有段时间为了醒醒脑，我便步行到妻子工作的广播站去吃午饭。妻子的工作是个"老大难"。她原在厂中选拔出来做了播音员，之后又努力考入县广播站，却始终解决不了编制与调动问题，一直是个临时工，每为歧视和动荡苦恼不已，想尽办法找关系，托人情，好话说尽，鞋底磨穿，皆无济于事，犹如放礼炮，一片空响而已。她每当夜班，我还得招呼家中诸事。其时，老母亲轮番到其他几位兄妹处帮忙，家中如空城。于是接送孩子读幼儿园，晨起撬炉生火，煮饭做菜，乃至清扫卫生，消杀窗外阴沟蚊蝇，堵灭鼠患等事务，早晚场由我一手包揽，常常使我疲惫不堪，大大减少握卷把读时间，只有夜深灯下，就着昏黄光线，抢得片刻光阴。更令人窘困的是，家中亲戚来客渐多，尤其政策放开后，老家那些受管制影响的亲戚，也频频走动活跃起来。其中袁家的小锋舅舅来得较多，他是鲁清带来的。鲁清那时已分家独居，贷款买了一辆三轮货车，种田之外做点生意，夏天还兼着卖冰汽水。他说这个生意好做，在深井里的凉水中放点糖精，就能卖五分钱一碗，在集镇当墟时眨眼卖得精光。三轮车揽的生意也多，送货、拉人、拖菜，远的还跑到邻县奉新、上高去。也接送病人，还拖过尸首，在深夜穿梭。他说死人卧在后面，背脊都凉飕飕的，但车走钱来，什么害怕也没了。他这时正在购置砖瓦材料准备起屋建房，兴头很高，袁家等处的亲戚也便跟来了。

第一次见到小锋舅，我很惊讶他出自乡野的黝黑脸孔上也架着一副玻璃瓶底厚的眼镜，足足两千度，比我还要高出几百度。后来他说，我的高度近视，应是渊源于袁家，他的父亲即我的舅公是高度近视，他的儿子又是，血统相承，到我这拐了个弯而已。小锋在农村度过了艰难的青少年时光，但他极好学，虽只是个乡村初中生，却对经济理论颇感兴趣，深研之余，曾写出一篇论文，寄给著名经济学家于光远先生求教。于颇赏识，竟然回了一信，奖誉有加。恢复高考时，他年龄已超过报考限制，只能望洋兴叹，徒唤奈何，但并未放弃学习。近年刻苦努力，通过了大学中文专业自学考试全部课程，成为宜春地区第一个获得自考大学文凭的农民，引起社会关注。现在他是当地公办中学的正式教师，政府帮他解决了户口和编制，已经跳出"农"门了。这次到宜春来，是宜春师范领导知悉他的传奇经历后，想调他入本校任教。他性情爽朗，亦富口才，自与我交谈甚欢。但其他亲友就不是这样了，有来找人办事的，也有来进城游玩的，有的返程还得贴上一张车票。有位本家舅舅，某天带人突至，结果家中无人，门户紧闭，他竟撬窗开门闯入，坐在客厅等我们下班回家。陡见之下真是啼笑皆非，盗耶匪耶？真是无可奈何！这样的苦恼相继而至，只能盼望老母亲早日回家，除此别无良策。

春季某夜，忽报供全厂用水的地下储水池被大量淤泥堵塞。情况紧急，深夜动员到现场抢修。我们下到阴暗冷寂的池中，在混壤中清泥除淤，水渍与汗珠掺融，冷泥和眉发相沾。苦战良久，才知是两口六十米深的井底端塌方，抽上来的淤泥堵塞了管道。厂长立命我牵头，向当年负责深井工程的省某地质队交涉，要求技术救助并赔偿。

事情进行得很不顺利。虽经对方技术指导，控制了井底塌方，但赔偿一事却僵持下来，双方都杠着，谁都不肯让步，各执一词，几乎要闹到法庭见面。交涉中多次口舌争锋，彼强我强，我缓彼缓，口干舌燥，却难见终局。我想如此消耗，短期不能见效。于是准备打持久战，请来厂内两位论辩高手，一位高论滔滔，终日不倦；一位理长言密，坚韧不休，且皆精力饱满，以舌辩为能，常迫得对方理屈词穷，进退失据。当然，起用这两人，也颇冒了一点风险。因两位以前被清查过，其中一位还进过牢房。但我看准了诉讼一事，乃言辞文字之争，不擅口辩文案，有理也难胜出。两位恰有此长，全厂无人可及，我不用来决胜官司，驱人为公，岂不失算？

为了屈人之兵，我亦对深井塌方事故做了深入了解，才知并非仅仅是地质队设计不当。从地质构造上看，原来肉联厂区域位于乐平至萍乡的凹陷带上，先天不足。宜春历史上记载的几次地震，都发生在这一带。当地老表说，清朝道光时深井附近的罗家，一户农民全家正在吃午饭，突然发生地陷，除一只狗蹿出逃生外，全家乃至牲畜、房屋等，皆瞬间没入地下，杳无踪迹。以今天的眼光看来，这便是地震造成的地陷，舍此无它。铁路线两侧，皆处于这个凹陷带上，底下是巨大的溶洞，一有闪动，事故必然出现。后来找到穿城而过的铁路线两边的一些高大建筑，其墙壁亦曾出现裂缝，或者就是这个原因了。如此，我便对这场延续了一年之久的纠纷，做了若干协调，对方终于让步，作了我们能接受的赔偿。之后友好协商解决，双方皆满意，没有结成冤家。协助我的两位参与者，厂里也各奖励五十元，以慰辛苦。两位舌辩高手赚了面子，头胸皆挺，信心满满，身份地位自非往日可比。他们对我没拿奖金颇过意不去，齐到我家答谢并致礼，此后也便与我常有往来了。

不久，大修完毕，全厂恢复生产，旺季即告来临，我又调任厂供销科，繁忙与烦难又有了全新的内容。大至仓储、库存、调运、交涉、外购，小至劳保用品、生产材料、加工原料乃至螺丝钢管，都是庞大而杂乱的业务内容。我上任不久，下班回家时，在路上被一个温州人拦车停下，他二话不说就塞给我一个信封，要求我关照他的业务。我推回信封，很简单也很坚决地告诉他，只要你的产品质量好，业务就没有问题。讪讪和诧异之色，在他黑黑的脸上闪现，我即骑车快驶而去。我离开供销科后，听说从这个温州商人手里购进的一批自来水龙头，充斥着不堪使用的劣质品，引起不满和非议。我才明白，他要的关照，终于用那个信封实现了。但我却不屑于此，在市场大潮中，保持着自己的人格清醒。很快，"大豆事件"又让我惊撼了一把。

那时厂里急需一批大豆以作周转，遂派一位采购员到北方筹购。很快，那位采购员便从河南某地发电称，大豆已购好，急需付款发货，但对方账户名称却不是国有粮油部门。事出蹊跷，我便电话调度，那位采购员坚称货已验看，十四万元款一到就办妥。至于对方属何性质部门，货物是否全数验视，皆语焉不详，支吾其词。我决意再遣两人前往，令携款急赴，并交代了细节，视情处置。结果次日即报来消息，对方为私人商户，所谓货物也只看到样品。同时，新遣两位亦收到贿赂，人各一双名牌白色运动鞋，被他们拒绝。我断定这是一个骗局，立即停止了这份交易，责与事者立回。我想，这恐怕是从一双鞋开始的交易，至于后面情势，就不仅仅是鞋的内容了。人的欲心，怎么就能如此轻易被撩起，差点酿成恶性事故，采购者的智商或良心何在？

从年底到春节，寒风凛冽，大地枯黄，生产旺季却是高潮迭起。生猪嗷嗷大批入厂，日宰千头，热气蒸腾。大量人员涌入厂内，急购猪副产品心火如炽，真是人山人海，拥挤叫骂，喧嚣与混乱融成一片。供销科更是直面现场，烦事如毛，纠扯不清。忙乱转悠之际，有时脑袋都是懵的，只有睡到床上，才能得到稍许清静。

突然而至的一场大火，又把我的内心洗礼了一番。

这其实也是乐极生悲。冷库大修历时年余竣工，喜悦与轻松并至，厂里设酒庆贺。场面阔大，菜肴丰盛，光是樟树产的铁皮盖四特酒，就一箱箱放在墙角，犹如弹药准备充足，急等发令冲锋的战斗前线。聚餐前所未有，兴奋更是推波助澜。很多工人都喝醉了，大声喊叫，握手搭肩，平时的纠葛不快都飞到九霄云外去了，仇人相见也分外亲热。事后都说，从来也没这么痛快过。当消防车的尖啸声响起时，离大修结束也就那么一点时间。

冷库出大事了！

对厚重深邃，不动如山的巨大冷库，我有着一种特殊的情愫和别样的敬畏感。遥想从1973年秋冬起，我在那里做了三个年头的艰苦季节工。冷库工是最伤身体的工种，工人除每月工资外另发两元七角七分的营养费，到四十五岁就可要求退休。寒冷和过劳让人望而生畏，我等一班年轻人，艰苦劳动之余，每天都是饥肠辘辘，日望三餐，夜思宵食。全厂大加班时的子夜肉片汤，只是罕见的奢享。于是，工人们便设法打野狗来充饥。用一个木箱放在偏僻处，放入带绳藏钩的烂骨臭肉，野狗闻腥而至，头入箱中啃咬。潜伏者在上方见机用劲一提溜，野狗便被悬空吊起，束脚就擒，任人宰割了。那次，我们借着车间职工在站台小室内的锅灶，众人动手，将抓来的狗烧火燎毛，切割剁碎，起火炖煮，一大锅的狗肉腾然翻滚，豁开了所有人的眼睛。突然有人提议，放些大蒜进去岂不更香？于是，有勤脚者即跳下站台，越过厂内铁路支线，翻越围墙直奔农家菜地，掳了一大把带泥的新鲜大蒜回来。时值近冬，蒜肥叶壮，绿白相间，匆匆冲洗后，即切投锅内同沸。顷刻香气四溢，一人一碗，味美无比，妙不可言，人人吃得满头大汗，叫好不迭。不料有好事者吃出疑点，指出肉汤中冒出了干红辣椒皮，很快悟到：一定是黑暗中未仔细把白天大粪淋过的大蒜洗净就急急投入锅中，夹在蒜苗中的粪椒就同锅合流了。虽有人大叫恶心，却也无人弃吃，饥腹不能阻挡秽物其中的狗肉，终于锅空碗净，只余下日后笑谈时的温馨和自嘲了。五百吨的高温库，一千吨的低温库，多么伟岸高耸，又多么厚实宏大。蛋品班满库禽蛋、鲜果、白糖、干货，堆积如山，又井然有序。预冻班将屠洗分片盖章验讫的生猪，一挂挂沿头顶轨道推入预冻间，整齐排列，森然如帘。急冻班，将预冻白条肉一夜吹冷后，整批转入急冻，零下三十多摄氏度，昼夜机怒风啸。再把冻硬如铁的白条肉卸下装车运入大库房。码堆班更是人数众多，在零下二十摄氏度的大空间，把白条肉分级分库码垛，高高耸起，直逼库顶冰雪覆盖的氨管。吆喝声时起，车倒声轰然，还有一箱箱的分割肉、分割鸡，高砌如城墙，人在其上，犹如守城兵丁，远看如盔甲装束的古人。再看制冰班，两百斤一块的冰砖，成批制造码放，人负一块，不算好汉，连推数块，方可夸耀于人。制冰也能制出食用冰棒，宜春城乡，多少小儿口中嚼的，都出自这里。还有陌生神秘的压缩机房，独成系统，机声隆隆，日夜不停。若论技术，构造复杂，若不论技术，看表开关而已。旁边的水池、水房、公厕，偏处一隅，荒草萋萋，路灯昏暗，常传出森人的诡谈。班长老付告诉我，那年他当晚班，夜深去水房开泵抽水。荒径独走，却从窗外看见水房货架下，有残余灯光照着一双穿着绣花鞋的人脚。心悸之下，他不敢推门而入，急速返身叫人并至，绣花鞋脚却瞬间失去踪迹，留下恐慌余波。电工老姚更是说得奇葩，他循规夜入冷库查温度，突遇停电。手电筒四下扫射，不意看见一只猪头立在上方梁顶，正诧异时，却见到猪头两眼在电光照射下转动起来。他受了惊吓，仓皇逃离。待电到再去，却是一片安然，满库猪头，堆放地下，哪有在梁上的？这神奇莫测的冷库，这鬼魅暗藏的冷库，今日又要出什么怪了？

我到达现场时，已是乱成一片，浓烟从巨大的冷库上方一侧无情蹿出，染污了一大片清净的天空。是冷库上端的隔热层着火了，里面可全都是一望灿黄的糠头，如一块硕大的沙漠绵延起伏，对压着库顶只留下可屈腰行走的逼仄空间。大修后清理过隔热层糠头，留下壕沟般的深坑错落其间。有灯光尚需小心，此际烟雾弥漫谁敢乱闯？急赶而至的消防队员面对陌生火情，也只能用高压水龙头远远喷射压制。眼见效果微弱，且浓烟越蹿越高，围观人群喊声如潮，却只能干着急而无济于事。因为库顶只有一个小门可供进出，此时已完全被烟雾笼罩，很多冲入者呛咳着退下来喘着大气，脸孔都变形了。如火势不能及时控制，后果难以想象。底下就是冷库动力核心压缩机房，一旦火势蔓延，造成氨管炸裂，大量氨气溢出，那面临摧毁的就不是设备建筑，而是无数人的鲜活生命了。

我没有犹豫，攀梯迎着退下来的人群，冲到浓烟吐出的顶层库房门口，唯有从此处进去可以接近火源。我迅速戴上防烟面罩，为防不测，左手拿着一根长皮管，作为紧急通气孔，右手紧握急水喷射不时扭动的水管，往里面钻去。呛鼻的烟，迷暗的空间，脚下是凹凸的糠层，远处似有暗火闪烁，遂将水管对准，一阵喷射，撞开了烟雾的阻隔，压制着糠头燃烧发出的灼热。呼吸受阻，我就把通向外面的皮管放到鼻下，清凉气息即*丝丝沁入*。顷之一阵浓烟扑来，我突然感到窒息，泪流脑胀，只好又暂时退出。接应的人遂又跟上，保证着对火势的控制。为避开浓烟呛刺，往往趴在厚厚的糠层上，不敢站立，如是多次穿梭往复。一次进入过深，通气管脱手，外面拽扯无应，一位副厂长急得大叫："刘密！刘密！"以为我昏迷不省人事了。

消防战士次序冲入，但无法深入，黑暗可能使人落入陷坑，丢掉性命。最后一位熟悉隔热层仓面构造的电工，找到了起火点，劈开紧靠火点的厚厚库房墙壁，企图迅速扑灭火源。不料风灌起势，明火腾起，凶焰夺目，四下一片惊叫。好在这时矿山救护队赶到了，他们装备齐全，戴着矿灯，熟悉如何在黑暗中灭火救人，很快就将火患剿灭了。当然，我们也以自己的勇敢遏制和延缓了火势的蔓延，为最后决胜争取了宝贵的时间。

之后，厂里进行表彰，有四位表现突出者每人奖励五十元，我是其中一个。那日傍晚，我疲惫不堪地回到家里，正好向前来访。我且按下纷乱的心绪，安静述说着差一点丢掉性命的冷库大火，妻友闻之皆讶然不已。

未曾料到的是，很快又有一场风波落到我的头上。

我那时还不是共产党员，虽然早已被提拔重用。原因是家世政治背景，加上我心无旁骛地读书，入党也便搁下了许久。大火之后，作为建党对象，机关支部开会讨论表决我的入党问题。原以为毫无悬念的会议，突然爆出冷门，此时已退居二线的老厂长，在表决时率先发言，强烈反对我入党，理由很简单，不安心本职工作，一心想跳龙门。他猝然发难，言辞激烈，声振屋瓦，满脸通红，看得出酝酿了很久，脱口猛攻，怒气汹涌。犹如"砰"地挨了一棒，我当时懵了，百思不得其解。这位老领导，平素对我甚好，是我的力荐者和揄扬者，此时为何变脸，竟至突然袭击？会场也被他的突袭震懵，一片寂静，久久无人回应。此际，我的入党介绍人老曲发言了，他亢激却冷静，一一数说我的表现，有理有据，辩驳得体。他口才极好，且胸有成竹，娓娓道来又义愤填膺，同样令会场陷入沉思。少顷，风向陡变，赞成和支持我入党的发言次第密接，形成一边倒态势。除了一票反对，一票弃权外，机关支部二十多人几乎全票通过了我的入党表决。事后我才得知，是一位嫉妒成性的科长，到老厂长那里做了恶毒的离间，说是我背后告状，才导致老厂长早退二线。他摸得很准，耿直急躁的老厂长必会反应强烈，正是这位蛇蝎心性的科长，以莫须有的杜撰成功制造了此次风波。事情澄清后，老厂长对我表示了歉意。我亦深知自己在复杂的人事中，过于沉浸在自我世界，对外部的变化与异动，是多么地麻木和缺乏敏锐。这自然又使我受到冲击，纷然又躁然的内心，有时也会率性冲动。入党风波后不久，全厂紧急动员装车，长长的机列遮蔽着宽直的站台，一车车的冻白条肉填入每个车皮。肉脂车间的一位工段长嫌外面装填速度过慢，跑到我这个车厢指手画脚，遂将我激怒，三言两语便吵了起来。情绪失控后竟至动手，碰撞之际，我将这位身板厚实的工段长猛力连推数把，致其险些跌倒站台，让他丢脸而暴怒，却一个转身找领导告我去了。这是我在肉联厂的最后一次吵架，事后反省亦懊悔不已。一个人最难战胜的是什么？正是自己的情绪。挫折与意外，不应成为放纵的通道，恰恰相反，只有经受了无数磨难而能保持镇定的人，才称得上是强者。我呢？

　　或许是为了进一步磨炼我，冷库大火之后不久，我又面临再次调动。意想不到的是，我被派到冷藏车间任车间主任。这个人鬼莫测的所在，一直使我的心灵恐慌而惊异，直到我考研离开。

辗 转 南 京

我的苦涩艰辛的1986年，变幻起落的1986年，是以那场期待已久的研究生考试拉开帷幕的。

2月22日清晨，那天，天气不算好，灰暗的天空厚云密布，望去重重若堵。我走进宜春中学一座教学楼内的第八考场，窗外亦是高树稀疏，寒色如凝。铃声长响，叩击心扉，试卷打开，握笔在手，我便忘却了残缺不足的睡眠，还有时或反胃的早餐，那都是思虑过盛的结果。亢奋与决战的感觉，像潮水一样，让我沉浸其中。

我难以忘怀的那个日子，是悄然开始又倏然结束的。两天的紧张凝重，两天的废寝忘食，仿佛迈过了一道高高的门槛。考毕那天恰好是元宵节，等待消息的朋友们络绎而至，我便留他们一起包饺子过节。笑谈间重负灰飞烟灭，轻松让我无比愉快。谁能想到，我的这份轻松，竟然是一场大病换来的。住院与休整，也让我获得了宝贵的备考时间。

1985年底的冬天异常寒冷。我白天繁忙，只有晚上用功。有时熬到深夜，全身寒彻，僵直有如冰人。炭火电炉皆是奢望，只能增加一点衣物而已。突然有一天我感到头痛欲裂，以为疲倦过度，睡睡便好了，便未加注意。谁知此后头痛频袭，全身倦怠，终于发起高烧，一测已近四十度。于是我赶紧骑车到地区医院检查，结论令我大吃一惊：我患的是肠伤寒，属传染病，必须赶紧住院隔离治疗。我咬着牙独自一人辗转奔波，办完所有手续，住进了传染病医院的肠伤寒病区。我看见一个与我同样高烧的病友，精神崩溃，是用担架抬着进入医院大门的。

连着打了十一天的点滴，烧才退了。这是我有生以来第一次住院，第一次打点滴，既紧张又新鲜。每天只能吃一点面条，供餐时端着轻飘飘的铝碗到走廊中端楼梯口等候，听得一声"5号"，那便轮到我打饭了。我总是饿，有次偷着速吃了几个苹果，医生知道后发出严厉警告："你不要命了，绝对要停止！"我每天便又盼着妻子送点豆腐汤来解馋。病人皆都因饥腹而不满，楼下是肝病区的患者，打饭时遇见，互相斜眼歧视。这边哼一句"肝肿大"，那边必是一声"肠伤寒"以对。叫骂亦是玩笑，难兄难弟，彼此彼此罢了。卧床点滴之余，我便有较多时间阅看诵读，最麻烦的是外语，似乎永远准备不完。故无论是阴雨狂风，还是云开日出，我都在室内读写不辍。同室病友有位农村后生，久治未愈，竟请来道术仙符，躲开医生烧符驱邪，点火化灰饮水服下，引得室中一片哄笑叫嚷。我也只当作是精神调味品，驱走枯燥，权当好玩。室中人多，也有机关干部，闲时亦高谈阔论以释放单调之苦。有次竟引来隔壁一位住院领导，听我一番高论后，立即表态出院就要调我到他部门工作。于是住院到最后，除了学习，似乎还有未曾料及的收获。

出院不久便是紧张的考试，考后我乘便回了老家一趟。

我先到宜丰芳溪，看了幼时的青砖黑瓦旧居，后门依旧是橘林一片，门前是当年石板铺砌的弯弯小街，一直通到差点吞噬我幼小生命的芳溪河。这时河水是平静的，码头上有个别孩童在玩耍。我闻得风中吹拂的米糖香味，也感受到黄昏后高高门槛下长蛇的滑动。张望远方的田野，思绪纷繁，怅然久之。我是西赣农人的后裔，血管里始终流淌着对乡土的眷恋。但我背离故乡已久，至今遥遥如游子。就像芳溪河一样，我又会流走到哪里去，归宿在何方？隐藏在心田深处的疑惑和躁动，在广袤田野河流的包裹下，渐渐融入蔚蓝天空和连绵山峦的合影。在宜丰城里参加完大弟绍宇的婚礼，我便赶到了东刘。绍宇两岁时便送给了宜丰一户漆姓人家，做了别人家顶门立户的儿子，就在耶溪河边的这座小城里生活着。已是数十年过去，他居住的房屋仍是百年前的模样。低矮的屋檐，雨水冲刷下破损的阶前；里屋是潮湿灰暗的黑泥地面，明瓦引光的屋顶下，几件简陋的家具。很难想象这就是他的新房，他的妻子美秀却是一位聪明美丽的姑娘，他们依然是幸福的一对。这难道是宿命吗？犹如鲁清一样，家族遗传的血脉特征，让我们兄弟相貌都很接近，无论是个头、嗓音，还是皮肤、鼻梁，外人总是一眼能识出我们是同胞兄弟。鲁清这时已在东刘起了新屋，与养父母分开，独自一家住在这村头的新屋里。

稍作停歇，我便踩着一脚泥泞到了远远山丘上杂树掩映下的父亲坟前。我不知道，我为何对父亲有着一份极为特殊的感情。是他苦厄的经历，还是他的过早离世，或是他背负着过于沉重的因袭传统，陷入不幸的婚姻，以致活泼个性始终被压抑？但我深信，旧中国的精神枷锁，曾压得他喘不过气来。这次考研专业课的试卷中，有一道题恰是对巴金名著《家》的论析，我便把父亲的不幸，融入到觉新形象的剖解中，寄托了我对父亲的深重喟叹，也抒发着我的特别情感。文字应该说是含泪写的，带着浓郁的感情，笔头是沉重的，评卷导师是一定能够看出来的。站在芳草萋萋的父亲坟前，有鸟儿扑逐着飞向远方，又有远方的连绵山峦对接着这片辽阔丰饶的土地。我不知道，我为何如此喜欢亲近这块祖先栖息的故土，虽然我压根没有在这里出生、成长，但总感到有一股强大的神秘力量，在把我往这里强拽，同时又在把我反方向推到更为遥远的不可知的地方去。祖辈人代代口口相传，说东刘村水清龙瘦，土薄山低，出不了什么大人物。我却能感到，一股睥睨天下的宏大之气，正推着我向前走去，豪迈且磅礴。我站在父亲坟头，仿佛在做着如此的誓言。

老家归来，我便全身心投入到冷藏车间的工作中。

我熟悉这个工种差距甚大，高技术与强体力密接的车间。市场大潮冲击下，工人中的冲动、迷惘乃至不满交织，怠惰风气出现，不良现象时或显露。我在车间整顿的动员大会上亮明态度，表示决心，提出"三不"：不谋私利，不怕歪风，不脱离群众。讲话赢得一片热烈掌声。车间一位沉默老实的工人，参加过对越自卫反击战，曾经是喷火手。当年激战之际，他的部队从福建速调前线。一次战斗结束后，残余敌人躲在暗处负隅顽抗，冷枪伤我战士，洞穴深险，一时竟拿不下顽敌藏身之处。他奉命前往清除，无畏面对深险岩洞和冷枪，一声令下开火烧死了敌人，立功受奖。我赞扬他的勇敢和忠诚，号召大家向立功战士看齐。此后，我又调整了班组负责人，甚至还把冷库原工段长给撤了，工作气氛渐有改变。

私下我也曾想过，万一研究生考不上，天涯何处无芳草？不妨就把冷藏车间作为一块试验田，耕种自己的理想，收获别样的果实。那时，地委组织部已派人到厂考察，确定我进入县级干部后备队伍了。我也到组织部座谈过，并被聘为人才信息员，发了一本鲜红夺目的证书。组织部门调研组还找我多次深谈，希望我能在基层做出业绩。此外有领导找我谈话，说如不离厂，考虑尽快任命我为副厂长，并做好以后接班的准备。这不免让我沉思良久，遂有扎根基层的想法，亦曾踌躇满志。但世事难料，不久冷藏车间便出事了。

那天我在厂部谈事，有工人急匆匆跑来报告，新任的工段长被人打了。

我立即跑步奔往车间，碰见工段长李润根双手捂头，被人搀扶着正乘车往医院送。鲜血渗出捂着的手掌，直往下淌，伤者咬牙皱眉，状甚痛苦。"谁打的？"我不由怒火中烧，但很快又警告自己要沉住气，不能动怒。李润根当兵出身，为人正直无私，且积极肯干。上任后他一身干劲，诸事抓紧，不免招来嫉愤，特别是那位被撤职的原工段长，常在后面拱火生事。昨日冷库例会，就有人不满劳动分配鼓噪闹事。今日刚进冷库，那位原工段长便生事抗命，与老李争吵至动手，对抗中不占上风的他，竟顺手抓起一根铁钩，狠狠砸在对方头上，完胜了勇力过人的工段长，致使整个冷库工作陷入停顿，犹如停电关机。我自然了解这位肇事者，他身高力大，性情凶横，打架手狠，抓什么砸什么，完全不顾后果。多年前厂里开大会，中途休息，他突然发动偷袭，从背后抱住我，并悬空猛摔，想一把将我扑翻，让我当众出个大洋相，以报平时不是我对手的怨愤。但我没让他得逞，迅速反应别腿后钩，然后借力转身，反手发力，单掌卡住他的脖颈，将他强力按倒，赢来一片喝彩。我撤了他的职，他现在必然更怨恨我了。但我不惧，径直走到他跟前，冷静地喝道："晓得你犯法了吗？蹲下！等派出所来人处理。"他愕然后便抱头蹲下了，我转身再没理他，自去收拾纷乱的车间，秩序很快就恢复了。

突然有一天，大约是4月中旬，南京大学的考试分数通知到了。我旋即又收到了所报专业导师邹恬先生的来信，他说我总分居前，成绩尚属不错，只是外语分数不够，本拟破格录取，但终未确定，要我耐心等候。我细看成绩单，专业84分，专业基础课和基础课皆过了80分，只有英语是47分。早有传言说，今年的外语分数线是50分，专业好可以降低两分录取。由此推之，我仅是一分之差了。邹恬说的"破格"，是否就是指这个"格"，实在让人难以猜测。等了几天，已经有考生有消息了，小洪也收到了上海外语学院的通知。这不免让我焦躁起来，遂与妻子商量，一起到南京大学去，得一个确切的消息，就不管它通不通知了。

未曾料到的是，下决心要受苦受挫的南京之行，给了我坎坷曲折的刻骨记忆，也让我收获了峰回路转、柳暗花明的深切感受。

乘快车从上海中转后，我们便在深夜抵达南京，却毫无戒备地被一辆大客车热情又虚伪地拖到了远在郊外的泰山饭店，宿在可能无人选住的简陋房间内。一群外来的陌生人，在无法揣测的黑夜，被人主宰了一回命运。

次日，我们小心翼翼地终于进了南京大学招待所。来不及去饱览校园景色，便迫不及待地敲开了邹恬先生的家门。

邹先生其实只是副导师，但我们通过信，算是已经认识。导师叶子铭先生到北京出差，我们便没有找他，直奔邹宅来了。看得出，邹先生是一个友善的人，冷静且沉着的面相内，藏蕴着一颗热诚的心。他告诉我，破格录取没有获得通过，虽然我总分排第二。但他认为，我来得正好，破格录取还是可以争取的。我们便去了中文系和研究生院，拜访并见了几位管事者。其间碰壁与反转，失望与感激，同时交织，起伏错落，令心绪难平。不料事情刚有点进展，却发现我的档案已被转走，发往我选报的第二志愿学校——福建师范大学去了。这无疑有点棘手，但邹恬知情后，却说很简单，打电话索回就是了。并要我自己直接打电话，说清缘由，自然更有力度。为了让事情落实，他径直与中文系负责人联系，并与研究生院协商，采取由青海师范学院委托培养的方式，解决我的录取问题，就不走破格的路径了。他并请中文系速与青海联系，得到回复后就敲定此事。同时安慰我，毕业后到青海师院工作两年，就可以回来的。事情复杂但也简单，当天青海方面便回了话，同意并立即派人过来对接。福建师范大学方面也表示档案收到后，将立即寄回南京大学。事情能办成这样，我对邹恬先生自然充满了感激之情。我与他本只是一信之缘，即便他是被我的试卷打动，他的热心与仁善也大大超过了我的预期。破格录取，显然也是他与叶子铭先生的共同意见，但如此的周折烦难，他毫无推卸之意，总是尽力设法，着实令人动容。

次日早餐，我的内心还是喧杂的，便低着头吃饭，自顾想着心事。妻子却与同桌的两位客人说着话，其中一位年纪较大的，身形高大、脸容苍古，却喜交谈，且诙谐有趣。听到妻子说他长得很像美国总统里根，他便笑起来，很爽朗亲切的样子。当他从妻子口中得知我的情况时，便自我介绍说他是山东曲阜师范大学研究生科科长，姓戴，到南方名牌大学来挖人才的。他问我，愿不愿意去曲阜师范大学，那里的现代文学专业也很厉害。这无疑是煮饭无柴烧，柴便送上门了。我正为破格录取一事怏怏不乐，闻讯不由心绪陡转，冷静一想，已然确定。便回说："如我愿意会怎么样？"戴科长热情地伸过手来，握住我的手说："像你这样的成绩，我们一定录取，没有任何附加条件，欢迎！"戏剧性的结果是，我同意转到曲阜师范大学，立即电话福建师范大学，请他们将档案改寄山东。戴科长则立马到南京大学中文系和研究生院，办好所有接续事项，并告诉我立即回赣，等候复试通知。

我把这个意外转折告知邹恬先生时，他沉吟了片刻，眼中仍然闪出欣喜的光。我本以为他会有点不高兴的，毕竟为此他付出了很多。正想表示歉意时，他却拿起笔来，在一张纸上写下"魏绍馨"三个字，要我到曲阜师范大学去找这个人，可以选他作导师，说他在鲁迅研究上成果斐然，卓有成效，他们熟悉，他会打电话先行推荐。我油然生起一种莫名的感动，无从言说。从走进邹先生家门那一刻起，我便感受到一种亲切和温暖，在我最困难的时候，他伸出了热情的手，无私、慷慨，也不希求任何回报。我为自己空手进出感到愧悔，特别是以后一别经年，竟再无缘见到。此后他又过早去世，让我久蓄的回报之心终于落空。我终生难忘他的居处：北阴阳营8号7栋405室。

风 水 宝 地

　　从南京回来的那个下午，正好赶上一场酣畅淋漓的大雨，暮春的色调是缤纷的。火车站广场的纷攘，很快被行人稀疏的东风大街取代，从下街底端的老北门过秀江，潮湿的门洞豁开河面，悠闲的水上浮桥，也被一座不能过车的水泥桥取代。上水关变成了秀江路，路面的青石板早已失去踪迹，古老的气息正在悄然消失。但这座赣西小城依然是闲适的，仿佛处在这个精彩世界的边缘。

　　多么熟悉又多么陈旧的市井街区，难道我还要在这里依旧继续着我的生命？

　　我的内心是躁动的，包裹在每天上班张望所及的平静的河流和郊野风光里。只有我自己知道，有时在半夜突醒后，一种前所未有的空虚甚至绝望的感觉，会突然蹿上心头，浓烈且徘徊，瞬间又杳无踪影，不知去向。李伟说我"有一颗不安分的灵魂"，它的回旋起伏，冲决荡涤，就一定会产生这样极端的反馈吗？

　　几乎每天都有朋友来访，谈兴衔接，少有空时。中国社科院一位研究生小黄说，他也是青海师院的委培生，引起我一番动彻心肺的感喟。这是一个考试突然"疯"起的年代，此际，我的很多朋友也卷入其间。小洪考上了上海外语学院的研究生，少君则进了省行政学院，小谭去了北京的一个大学助教进修班。最有趣的是聚宁，此时是地区文化局长，却也在为考中央党校百般准备。

　　紧迫感让我担心曲阜师范大学方面是否能落实承诺，于是写信给戴毅然老师，并到地委办公室借便打了一个长途电话，可惜无人接听。为确保录取，我又辗转写了几封信到遥远西部的几所大学，询问是否愿意接纳我。此后便按下心头的焦虑，又扑到冷藏车间的工作中。那时车间已经安稳，一切循规进行，我更多的是参加劳动，和工人们厮混一起，与他们日渐熟络。那天是去擦洗库房上的冷凝器管道，铁管排排，锈菌密布，须用硬刷涤除。深井水从排管上淋洒而下，霎时让我全身湿透，寒意丛生，冷得有点打抖。我便嘱咐压缩机房工人砍来十多斤猪肉，在园中摘得豆角一大捧，就地以铁皮托盘为锅，码砖架起，烧火热炒。又叫人拖来一箱啤酒。一时香气四溢，工人们或蹲或站，在野地里把这一大托盘豆角炒肉，一箱啤酒，顷刻吃了个精光。一位老工人叼着烟笑着说："痛快！痛快！"劳累与饱餐后的我，亦感到无比轻松，忘记了萦绕心头的隐忧。劳动、友情与酒肉，原也是一件多么美好的事情！

5月19日，真是一个奇妙的日子。这天上午，我收到了两封信，一封来自新疆大学，一封来自内蒙古大学，两所学校都表示，只要把成绩档案寄过去，他们就会录取我。高兴劲头还没缓过来，下午又收到了曲阜师范大学的研究生复试通知。这让我有点手足无措，但很快便底定心绪，问题很简单，此时的选项只有一个，遑论其他。朋友得知，皆来助力，聚宁约我一同复习，小洪则专门助我外语。我遂又转身发力，沉入书本，此时离复试也只一个星期的时间了。谋事与成事，只好皆任其自然。

五天后我便出发了。那是一个阳光明媚的上午，我上的是从重庆到上海的特快列车，十九个小时便到了上海。中转签证后，天色已大亮，人山人海的上海站，令我大吃一惊，空气被拥挤压缩到令人窒息。购票窗口，人拥如潮，有人加塞，骂声四起。一个脸色冷漠如铁的高大警察强力干预，数人吼叫扭打，倒在一堆，人群如潮般散开又合拢。那边空地上，又有一人横蛮无理地抓住一个旅客胸前衣襟，那位旅客袖手不动，却发出严厉警告："放手，否则叫你断手。"热点迅速转移，我没想到，几年未出远门，沿海城市竟有如此大的变化。到处是人，喧声如潮，直到乘车到真如站转车，街面上才稀疏清净起来。匆匆一番浏览后，我便提前坐到普陀区个体户经营的小餐馆里，点了一个蘑菇豆腐，一个榨菜汤和半斤米饭，端详着店外慢慢吃着便餐。高楼林立的街面上，人多如蚁，浑如没有智慧的生命，交织着、穿梭着，实际彼此皆是陌生人，冷漠即界限。人海茫茫，自己只是沧海一粟，无比弱小，又孤独无助，更让我感到未知前景的陌生与冷峻。冷峻，就是没有微笑，没有温情，没有熟知，迎接你的只有隔膜与不测。走在这陌生的城市，还要走到更为陌生的远方，我又当如何？我的心情顿时便有些苍凉，于是默然久之。

在上海真如站上车后，火车很快沿着津浦线过长江，越淮河，深夜抵达兖州，我匆匆住宿在站前的一个简陋旅社。早晨起来一看，这古老的兖州竟是灰蒙蒙一片，到处是煤的气息和颜色。到小摊上一角钱打来一盆洗脸水，水中似还沉积着煤屑的颗粒。又到面馆吃了一碗胡辣面汤，才看清整个城市的面貌：古朴、开阔，色调却有点暗淡。这便是我以后要常常晤面的城市，与江南风貌截然相异。三十里外的曲阜，又会是一幅什么模样呢？

我的心是新鲜而微颤着的。平直爽阔的公路，两旁有高树护送，流向三千年前的鲁国都城，迎面扑来辽远至无垠的田野。这伟大孔圣人的故城，这赫赫儒学的圣地，有多少神奇待我去惊叹。而一所新型的师范大学，不知是恰如其分的万世师表的继承，还是古典与当代格格不入的畸形，让我充满隐隐的期待。当我在明晰的天空下，看到矗立着的巨大牌坊般的曲阜师范大学校门时，那百般的思绪便全部活跃起来了。直到住进偏处一隅的学校招待所，仍然为朴重、敦厚的校园风格兴奋着，也新奇着。

更令人惊讶的，是门外一位笑吟吟的老师走进来，神闲气定地问道："哪位是刘密同学呀？"让我感到无比亲切和温馨。原来是中文系的老师探望考生来了。接踵而来又体贴入微的真诚关心，让我洗去了一路的倦累，也让多日积存的隔膜与冷寂一扫而空。我仿佛来到一个极为熟悉的地方，有宾至如归的感觉。这个充满陌生的世界，竟然会有这样一块世外桃源。很快，在热心老师的引导下，我们此次来参加复试的六位同学，便互相熟悉，彼此无所不谈了。

成都的金钟，胖胖的，很白的皮肤，笑靥里透出热诚和宽厚。烟台的王修滋，本就是曲阜师范大学学生，更是热情介绍学校情况，带着我们走上走下，犹如主人。我便想着，如有这样好的同学，环境该是多么吉祥。大连的金东，是位女生，口齿伶俐，反应敏捷，一看就是位快人快语的东北姑娘。南阳的惠彬，则甚为年轻，稚气在脸，却总是很沉稳地笑着，不多言语，浓重的河南口音，充满中原韵味，让我感到他青春生命背后的厚重。荣生是个大高挑个子，安徽人，满头长发，倜傥不羁。他是从华东师大转来的考生，与我相似。他告诉我自己家在芜湖，祖上是江西过来的。他说话语速很快，充满激情，也很执着，富有感染力。同时他对当代文学与百年思潮，屡有独到见解，隐含着哲人的深邃和革命家的激切。兴趣相投，我们的交谈要更多一些。共同的命运让六个人迅速熟悉，颇为亲切，一块吃饭，相互侃聊，然后又各自沉入一角，抱书吟读。

次日便是复试。各科试毕，最后面试。唐朝科举考试，中进士后做官，还要到吏部考功司过考，所谓"身、言、书、判"四项，其中身与言，便是看考生的外表与口才。眼前这面试，考的大约也便是身与言的内容了。几位中文系的资深教授一溜儿坐在对面，有两位还是来探望过我们的老师。彼此笑着点头招呼，虽是正式场合，气氛严肃，却依然充满着温馨的氛围。我尽量完善详实地回答着问话，也陈述着自己的抱负与不易。有位年长的教授竟然激动了，站起来指着我说："我们录取你了，你这样的考生，正是我们需要的。"

复试的顺利，让我心情陡然变好，便与同考诸位相约，明日去游曲阜。

其实，我来的那天下午，便急不可耐地去看了曲阜校园内的孔子研究所，在孔夫子肃然又蔼然的雕像前，盘桓良久，不忍遽去。

这偌大的曲阜师范大学，坐落在曲阜西关郊外，当地老乡惯称西关大学，听来有趣。出了校门，便有市场，奇怪的是摊前瓜菜买卖，基本看不到秤，说多少便多少，也不讨价还价，朴实得令人称奇。如买家忘了带钱，尽可将菜果带走，甚至是一只鸡。老乡绝对相信你明儿会把钱送来。风俗如此淳厚，犹如远古小国寡民年代，真是难以想象。前日乘车出兖州，车上两个毛孩子拌嘴吵架，一位破口动粗骂了句娘。立马有一位高大的壮汉，把那个熊孩子拉到跟前，训斥他："娘是不能骂的，不管是骂别人的娘还是别人骂自己的娘。骂了娘，你便不是人了，没有资格做人，是畜生。畜生是啥？懂吗？"一番话让我等外省人，听得如雷贯耳，如梦方醒。这曲阜地界还真是儒家人文渊薮，忠孝节义如此深入民间，教人顿起无限兴叹。

这让我更对孔圣人充满了敬意。一本《论语》，已然如甘露沁入人心，还有什么能比这种"沁入"并落地生根更有力量呢？在殿宇庄严的孔庙，我们便抱着敬畏的心，小心翼翼地走着看着。其实孔庙维修刚竣工不久，恢宏气象加上古奥文化，让我等皆不敢妄发议论，恂恂若君子一般，走进孔府亦是如此，只是庭院深深，园林雅致，多了些活泼气息，大家便有些言语了。

在阙里外的一处餐馆里，诸君相约吃了一顿较为丰盛的午餐，还喝了一点啤酒。鲁菜亦是久闻，据说孔府家宴便有一百二十道菜。美国国务卿舒尔茨访华到曲阜参观，宴请只上四十道菜，就让他惊叹叫绝了。店家说曲阜是块风水宝地，人杰地灵，满街都是圣人后裔，就是个摆摊拉车的，说不准不是颜渊后人，也是曾参子弟。地就更灵了，种出的蔬菜瓜果，也比别的地方来得更丰饶脆甜，不信也试试。我便尝了个绿皮细腰小的黄瓜，果然胜过江南出产的，脆、鲜、甜、嫩非同一般。再拿来一个红皮圆形萝卜一咬，亦是别有风味，独此一家。心下不由赞叹，能到此地来读书，也不算虚度了这一生。

那天晚上，我们便在兖州车站分手了。诸位犹如谦谦君子，互相礼让着，先集体送走了四川的金钟，次之送别河南的惠彬，接着便是我。荣生和金东，他们是深夜的车，还得各奔南北。连日来，学校的热情，古城的风雅，诸君的谈吐，都在我的心头徘徊，回味不已。两昼夜回到宜春，竟然没有感到一点倦乏。

回到宜春，曲阜已如梦境。还须等待命运的安排，毕竟完成的还只是一个过程，没有提前画下的句号。

夏天的肉厂是安静的，淡季弥漫着闲适气氛，连蝉鸣也变得更悠长了。我收到一些信件，得知在轻松而严格的复试后，金钟和修滋落榜。在我心头一紧之时，戴毅然老师的信到了，告知我已通过录取审定，调档的信函接着也到了。厂里开始哄传我就要离开了，路上惯常的招呼也就有了分别的意思。

盛夏的7月11日上午，我终于在值班室收到了录取通知书。我有点激动地拆开了那个洁雅大气的信封，凝视着通知书上亮丽的铅字，仿佛听见有人在我头顶上方很远的地方，长长地舒了口气。那或许是我的父亲，他总是会关注着我的。除了他，又会是谁呢？在车间长长的站台上，有个手捧油货满口嚼着的莽撞工友，迫不及待抢阅我的通知书，在众人的嗔怪中，那张大气整洁的通知书上，便留下了两个沾着油渍的指印。

东刘的春叔带着一个村干部到萍乡出差，返程路过宜春，恰好碰上，他大咧着嘴笑道："好事咧，可惜我没带礼。"我说人到了便是礼。知他好酒，就到地委大院小卖部取了两瓶宜春大曲，怕不够又打了一桶啤酒。晚餐一片嘈嚷，也不知彼此说了些什么，反正高兴就是了。半夜起来发现前头卧室灯明如昼，趄过去一看，才见春叔醉卧在地。床上一个，床下一个，皆鼾声如雷。我猜他必是从床上翻身挤跌下去的，赶紧将他扶上床，他竟然鼾睡不醒，浑不知晓。凌晨我一口气写了五六封信，托春叔带去，给老家诸位亲戚报个信，也是高兴罢了。

这样便开始准备行装了，购皮箱，备冬衣，绑行李，诸位朋友亦来相助，很快安排妥当了。其间我还"榨"出一点时间，与朋友合作写了一篇近两万字的长文，论说20世纪中国文学，也算是作为读研入学的奠基礼。不亦乐乎的是应邀赴宴，也须回请，不免忙碌。厂里还郑重其事地开了个欢送会，颁发奖金若干，并书"有志者事竟成"以示奖勉。我趁空到厂内各处走辞，也会被拉住合影，便聚成一堆，留下了几张那个年代的黑白照片，粗犷的工友，笑脸真诚，令我难以忘怀。

9月初，秋气送凉，白鹭横江，我即乘车前往山东赴学。那天寥旷的车站上，陆续来了一干朋友送我。十年的肉厂生活，眨眼就消逝在宜春东面的那片天空下。看着妻子在火车长鸣抖动时潸然泪下的模样，我只能伸出手在车窗外挥动，大声喊了一句："再见！"说的是现在，当然也是过去，十年的流水岁月。

我终于走出了这一步。

十 二 、 曲 园

研 究 生 楼

　　一栋两层的青砖楼房，中间一条长廊贯通，房间南北两向相对。楼房外是高耸稀疏的树木，树下是松软的草地，常常缀满枯萎的落叶。大约能住下百十号人，便成了人数稀少的研究生宿舍。

　　我在这儿整整住了三年，熟悉了这片天空和天空下的校园。那窗外高树下，在夏天常能拾到肥硕的蝉蛹，很多，炒来也好吃，无怪午间的蝉鸣是那样盛大。与同学三人住在楼上北面一个房间，冬天要比南面房间冷，低到二至三摄氏度，俗称"阴间"。大家皆无畏，笑说住"阳间"的同学也不过是五十步笑一百步而已，彼此彼此。伙食却是大碍，尤其南方同学，就比如我，刚吃两餐圆滚滚的温热大馍，就着炒菜汤水，尚觉新鲜。但几天下来，便不愿嚼了，感觉吃不饱，味道另类，不适应。于是改吃面条或饺子，但仍不及大米饭喷香。食堂每天中午有两桶大米饭供应，开饭时流行的《西游记》"你挑着担，我牵着马……"的乐曲声一起，大门豁然洞开，人群便蜂拥而进，两桶大米饭瞬间罄尽，皆因北方学生亦有喜吃米饭的。因怕扑空，必须抢饭在先打菜在后，拥挤中难免污迹沾衣，我便穿上带来的肉厂工装，混迹于人群之中，无所顾忌，有时还能打得两份米饭，颇为自得。菜肴最喜红烧肥肠，但供应有限，亦要争抢。有次拥挤过甚，有位夺得最后一份肥肠的同学，竟被人群挤倒，举着一碗佳肴，一屁股坐在油汤未尽的铝制大菜盆中，狼狈不堪，引得人群注目大笑。

研究生课不多，但要读的书不少，不过借读却也方便。第一次到中文系图书室，我便借得上十本提拎而出。读书的好去处当然是图书馆阅览大厅，却也得提前去抢位子，与抢米饭和红烧肥肠毫无二致，晚了，四望皆是埋头静读的人，便得站着阅读了，不能持久。位子既得，大厅敞净，书报众多，氛围宁静且温馨，身心放松又微微收敛，读书便成了享受。那天在图书馆，摊开书本，忽念及不久前尚在冷库艰苦劳动，不由得手脚伸开，长舒一口肺腑之气，感到无比幸福与快乐，前所未有。

最令人头痛的是英语，虽是公共课，却丝毫不敢懈怠。皆因我多年自学，全是与书本辞典打交道，读听既少，更无交流，对付考试尚且勉强，真正遇到实战对话，说不出更听不懂，真正是"哑巴聋子"一个。而许老师开的高级英语课，进门就不说中文了，这可苦了我这个"聋子"。整堂课我无法听懂一句完整的话，老师提问时生怕落到我头上，紧张得全身冒汗。不久系里给每个研究生发了一个收录机，押金五十元，我便不分昼夜，突击预习和背熟每篇课文。每天除了背熟诸多单词短语外，还得把课文在耳中过若干遍。晚间，耳机戴在耳中，满耳充斥英文，一直到蒙胧睡去，夜夜如此，穷赶猛追，终于在数月之后取得明显进展，期末考试我第一个交卷，并取得96分佳绩，名列前茅令我暗下得意不已。

不料用功太过，睡眠又成了一个大问题。室内同学三人，南北皆有，生活习惯差异很大，彼此影响，很不适应，尤其是我，欲睡未睡时，轻微地翻动书页的声音，在我耳中都成惊雷。一晚上的睡觉，常要分成几个时间段，往往半夜醒来，清醒异常，须起床转移多时，才能躺下再行入眠。宿舍不是家中，如何能半夜反复起床，随意行动？常常只能睁着眼睛，以记忆复习疲倦心神，使能再度入眠。一段时间下来，夜无佳眠，食少无味，头痛乏力时或有之，真正苦煞我也。那时也不知道找医生，弄点安眠的药来吃吃，反是觉得饮酒能麻痹神经，有杯中物即可助眠。曲阜烧酒便宜，一瓶五十多度的"曲阜清泉"，只要块把钱。我便一次购来十瓶，放在床下，睡前取来便饮，昏昏然才掷杯倒下，倒也有点效果。闻到酒香，自有同学来助饮，两三人等，凑菜以聚，谈兴遂浓，自此成了习惯。记得一个大雪之夜，酒兴猝起，却无下酒小菜，当时校内外店铺皆关门大吉。有同学献上一计，何不到女生宿舍楼下，必能觅到小吃。遣人去探，果然购得一大包颗大粒圆花生米。说是女生好吃零食，便有小摊摆至深夜方撤，大雪之夜亦是如此。惊喜之后，大家便绕碗而坐，只取一盏曲阜土产的古拙酒杯，斟满示众以便一口下之。说好轮流接盏，换人不换杯，一视同仁。各人自取碗中花生米佐酒，嚼之饮之，兴味益然。久之睡眠虽有改善，但腹中烈酒频袭，却又怕伤到肠胃，只好放缓节奏，渐渐也便适应下来，算是勉强改善了睡眠。

此后，遂以酒为媒，常作小型聚谈，也便成了同学之间的默契。尤其是无课闲时，到食堂取几个好菜，磕开一瓶烈酒，便能纵谈至夜深，学问考究，时事趣闻乃至前途婚恋，无所不言，常能碰出好的观点来作文立说。这种游乐式的聚谈，到了周末便向校外延伸。一行人寂夜走到孔庙，常在宁静中嗅闻古老殿堂的神秘气息，在松柏森森的荫蔽下，感受朴厚邈远的儒家风貌。有时受了孔夫子的熏染，也作一次暮春时节"浴乎沂，风乎舞雩，咏而归"的野游，呼朋唤侣走到泗河宽阔的河滩边，携酒带菜，吟咏放歌，肆行纵骸于辽远粗犷的北方原野上。有一回骑行远足，男女同学七八人，直趋邹县。途中越石山而登孟母林，坟包隆巨，顿起兴叹。又到邹县孟庙，登铁山摩崖，魏碑古奥字体，缀满山体，满山阳光斜照，恍惚如入远古。途中到乡村麦场，见石滚沉重，皆想逞力竖起，几次发力才勉强功成。老乡见之，皆哂笑不已。一壮汉趋前示范翻动石滚，轻松异常，石滚连栽七八个跟头，犹如小儿手中的玩具。我等白面书生，徒成笑柄，却更深刻感受北人尚武，齐鲁骁勇者随处可见。

有时也相约去曲阜街上看电影，这却与一位外籍女教师蜜斯玛有关。

蜜斯玛是一位美籍华人，小巧优雅，脸上常荡漾着亲切温和的微笑，却一句中文也不会讲。她是我们几位研究生的英语口语教师，第一次上课，她要我们用英语自我介绍。次序下来轮到我时，她的眼光便含笑移来，更令我结结巴巴满脸胀红，以至语不成句。最后只好由同学代转，告诉她我原是一个粗鲁的杀猪工人，自学侥幸考上研究生，基础太差，请她谅解。谁知她听毕反而满脸惊奇，连呼："Wonderful！"对我格外尊敬，甚至开玩笑问我："你也杀狗吗？"引得课堂气氛陡然热烈，笑声不断。她急欲融入中国百姓生活，便常与我们厮混一起，同去看电影便是一个选项。有回看完刘晓庆主演的热片《芙蓉镇》，上课时便与我等热烈讨论剧情。她的教学灵活巧妙，生动活泼，也教说英语的绕口令，绕得诸君口齿生香兴致更高。她还热情邀请我们去她的居室专家楼做客，要求每人做一个菜。我便做了一个自己最拿手的辣椒炒蛋，因火势太猛翻炒滞后，以致满室辣烟，大家皆呛咳不已。她惊而调侃："催泪弹来了！"与众人同咳，呛笑不已。有位同学进门脱鞋后袜子前端露出大脚趾头，蜷缩在拖鞋中且发出不雅气味。她自视若无睹，未见蹙眉耸鼻，令这位同学的尴尬很快烟消云散，聚会始终快乐着未受丝毫影响。每次路遇，她总是和另一位同行外教，金发碧眼的露斯颇为夸张地叫唤我一句："Mr.Liu（刘先生）！"声音拖得长长的，引得路人注目，令我颇有些不安。

秋冬之后，便是温暖的春天，北方雨少，但天是湛蓝的，令我等南方学子心情大悦，因不适应干燥产生的鼻塞咽干也消失得无影无踪。时间一长，跨系的研究生群体也便彼此熟悉了，一些学术兴趣相投的同学便联络了相关青年教师，办起了小型学术沙龙，经常相约活动。导师们闻讯也很赞成，文学研究所的徐文斗先生便来过一次，他细心倾听，不时插话。有的同学说得过火，他便提醒道："黄牌警告！"有的情绪控制不了，滑向极端并动怒时，他会制止并调侃一句："红牌罚下！"其宽厚博大的风范赢得众人敬重。他邀约我们撰稿，允诺优先发在他主编的《齐鲁学刊》上。沙龙便越发红火了，真有些百花齐放，百家争鸣的气氛了。

学术沙龙活跃多时，众人自然彼此熟识至认可，便一致推举我做了新一届的学校研究生会主席。

曲阜师范大学的研究生那时算是多的了，有一百多号人。研究生会虽是学生群团组织，却因为学校重视这一块，故有专门的办公室和经费支撑。会内设有学术部、文艺部、联络部等七个部，活动不多却也赫然存在，像个半官方机构。刚接任不久，便收到北京来的一张邀请函，到当时活跃异常的北师大去参加一个全国高校研究生主席会议。适逢我在校刚由预备党员转正不久，系领导便慎重交代我："就带耳朵去参会啊，其他就不必说了。"那时各种思潮汹涌而来，超前思维不计其数，尤其是北师大一位文学博士，著文否定名重一时的李泽厚先生，结尾名句气势咄咄，大意说李泽厚老了，传统文化也死了，仿佛在作着一个什么预言。此文一时传闻甚广，引起躁动。据说此人能言，每有以能邀其演讲为荣者。某高校礼堂因其前来演讲而人满为患，最后竟将他从人群中抬上去，说得神乎其神。我倒很想借此次会议进京去会会他，看看他有多大能耐。不想很快又接到通知，说会议延期了，以后便没有了下文。这让我有点扫兴，刚从一个偏僻小城和无人知晓的工厂走出来，渴望见识这个偌大世界的学术高端，直接去碰撞一下，本也是非常有趣的事情。此后研究生会波澜不惊，平静如常，也便没有多少事了。只是应众人吁求，文艺活动似乎多了一点，譬如舞会之类，就有些方兴未艾之势。

大学生群体本更活跃，他们人多如潮，才多如浪，还办了文学刊物。有个《未了》文学社，曾邀我去看过，见到一群激情澎湃的青年学子，谈着文学梦想，激动得口齿都不清晰了，还拼命借助手势慷慨陈辞。他们也办舞会，但比起研究生的舞会来，就没那么大的吸引力了。缘故是研究生中年长者不少，快毕业的一些眼界甚高的女大学生，便欲从中觅取佳偶，常有陌生脸孔三两成群结队进入舞会。研究生们当然也心知肚明，不少有心人便睁大了眼睛。其时有同学也正在处对象，戏言找对象要看重三个"子"，即会抄稿子、会做饺子、会生儿子。有的处得不顺，也生烦恼。某位同学，嫌女友相貌不佳想尽快脱钩，不料对方坚韧不拔，一时又不好明说，遂心生一计，在研究生小教室的黑板上，也是他们晚间常约会处，粉笔大书流行歌曲中两句歌词："女人爱潇洒，男人爱漂亮"，暗示女生他的拒谈之意，果然两人关系便迅速降温戛然而止了。研究生舞会上自然高朋满座，美女如云，尤其是艺术系一班女生。她们虽暗揣怀春念想，却又满脸傲气，以睥睨眼神扫视全场。据说曲阜师范大学艺术系极好，其时国内外大名鼎鼎的几位山东籍女明星，当年高考时都在曲师艺术系走了麦城，常为曲师人所乐道。故女生们眼界非同小可，舞姿翩跹，对对旋来，更是技高一筹，令众人自愧不如。不过她们不知底细，往往靠近那些"白云生处有人家"的男生，不免落空。研究生中有位不满的女生便大声调侃："别费劲了，人家都领证了。"于是大家笑成一片，舞会反而更热闹了。

此类活动，我很少与会，除了脚下生疏外，心里还是放不下学业，更想觑空多写几篇文章。所以除专业课外，其他课我都是避难就易，以能顺利过关为准。如经济学选修课，我便选了早年熟读过的《资本论》，很少去上课，考试做篇文章自能一挥而就满意交卷。第二外语选了俄语，原也接触过，不很费事。后来知道系里打算让我留校，自然更加努力，说得上是"焚膏油以继晷，恒兀兀以穷年"（韩愈语）。有时读得天昏地暗，出来竟不辨东西南北，一次敲开导师的家门，一时竟不认识了开门的师母，发问："您是哪位？"愣住了满脸笑容的师母，反应过来后遂哂笑不已："刘密连我都不认识了？"更糟糕的是，读得多了，却不能做到深入浅出，只是一味自我陶醉。入学不久苦心构思了一篇万字长文，是讲文学哲学的，写得古奥艰涩，没有一个人看了不是大摇其头的。被泼了几大瓢凉水后，我自然清醒了不少，便按下焦躁盲动，下了一番脱胎换骨的苦功。人变自然文章变，次第便有新论在《当代作家评论》《文学自由谈》《齐鲁学刊》《上海文论》等刊物或大学学报上发表。有一篇批判著名作家冯骥才先生《阴阳八卦》小说的评论，还在《作品与争鸣》转载，心下转而轻松不少。那时稿酬不薄，一篇几千字的文章，稿费有五六十元至上百元，不下当时教师一月工资。同学中数我文章发得多，难免众人聒噪请客。反正紧张之后，放松亦是我所求，炒菜烧酒卤牛肉，任君指点。就是取只金黄色香得滴油的烧鸡，不过也就一两元钱，我自慷慨做东，囊中固不羞涩矣。故每次小酌，诸君皆能大快朵颐，满脸快活，预祝我再接再厉，健笔若飞，显得比我还更迫切。

研究生的生活并不单调，简朴与丰富交错，严谨同活跃共存。虽不像山峦般森严排列的大学生宿舍楼那样，时或发出洪然如吼的歌声，编织出人潮涌动的浩大气象，毕竟也会在运动场上纵横驰骋，球赛的热烈同样不下教工队伍。中国女排参加并最后夺冠的世界锦标赛，墨西哥举行的足球世界杯赛，我们皆紧密关注，每场不落，甚至半夜起来，欢呼声响彻长长的走廊。

当然也有苦恼的事情发生，那便是时时突然降临的停电。久吃食堂当然会想变变口味，很多研究生遂自起小灶搞伙食，电炉便是主要能源用具。由于用电过猛，电闸常常出问题，烧掉保险丝造成短路是常事，有时还得自己动手检修。我虽是高度近视，毕竟工人出身，有点基础，也常踩凳而上，修复烧坏的电闸。有位广西女生，衣着讲究，喜欢熨烫衣裤。一次她正在熨衣服，突然又停电了，她忘记拔掉熨斗上的电线插头，便外出散步去了。不料电到起火把衣服和书桌都烧了，差点酿成大祸，女生也吓得哭了鼻子。学校的电工自然把研究生楼当成重灾区，时来巡视，遇见用电炉者，严厉收缴，铁面无私，并不多言。研究生们慑于违规，自然不敢声张。同室惠彬原已不慎被夺走一个电炉，后来又悄悄购置了一个，小心翼翼，不敢多用，与电工打起了"游击战"。你走我用，你来我收，战术巧妙，让不速到来的电工师傅往往扑空。但终于有一次嗅到了香味，徘徊良久，寻迹在床底下拖出了热烫的电炉。惠彬情急，还想虎口夺食，满脸堆笑去电工手中取回。自然无济于事，师傅脸色如铁，动作坚决，掳走炉子还不忘教训了室中同学几句。

我的电热杯却很幸运，只在夜静时取出来使用，一直都很安全，直到毕业。如此，则我常能煮面烧肉，特别是喷香的腊肉香肠，溢满全室，同学皆羡而啧啧，或也分得一杯美羹。夜深楼静，电工师傅能奈我其何？

研究生楼的节奏也便这样律动着，春夏秋冬，树叶青了，又黄了，鸟儿来了，又飞了，时光消融着书中的青春。也偶有人从遥远的江西来看我，他们惊讶的是一个曾经终日以劳动喧嚣洗礼的工人刘密，变成了一个馨香校园熏陶的书生刘密。遥远南方的记忆，让我吟出了旷远北方的诗句：

北方，你是谁？

一堆土，一群人，一簇植物？

你是南方的兄弟？

你是潮湿的死敌？

我象征我的过去，

我的多雨、滞闷的昨日。

我的祖先的坟茔，

我的代谢的血液。

北方，你是谁。

…………

每年秋季孔子诞辰的祭礼大典，我们都会去观看。但那些远古缓慢遒劲的音乐，那些长衣宽袖的礼舞，我们同样一时难以明白，这跟今天春潮涌动、气象万千的现代中国，会有着什么样的精神联系？一切似乎离得太远。只是寒暑假期一到，畏惧着昼夜旅途的艰辛，又欣喜着久别归家团聚的研究生们，便雁群一样飞走了。这时的研究生楼，便孤独地平静着，远远望去，似乎还有些感伤的色调。她在伫望我们的回归，等待明天。

导　师

　　我自小就对鲁迅感兴趣，读他的文字至入迷，"林中的响箭"，"直面惨淡的人生"，"城头变幻大王旗"，耳熟能详。到处找他的书看，甚至为此受过人家白眼，也无所谓。

　　1986年读研后才知道，中国学界有两支队伍最为庞大。一支叫"红军"，专门研究《红楼梦》，另一支叫"鲁军"，专门研究鲁迅，皆有数万人的规模，阵容骄人。我自然毫不犹豫便加入了"鲁军"，我的领路人是曲阜师范大学中文系的魏绍馨教授，我是他当时的两名研究生之一，敬称他为导师。

　　魏老师是河南遂平人，河南师范大学毕业，辗转来到曲阜师范大学，专治现代文艺思潮，与中国百年风云贴得很紧，令我颇为中意。

　　第一次到魏老师家拜访，便与一位后到的中文系青年教师发生激烈辩论。那是一个星光朦胧的秋夜，敛容以对的两个年轻人，情绪激昂，言辞锋利且各自滔滔不绝。我很担心，逐渐高涨的辞色，会滑向失控，充分暴露自己的浅薄与愚蠢，不免有意放缓速度。不料魏老师见状反出言鼓励："说下去啊，接着说下去！"饶有兴趣地坐在一旁倾听，好像他是局外人一个。我遂感到，魏老师是一个包容万象深邃博大的人，他和蔼亲切的外表下，有一颗追逐自由和仰望星空的心灵。我获得了一种前所未有的精神放松，心理空间顿时放大。

　　师母张志静，亦是中文系教师，总是笑吟吟的，声音爽甜脆亮很好听。听说她年轻时出了名漂亮，身后有不少追求者。但她最终看中的是魏老师，可见她眼光的睿敏。不管艰难困苦，亦与魏老师一路同行。

很快我熟悉了他的另一面：认真、谨密、严肃，当他敛起笑容，便令我肃然且心生畏惧了。

作为导师，正式的上课是很少的，更多的是当面指导释疑解惑，故以交谈为主，通常在老师家狭小但洁净的书房。学术交谈当然与闲时聊天不同，须言之有物，对接有序。聊天则跟着感觉走，兴之所至，聊到哪儿算哪儿。而我性喜侃聊，一旦对路便海阔天空，无限延伸，每与同学鏖谈至深夜才作罢。一时每天来者熙熙，去者攘攘，时间大块流逝。我亦惴惴，便向魏老师流露，他淡淡一笑道："我是陪不起的。"一声棒喝，令我如梦方醒，顿时悚然，三年学习，谁允许你可以大把时间拱手送人？自此便大为收敛。他对我的问题，经常是思考成熟后才答复。有一次他甚至手持一张写满字的纸条，在我晚餐时送到研究生楼，说："都写在上面了。"他的严谨态度令我感动。但他并不赞成读死书，鼓励我等学子走出去，并写信向一些学界耄宿推荐，方便拜访请教。于是我在学业间隙，曾独自上北京、济南，下绍兴、上海，认识了一批文坛前辈，还应邀参加了文化顶端人物荟萃的全国学术会议，大大开阔了眼界与胸襟。记得那次在北京开会回来，我正在研究生会介绍情况，又接魏老师通知，立即到中文系给诸位老师做传达。虽然已是口干舌燥，可我丝毫不敢怠慢，遂重整精神，束装敛容前往。

刚入学时，我雄心勃勃，想尽快推出一篇宏深论文，亮相学界。于是埋头攻读，苦心构思，写了一篇题目叫《寻找合点：文学哲学的一个原则》的万字长文，企图中西互融，创出一个新的理论。不想此文贪大求洋，生拼硬凑，且文风艰涩，令人不堪卒读。送给魏老师审看，他只有一句话作评："我看不懂。"便退给了我。这严厉的批评，令我发蒙之后深自反省，由骄狂坠入静思。从此我便洗心革面，文风亦为之一变，以后遂有新论逐次出现在国内相关期刊上。没有这次的当头一棒，还不知要走多少弯路。

但更苦恼的，却是毕业前做那篇硕士论文。

我的选题是鲁迅与佛教思想，虽然有点生僻，却获得了魏老师的同意，只是要我做足功课，别开生面写鲁迅。为此我早有成算，不辞辛苦走南闯北，沿着鲁迅的足迹走访千百里。不想第一稿交上去，仍然兜头被泼一瓢凉水："太玄了，思想逻辑不清晰。"我自然不会气馁，依旧四下搜求，苦心孤诣出了第二稿。满心欢喜交上去，久久不见动静，遂去询问。魏老师并无客气，正色告我："这只能是打了一个基础，还需要充实、扩展，拿回去吧。"那段时间真是苦煞我也，几乎是日夜坐卧不宁，心急若焚，因为时间不等人。为了充实佛经典籍内容，我找到学校图书馆馆长，打开馆藏善书库，找出当年玄奘从天竺取回的真经全套《大藏经》，笔不离手，手不离卷，每天都是蓬头垢面地出来，那沉积已久的灰尘，足以损害我健康的心肺。更糟的是隔壁订书库，时时砰砰啪啪作响，惊得你心烦意乱，不免焦躁。也就这样磨难着，那篇论文的成色渐渐足了，犹如火中锻剑，出炉的时辰快到了。

一个意外事故竟然中断了我的写作。

那天在灯光昏暗的图书馆的一个角落翻书，字小灯弱，我努力睁大着高度近视的眼睛久久阅读，突然感到左眼深处"格崩"一下微颤，眼前书上整页的文字便全然变形了，模糊至不可辨认，一贯弱视的右眼又不济事，双眼完全不能阅读了。这一下令我惊慌万分，关键时刻怎得了。事发突然，不敢草率，我即请同学曾激波借了一辆自行车，载我到三十里外的兖州九一军医院眼科。经军医张大夫仔细查看，才诊断是眼底出血了，过度疲倦？缺乏营养？睡眠不足？少不了都是这些原因。只有赶紧治疗，吃药，打针，还得反复跑兖州，学校和曲阜都看不了这个病。魏老师备为关切，令我："放下休息，治好眼睛再说。"他的话使我安静下来，一周后情况便开始好转，也多亏了那位膀大腰圆的湖南瑶族兄弟曾激波，帮我度过了危险期，第三稿交上去，离最后期限也就那么寥寥几天了。眼底的淤血也渐渐消失，我终于熬过了那个困苦时刻，当然也深深见识了魏老师的严格与严谨。无他，则无今我矣。

魏老师的家我是常去的，扰攘不计。那年入学后的第一个中秋，我和师弟聂国心还被盛情邀到他家做客。我那时不晓事，空手而去，饱腹而归。妻子来校探亲，亦被热情邀到家中款待。为此我心中一直惴惴然，回到江西工作后有个机会到山东出差，千里迢迢我是驾车去的，带了几箱江西特产四特酒。我知道，魏老师能喝点酒，故有此举。却不料进到亲切无比的曲园，导师一家人却是人走楼空，令我怅望良久。好在后来又得着一个机会，母校邀我回去做一个讲座，于是趁便赶到济南，在浓浓的夜色中又见到了阔别已久的导师，他挂着拐杖，声音苍老，颤巍巍的，已然不复当年的神采。凝视着老师历尽劫波的脸容，犹记得毕业离校的那个晚上，在老师的楼下外面，我劝住依依惜别的导师，向他深深一个鞠躬，转过身，眼睛已经噙满泪水。

如同魏老师的身世，曲阜师范大学亦充满谜样的色彩。

20世纪50年代，曲师的前身一所普通高校从省城济南落户到曲阜农村，改名叫曲阜师范学院，其时恐怕是全国唯一办在僻远乡村的大学。惟因僻远荒凉，1957年从北京大学等名校下来一大批学术权威和教授，蜗居此处成为宝贵财富。于是，这所之后又深度浸染了浓郁圣人色彩的县邑大学，便蕴藏了数学、历史、中文、教育等诸多方面的优秀人才，熠熠发光到改革开放后的新时期。

我的戏剧课老师胡授昌，讲课激情洋溢，视野开阔，他提出的"一球多系"的戏剧理论观，给我极为生动的印象。他是江西庐山人，很快便有了乡谊的交往，常邀我到家中茶叙，夫人是吉林长春人，优雅而亲切。他是戏剧理论专家，时与上海余秋雨相善，曾要我专程去拜访余，说此人有大才，接触一下会有益处。但毕竟戏剧不是我的专业，余当时亦无盛名，故终未成行，但足见胡老师识人眼光之卓异。毕业多年后我去看他，快八十岁的人了，犹充满激情，说话干净利落，骑着自行车敏捷自如，一点未见老态。后来他随子女到北京去了，电话中的声音是平静淡然的，岁月如流，生活对他来说，已无复当年的斑斓色彩。我很感谢他带给我的乡情温馨，那段时间，他的家就是我常停泊的小小港湾。

当代文学课老师孟蒙，将近一米九的个头，高大俊拔，一头蓬松卷发，脸容英武，人称"山东第一男"。他虽为孟子后裔，却是济南人，且掺融有俄罗斯血统。他讲学往往是空手而入课堂，开口滔滔，声如律吕，极有感染力。孟老师出身富贵之家，早年即投身革命，钟情文学，曾入"抗大"学习，抗日战争时期就有作品问世。为营救八路军将士，曾深入虎穴，立下功勋。他自言与长篇小说《铁道游击队》的作者是战友，熟知书中人物原型。如追敌时投出未拉弦手榴弹的芳林嫂，他就在她家住过，知道很多逸闻趣事。他的讲课获得大学生们的热情欢迎，但他命运坎坷，婚恋奇变外，后又蜷伏在荒僻农场劳动改造。他是在改革开放后调入曲师中文系的，虽然历尽磨难，却依旧英气逼人。他的传奇经历与卓异才华，吸引了不少女性。最终一个小他四十岁的女大学生，挚情嫁给了他，引起校园轰动，其时他已过耳顺之年。他上研究生的课，风采一如既往，一位性情开朗的女同学说她上课时不敢抬头，是因为"孟老师太漂亮了"引得大家笑成一片。毕业十多年后，我去看他，不料他依旧潇洒如常，笑说："你现在是政要了，拿什么招待你好呢？"然后在家中四下搜寻，竟拎出两瓶啤酒，摆下玻璃杯，意气风发地一挥手："我们喝啤酒，来！"浑不似已入八秩之人了。又过了十年去看他，却已经躺在医院了，倚靠着精神却很好，握着我的手说："刘密啊，可惜你不在山东，要不我们可以一起做很多事啊！"他说写了上万字的格律诗，与中央电视台著名主持人董卿联系了，要上诗词大会。豪气与才气不减当年，令我惊诧不已。

更有趣的是，身处儒学重镇曲阜，见识了远古思想家孟子的后世俊彦，很快又直面了孔圣人的一脉精华。这便是孔范今先生，孔子第七十四代孙，虽为旁支，亦是古风奇郁，文质斑斓。孔老师籍隶曲阜，却在山东大学教书，专请来为我等研究生开课，却不料成为一场对抗性的讲学，真是意味无穷。我曾写过一首词《忆曲师》，其中几句"圣人曰：降大任，是上天。学子欲效鲲鹏，先生指方圆。难忘斗室相争，孔师雄辩惊座，一时奇想联翩。"说的就是这件事。

见到孔老师，是在文学研究所的一间办公室内。他头发浓密，脸相朴厚又精明，举止从容且气势敛而欲出。坐下来手持一根点燃的香烟，手边只放着一杯水一包烟，其余阙如，出言便非同凡响："我这个课在山东大学给研究生讲，讲一次他们需要一段时间来消化，有人还说不懂。"

他笑眯眯地吸着烟，扫视着惊讶的我们，颇具一种政治人物的气质。好像在说，你们恐怕就要更长时间来消化了，一时不懂是很自然的。这无疑迅速刺激了一帮年轻学子的好胜心，且颇有点同仇敌忾的情绪冒上来，不约而同一起动意要让这位陌生老师难堪一下：你小看我们，那等下你别噎着了。

他的课果然讲得精彩，口若悬河，雄辩滔滔，从文学讲到政治，又从政治讲到哲学与历史，乃至未来世界之走向，再回到文学本体。可谓上下五千年，纵横八万里，真正高屋建瓴，气势如虹，闻所未闻，惊动心扉。钦佩之余，却又不服，难道这还要消化一段时间？也太小看人了吧！于是，下午续讲时，便有同学发难，不与钦赞之语，反是发问连连。我亦与之争论，更是以哲学和人类学的独特视角，揭示其不足，实在是横挑鼻子竖挑眼，故意泄气罢了。全面火力攻击下，他虽意外却从容，在有点僵持的气氛中，沉吟片刻后徐徐说道："今天课就到这里，明天上午，我先听你们说说。"

临时改变授课方式，固然是以退为进，但既然愿听我们说说，显见态度有变，没有轻视的意思了。毕竟是圣人后裔，发现弟子不满，遂敛容正坐以听，岂不正是切磋学问的好时机？他的胸襟是开阔的，眼光越过了世俗的意气之争，令人惊服且反省。

次日诸学子便一展身手，各自陈辞。孔老师从容地吸着烟，仔细倾听或粗浅、或偏激、或闪光的陈述。听完不发一言，我等皆惴惴，片刻后他开始回应，语气徐缓有力。他简要概括了全部发言，并巧妙纳入其理论逻辑。缜密入微的洞察，精辟准确的评点，挟带着超然气势，圆融入耳，令我等口服至心服，暗下赞叹。此后便是讨论式的上课，他讲我等亦讲，机锋相接，观点互融，气氛便融洽一新。他的引导确高人一筹，有不战而屈人之心的效果。几天下来，他对我独具好感，交谈亦多。我很奇怪为何他甚少著书出版，孔老师意味深长地回道："老祖宗的规矩，述而不作啊！"孔老师出身贫寒，幼时还讨过饭，大学毕业后教书。他的卓异才华获得社会赞誉，也遇到麻烦，有妒忌者怨之，亦有异性青睐者追之。此后他便脱离家乡，又避开"文革"乱局，一心潜入学问，遂卓有所成。再次见面是一年后，参加曲阜当地欢迎他的见谈会。他推我发言，当场予以褒扬。毕业时，他是我论文答辩的老师。其间我多次赴济南拜访，一次深谈数小时之久。他望我能留山东工作，且欲力荐揄扬。对此我深为感动。二十年一晃而过，我曾邀请他到宜春讲学，可惜一些意外的枝节交错，以致终未成行，令我遗憾至今，不能释怀。

曲师三年，竟还识得两位与我一样，戴着高度近视厚镜片眼镜的教授，亦是走路不辨东西，闻声方能识人的先生，致我记忆良深。

一位是李毅夫，出身天津世家，越洋留学到美国，之后又游历一二十个国家，饱学而归。做硕士论文时，我听同学说他通佛学，便登门求教。不料他淡然一笑道："我懂多国语言，能说能写，唯不通梵文也。"我知道他谦和且滑稽，很有意思，交往便多了。他是历史系老师，却又能到外语系上课，后又转向古汉语音韵学研究与教学，真是一位博学多才的多面手。他告诉我，不要为高度近视忧愁，应该自豪，此是知识与智慧的象征。"厚玻璃镜片，是块好招牌啊，不是饱学世家，就是书香门第。"曲阜有个严秋云办义学，捐资七万元，帮助苦寒子弟考大学圆梦。李教授介绍我到她那里上语文课。严老师用一大捧新鲜葡萄款待我，酸得我龇牙咧嘴，李教授却吃得有滋有味，问严老师还有无。

另一位是陶愚川，浙江绍兴人，哥哥陶百川是民国时的高官，之后去了中国台湾，他虽游学世界，回国报效，却因兄长之故成了"特务嫌疑"而艰难度日。他亦戴着高度近视镜，独自漠然行走，终日不与人言，但讲课却是滔滔汩汩，不须讲义，且边说边用粉笔反手演板，瞬间写满又能眨眼擦去，学生须喘气追赶。他是著名教授，却以怪闻名。我的英语老师许汝民，"文革"时受命监视他，不料一日他突然外出，行走三十里至兖州。正不知要做何事时，却见他踅到一家车站餐馆，吃了一碗米饭和一个蛋汤，又循原路走回。只是苦了许老师，瞪着一双近视眼，远恐失踪，近怕发现，却原来只为了区区一碗米饭，令他啼笑皆非。我曾想问他近视度数多少，但路上遇见他视若无睹，只得敛口，不敢唐突也。他有三百万字的《中国教育史比较研究》面世，惊动文界，诚为奇才，亦是怪才。最终我也未能获知，他的近视度数究竟多少，好奇心也便渐渐淡出了。

我至今远在南方，但这些先生的音容笑貌时或泛起，虽然他们大多已飘然逝去，我却始终不能忘记，依然常常执着地念诵着《忆曲师》那首词中的最后两句：

今与诸君别，何时续旧缘？

兖 州 之 别

汉唐名邑兖州，是远古华夏赫赫九州之一，名动天下，我却永远没有看清它的真实模样。总是匆匆地来，又急急地走，未及细细端详，留下一片依稀的印象。

正是在这座布满尘屑的现代煤城，那个毫不起眼的火车站，犹如冷峻峨然的界碑，无情分开我身后的家乡与前方就读的学校。往返之际片刻的停留，都无时不在暗示，家乡是远方，旅途即畏途。那绿皮火车悬停在碎石堆砌的高高路基上，你得仰视，才能看到车窗内的景致，那别样的旅途世界。

这样有三年之久，我奔碌于浙赣、京广、津浦、陇海铁路线上，乘坐的或是直快，或是特快，或是慢车，车轮"吭哧吭哧"撞击着铁轨，一如"够呛够呛"的叹息，在两个昼夜的辗转流走中，彻响于梦境和心灵。

20世纪的80年代，改革开放强势启程，大潮澎湃，人流汹涌，前所未有的拥挤甚至混乱，出现在铁路交通线上。每次乘车，几乎都是一次搏斗：肩扛手提的人群，犹如开闸的洪水，涌向长龙稍息的火车，叫声、吼声、骂声、撞击声，汇成不可遏止的野蛮交响曲。情况严重时，车门不开，焦躁的人群只能去敲开紧闭的车窗，让企图呼吸车外新鲜空气的车中人接纳他们越窗而入。我就多次在混乱的拥挤中，趁隙塞进行李，展开身手攀缘钻入。学生模样的年轻脸孔，总能获得迟疑后的被动同情与包容。不过读书人的斯文与尊严皆荡然无存，与野蛮人无异。车厢内，却更像是一个静止的拥挤世界，基本无座位，触目皆是人。男女老幼，或站或坐，或倚或靠，借得一脚之地，便幸莫大焉。为此我还请人制作了一张小木凳，随身携带，可解无座久站之倦累。小木凳追随我三年，历尽坎坷艰辛。火车上的昼夜，瞌睡也罢，呆坐也罢，皆是消磨时间。白日多纵览，黑夜唯耳听，山峦河流、田畴城市，皆是阔大景象。遇见愿谈者，也可侃聊终日，结下暂时的友谊，偶或亦有后续。饥腹亦好解决，沿途站外多有小吃，粽子和鸡蛋不等。若要省事，往往一瓶啤酒一包榨菜，便能对付半日。安全却令人提心悬胆，拥挤嘈杂的人群中，往往藏匿着不轨之徒，窃人财物，甚至诱骗拐卖。一次寒假返家，在快到南京的江北浦口车上，我于夜眠中被厉声叫喊惊动，一位旅客扭住了一个小偷，此际小偷同伙正欲帮助脱身，被我等旁人围上去，齐声震慑后见状遁走，小偷终被乘警擒住带走。中转候车，上海、武汉、郑州、徐州，皆是人山人海，一次我独坐长椅，持书翻阅，突见一长发年轻女子走来靠近坐下，香艳逼人，随之女子甩出长发，意欲撩拨说话。我即警觉，于是冷然起身走开，远避且观之。果然不久此女子空手起身走出候车大厅，并非乘车旅客，其后就有几个形迹可疑者尾随而出，必是同伙无疑。所谓螳螂捕蝉，黄雀在后，团伙犯罪之惯技也。后闻有某高校一位女研究生，独行返校时，竟被人设套诱骗拐走，一直寻找无果，不知下落。更有本校教育系一位女同学，暑假回聊城老家时，出站乘坐一揽客摩托，不料骑车人乘夜将摩托加速驶往郊外，不听招呼，恶意暴露无遗。女同学遂大声呼喊，车奔如飞，只得弃车跳下，摔断一条腿才得脱身，损失惨重。本专业一位师弟出行广东，回来说他乘坐大巴夜行，突遇持刀抢劫，一位北方大汉反抗，被众歹徒刺伤抛出车外，报警已是不及，真是丧心病狂，令人发指。当然，政府的打击和管制也是严厉的。那年秋季我返校，在当地车站遇上大搜捕，入站旅客都被要求配合，接受查问。原来本地日前发生一起轰动性人命案，一位领导夫人被歹徒勒死家中，并抢走一支手枪，案发后已搜捕多日了。火车站是重要卡点，致使旅客一时滞留，气氛相当紧张。果然在压榨性的搜捕中，终于在铁路线旁边的一栋乡村房屋中发现踪迹，旋即包围攻击，将持枪负隔顽抗的歹徒击毙。类似见闻皆时时提醒我辈,坏人就像凶恶的鲨鱼,时时游潜在汪洋大海般的人群中,得防备着它的不测袭击。外出安全人皆关注,每当我走出兖州车站,呼吸着北方晨昏的独特气味,就会不由自主地轻吐一口长气,终于走出了昼夜颠倒的困顿旅途。读研难,旅途跋涉是第一难。

妻子就是在这样的时候,在我离家远出读研的第一个严寒冬天,到曲师来探亲的。当她在研究生楼长长的走廊那头,带着女儿晶晶走过来的时候,我几乎不敢相信,她会出现在这里。千山万水的距离,拥挤混乱的人流车站,她是如何带着不足六岁的孩子穿越而来抵达兖州的?

空旷简朴的名邑兖州现代煤城,迎接南方母女的又是怎样的景象?我一时语噎,坠入无言。

妻子当时已回到毛巾厂,原因是考入县广播站后,始终未能解决调入之事,无情的编制卡住了脖颈,无法从工人转为干部,只能回厂。毛巾厂是个中型规模的街道企业,巅峰时机声鼎沸,人流如潮,下班时人群塞满街道浮桥。妻子在此做过挡车工和印染工,父亲虽曾是厂长,但老革命秉性耿介无私,并未对爱女有任何照顾。妻子此次回厂,却以其所长做了厂部播音员。可是厂里近年效益不好,销售锐减,以致工资最后难以发出,无奈将囤积的毛巾拿来抵发工资,困窘之状可想而知。家里此时亦冷清,老母亲到春女妹妹家带外孙女去了,只余妻女两人撑持。其时物价飞涨,家中入不敷出,妻子常来信叫苦不迭。我每月有助学金七十元,超过一个熟练工人一月的工资,加之不时有稿费补济,手中稍觉宽裕,自给之外,多半寄往家中救急。此外,我还积极参加系里的批卷工作,坐在宽大洁净的办公室,批改山东省大学自考语文试卷,盯着卷子按标准答案给千篇一律的试题打分,如同机械手操作,重复枯燥,但能获得微薄报酬,自然乐此不疲。学校供给丰富,粮票便有盈余,常拿来换鸡蛋吃。鸡蛋多了,就用细针扎洞,放到盆装盐水中腌制,浸润十天半月就能吃到可口的咸蛋了。蛋盆置于床底,腌制助益睡眠,蛋咸心甜之故也,故我喜吃咸蛋,尤其蛋黄香腻可口。有次囊空如洗，妻子又来信叫急，于是我将积存的三十斤粮票，拿到黑市换了十元现金，以解一时之需。每到寒假来临，我便要采购一些物资以备回家过年。曲阜物价便宜，尤其禽类，一次我便购了三只鲜鸡，自己设法宰杀、去毛、清洗，然后包装，长途携回，冬寒不惧变质也。行李"贵重"，自然不敢也不便随意走动，在郑州等大站转车时，多半挤坐在候车人群中，以枯燥沉闷耗去时间。出发前每发电报到家，妻子即按时到宜春火车站来接我，推着一部永久牌旧自行车，以作运输工具，大小行李层叠，两人皆乐在其中矣。回家歇假虽然短促，心底却是无限快乐的。起码免了盼信等信之苦。在校学习再紧张，我每天下午抽空都会到系办公室一下，踅到那一排高大木格立柜的下端左侧，往研究生专属柜格中伸手摸去，看是否有信件，凭手感就能知道那信件是不是我的。时或空索而归，失望就会塞满胸膛，淤久乃散。一待取信到手，那份满心的欢喜便能洋溢许久，直到新的等待开始。

回到家自然别具轻松，走亲访友赴请宴饮外，也接谈络绎不绝的各路友朋，真是谈笑鸿儒往来白丁兼至，高谈阔论细声慢语皆有。那年还抽空到滔滔赣江边的樟树旁，携妻女一起去参加苗女妹妹的婚礼。在面对长天远水的大码头上，与笑逐颜开的众亲和快乐无比的稚童们，留下了一张欢快的合影，时代风貌清晰可见。当我得知学校有意要我毕业留校后，便想让妻子早日摆脱窘困，于是与师友商量，径直到曲阜电视台联系，欲以妻子播音特长，调她入该台工作，为未来安家落户奠基，也早日消解两地鸿雁传书之劳。不意全国体制无二，宜春悬案未解的编制之难，此地亦无破解之术。我徒然对着新落成的曲阜电视台楼房，空自叹气而已，自然也只能不了了之。最终决意毕业回省重新分配，山东却又不愿白白培养，屡设屏障，致使我四下交涉，至而到南京找到老乡，才如愿归籍。1989年毕业之际，一直在家奔走分配的我，匆匆与妻子一同赶赴兖州办理毕业离校手续。那时是北方的炎夏，蝉鸣如水，我俩在空落落的长廊逡巡，与少许几个同学交谈，皆兴叹唏嘘不已，为往日的热闹和明天的远离执手无语。

离校前尚与妻子到济南看她当年的闺蜜孝岩，在热情的孝岩家住了两天。虽然游了著名的大明湖和趵突泉，尝了鲜甜无比的熟玉米，但游兴是寡淡的，尽管笃厚的友谊令人陶醉。其实同学中类似我者亦不乏其人，家境贫苦，分离恨苦，旅途艰苦皆诸苦并作，颠扑而至。一位湖南同学更是新婚燕尔，便因求学远别。那种相思之苦，每天都花在他日发一封的信中，每回都要写几个小时至上万字，真是浩浩汤汤，无边无际。其妻的回信亦是日日一封，信封上还绘了巧思结撰的水鸟波纹，细密之微，用情之专，够得上李清照词的意境："云中谁寄锦书来？雁字回时，月满西楼……此情无计可消除……"

当妻子携着稚女晶晶辗转千里，不辞辛苦地出现在研究生楼的长廊中时，那正是我最辛苦的时候，天气阴冷，日色晦暗，包裹着我的是太多的紧张与疲倦。看到妻子那一刻，有一种获得解放的感觉。她在宜春车站垂泪送别的忧伤情景，即被充溢在长廊中的相逢喜悦所彻底取代。那是一种多么特别的快乐，飘溢在遥远的北方和古老的圣人之域，永生难以忘怀。那几天我是全面放松的，宿在校外曲阜中学一间闲置的房内，庭院深深，槐树葱茏，晚上静得有点瘆人，但也把家的温馨浓缩成一个蜜罐，躲在里面的是家的芬芳与安谧。白天则去游三孔，看古城，在巨大的孔陵前留了一个笑容可掬的合影，还记得那位景区摄影师说："这位老师，你们再往这边站一点。"晶晶这时已经五岁了，她三岁半时便能识字，此时已能口占作诗了。若你以一物示之，她略微沉吟后，便能吟出四句打油诗，如以路灯为题，她便吟："路边一棵树，树上一根藤，藤上结个瓜，一到晚上就开花。"引得师友们皆兴趣大增，纷纷出题要她表现，她亦不遑辞让，吐句泪泪。妻子善烹调，即在电炉上，为吾室同学炒煮几个菜，诸君皆称羡啧啧。来也匆匆去亦匆匆，她们很快就要离我返赣了，诸同学会聚盛情招待，专门煮一碗蛋面飨之，笑谓心心相印，以蛋示心也。导师家亦特意安排餐叙，师友情深至感我心。

那是一个天色灰暗的下午，我送妻女到兖州车站。一声遥远高亢的长鸣破空而至，津浦线上北京至上海的快车就要到了，乘车旅客便骚动起来，蜂拥而至露天敞开的站台铁路一侧。绿色车皮的列车喘气未息，各车门下便挤满了无数无序的人群。我看不妙，便叫妻子空手挤车，我独自携着晶晶走到高悬在路轨上的车厢下，寻到一位正开窗透气的面善旅客，请他帮忙。那是个温和白皙的中年旅客，脸上溢出亲切的书卷式笑容。我把大小行李依次递塞进去，然后举起晶晶，亦欲将她越窗塞入车中。此时晶晶突然放声大哭，紧紧抱着我的脖子不放。面对陌生的车厢和拥挤的旅客，妈妈又不见踪影，她不肯离开我的手臂，故吓得大哭，泪流双颊。这时我已瞥见妻子挤上列车，正尽力向这厢排堵而至，于是告诉晶晶："妈妈上车过来了，你看。"她在泪眼朦胧中才松开手，蜷身被递入车中，随即坐在我的那张旅行小木凳上，接过那位面善旅客递来的一个苹果咬了一口，看见抚着她的妈妈笑了。那一瞬间犹如生离死别的哭泣，令我难受不已。此际望着她们包裹在完全陌生的车厢世界中，又要跋涉千百里归去，心中不由一酸，眼泪差点溢出。那位旅客张望着我们，似有同感，随口吟出两句诗来感慨着，大概是唐代诗家李商隐"相见时难别亦难"的句子，又令我为之动容。时人声鼎沸，列车长鸣，颤动着徐徐驶离，只留下一座铁轨交错，轨石敞露宽大清冷的车站。我遥望良久，怅然若失，也不知是怎么回到学校的。有同学在夜灯下碰见正扛着铺盖回宿舍的我，关切地问："送走了？"我也只能点点头，千言万语，竟是一句也说不出来。

　　至今我的心中，依然留存着兖州送别的那一幕，犹如雕刻般清晰有力。这个华夏古郡的兖州，蜷伏在曲师的西面，那轰轰烈烈奔逝而去的列车，南去倏倏不知游旅客愁。越过那宽阔纡曲的远方长江即是江西，彼景与此丘峦田畴截然相异，又是多么遥遥渺渺。而兖州，给我留下无限惆怅的古邑，今天我又几时能再见你的旧日容颜，再见那个天色灰暗的下午，那个路轨空空的车站。

世 纪 鲁 迅

  1988年那个浅绿的春天，我决计沿着当年鲁迅的足迹，到绍兴与北京一游。中文系领导慨然批准后，就到魏老师那里取了几封给学术友人的推荐信。我稍事收拾便出发了。雨霏霏兮泗水凉，负囊拔足行色壮。被几位学友送到高大巍然的大牌楼校门口，客车便把我载入了远方的夜色。我深知躲在书斋的研究，只能像秋尽的蟋蟀一样，发出极其细弱的鸣叫。百年鲁迅，对我有着绝大魅力，为什么不走出去，去那别样的世界领略旧时代的风雨沧桑？这个细雨蒙蒙的四月夜晚，我便独行而去，心系偌大一个世纪。

  头年秋天，我曾到遥远的西南川陕去走了一遭。

  不过那次是群游，男女三五人，口音南北调，皆是中文研究生，遵令到成都去旁听中国现代文学年度会议。虽是无身份无位置地列于次席，带个耳朵即可，但远行还是给我们这干好奇又好动的年轻人提供了游山逛水的机会。真是经风雨，见世面。阵容雄壮的兵马俑，威势如生；幽澈温婉的华清池，泓然若凝；高耸古邃的大雁塔，更是令我等行行重行行，徘徊复徘徊，不忍遽去。把秦汉风物、盛唐气象，连同着阔大低矮的西安城，都一一装入脑中。而一入天府之国四川，奇诡妖娆的巴山蜀水，猝然而现，恍惚犹如隔世相识，清幽险峻的青城山，川流沃野的都江堰，皆让我心豁然，耳目一新。把偶尔吟咏的"噫吁嚱，危乎高哉！蜀道之难，难于上青天"的李白诗句，变成了梦中呓语。虽然在成都年会上见到了一些文学名宿，如王瑶、王西彦、马识途，但听到的大多是无趣的泛泛之谈，远不如奇山异水的诱惑。一个强烈的感觉是，旧的文学时代已然结束，新的文学时代正在降临，唯独鲁迅没有远去。铭记入心的还有两个细节：从兖州出发，一路上奔波辗转数十个小时后，我在西北政法大学招待所那间不能再简陋的卧室内，足足睡了十四个小时，此后从未破过这个睡眠纪录；到成都后，同学相约去吃川菜，一碗白水肉片端上来，沾唇即酥麻至倒吸凉气，令诸君叫苦不迭，无人再敢下箸。于是意趣淡然，在同学皆赴峨眉山看山猴抢食去时，我便一人越长江下洞庭回了江西老家。

但这回不同，是我浮想联翩的独断。我渴望见证跨越了两个时代的鲁迅。

凉雨缥缈的那个4月夜晚，已是凌晨两点，我乘坐的火车抵达浙江绍兴，那是少年鲁迅百年前走出的城市，那时他笃定扎着后来国人皆骂的辫子，明澈的眼睛充满越中的山水灵气，也深藏超越古今的卓异。但此际我朦胧见到的，却是昏暗中的拥挤与陈旧，和中国所有的车站一样，时或冒出揽客的招呼，恳切又虚情。我独自走向空落寂静的街道，敲开一家有灯光的旅馆，翌日才知道，招牌上写的是烟萝洞饭店，名字很唯美，也含蓄着人文的甜味与香嗅，诗意氤氲。

我持导师的荐信先到绍兴师专，见到了吴国群教授，他是当地鲁迅研究名家，很文雅也很精明，笑意怡人。请教一番后，他介绍我去鲁迅博物馆，随即便想邀我参编他主持的《当代文学专题史》一书，条件是要销书二三百册。我当然无此神通，亦非为此而来，于是婉谢，出书的诱惑瞬间瓦解。借着春光明丽，我闲走到鲁迅旧家的那条小街，看着街下的河渠与乌篷船，那些熟悉的阅读记忆便全部复活了。

这时鲁迅逝去已半个世纪，被世人推称为"民族魂"，是人皆仰望的文化巨人。但在我看来，鲁迅是一个真实而平凡的存在。引起我特别注意的，是他个头甚矮，但脾气很大，气量狭小，喜意气用事，一语不合，必睚眦以向，尖刻凌厉，不容辩解。他身体不好，喜欢吸烟，患了致命的肺病，以致瘦弱不堪，过早夭折。他的夫人许广平曾说，鲁迅先生身体不好，可把她给害苦了。我常想，先生性狭气短，注定他著文不能长篇大论，只好写"短平快"的杂文行世，否则他的身体性情皆难承受。我太佩服他的国民性批判了，千年痼癖，一刀戳穿。虽然他的小说我不喜欢，太冷了，阅读时好像赤脚踩在春寒的卵石上，硌得心疼。这些都令我对他的故乡充满探寻的渴望。

这便是鲁迅笔下的那条小街了，熟悉的名字赫赫在目，宛然旧时气息。店面不大的咸亨酒店，走进去却也寻常，空空桌椅，长长柜台，只少了那位长衫迂执的孔乙己，闲冷了乡愁浓浓的茴香豆和瓷碗酒。三味书屋可越桥而至，敞开着门，一间小室而已，独坐一位老翁，沉思或沉睡着不动声色。那张闻名已久的书桌上，分明刻留着一个"早"字，刻得如此之深，百年不去，透进出少年鲁迅的坚忍刻苦。

有吴国群的荐介，我走进鲁迅博物馆，拜访了裘馆长，一个乡农模样的中年人。有人说他就是鲁迅小说《故乡》中那位儿时亲密伙伴闰土的后代，我也觉得很像，闰土成年后叫鲁迅一句"老爷"，人生苦况万千无限，令人动容。今日闰土若在，还会有那份木讷和距离吗？我们浅浅地交谈着鲁迅，仿佛在谈一个遥远的过去。裘馆长说，北京鲁迅博物馆也来了几个人，明天要引他们去鲁迅在乡下的外祖家，问我一同去否。我自然婉拒，只想一个人静下来，充分感受鲁迅故居的一切。那亲切的海滨和一望无际的西瓜田，还有那匹从钢叉下脱逃的猹，留待以后去看吧。

我住在博物馆的招待所，一人一间房，很静。旧式大床，书桌、沙发、床头柜一应俱全，只少一个电视机。门前是一口池塘，金鲤倏忽隐现。越塘而过是假山，山上有亭，孤然清寂。推开后门，便是鲁迅故居百草园，连着一通宅屋。此处就是百年前少年鲁迅嬉戏的玩耍处了，走过去只见秀竹如荫，连绵着无尽的野草，掩地而起的皂荚树，浓郁若盖，墙根虫草茂然。夜色迷离，仿佛能看到美女蛇在树下的墙头，伸出妖娆的蟒首。沿着街河下走，闯入荒芜冷清的沈园，那是陆游与唐婉相见的旧处。

残墙疏树，旧庭老山，留存着八百年前的痴情一幕。我突然想到，越中人杰，鲁迅与陆游，何其相似又相异。陆游终与爱得入骨的唐婉分手，鲁迅却与憎厌于心的朱安厮守半生。一个为母亲所逼弃，一个却为母亲所强合，是偶然还是宿命？这古老的"父母之命，媒妁之言"，能把青春的心灵扭曲至此，真是荒唐得登峰造极了。白天我曾走到古轩亭口，那里是秋瑾烈士就义的地方，有纪念碑矗立。一个如此烈性的慷慨女子，与唐婉、朱安之辈截然不同，一刀断头，百世流芳。没有"红酥手，黄縢酒，满园春色宫墙柳"的幽情，更没有"错、错、错……莫、莫、莫"的叹惋，却满载了"秋风秋雨愁煞人"的故国情怀。一个全新时代的女杰，让我品透鲁迅的悲情。

绍兴归来，暑期转眼又过，九月伊始我便到了北京，顺便把金榜得意的导师小女魏星送到北京大学报到，随后直奔海淀区魏公村的解放军艺术学院，径直找到朱向前，便住在那里了。向前此时已毕业留校，任教文学系，独居一室，过着单身汉生活，优哉亦忧哉，直言告我他对北京还未适应，时或想回老家江西。招待所条件粗陋，住客晚归，服务员便关门走人，令住客不得不自行逾窗而入，引得众人愤愤，怨嗟不已。向前处却热闹，常有作家班学员来聊天，与我亦纵谈甚欢。那晚向前鼓吹我掰手腕厉害，遂有一群作家来登门比试，结果尽输，自然不服。转身寻来一个魁梧大汉，叫庞泽云，四川人，特种兵出身。果然身手不凡，一战将我击败。众皆雀跃，唯向前懊恼，皆因双方发力相持，竟将室内整洁素雅的书桌破坏，却是意外。结果大家成了无所不谈的文友，海阔天空，聊天尽兴。庞泽云说他可白手夺刃，一次文艺演出有流氓滋事，持刀威胁看门人，他闻讯赶到，浑无惧怕，展开硬功，伸手夺刃如握，众流氓皆吓得抱头鼠窜。那晚饮酒助兴，我喝高了一点，说了不少笑话，众人均开怀捧腹。白天，则借助向前提供的一部自行车，骑着乱逛。驻足雄伟的天安门，又到气势恢宏的北京图书馆，再到鲁迅博物馆。在鲁迅故居，与专家交流，还在鲁迅用过的椅子上轻轻坐了一下，引得工作人员一阵紧张。自然也翻阅了不少资料，匆忙但是准确地取舍着，渐渐明白了，一度悲观厌世的鲁迅，为何走入现代革命的湍流，其精神灵魂竟吻合了毛泽东等共产党人的思想走向。毛泽东就说过，他与鲁迅是相通的。

当然，更重要的是，我还得去上门拜访京城学术界名人，还需汲取更多的养分。

北京师范大学是首站，我见到年富力强的王富仁教授，与他谈了整整三个小时。王是山东人，却是位小个子，精神饱满，谈吐不凡，开口便思如泉涌，舌辩滔滔，令我惊异。然后又到北京大学访钱理群先生。钱为一谆谆学者，谦恭热情，稍谈即显底蕴深厚，才识过人，绝非学界凡庸之辈。他送我一本新著《心灵的探寻》，签称刘密兄云云，令我惶愧。从他身上，可照见中国知识分子极崇高的灵魂。从他堆满书籍的卧室兼书斋走出来，我深感畅谈不够，不料他亦有同感，互约有期。钱的见解和学术，令我眼界大开，更知天外有天，学无止境矣。

最有趣的是去拜访王得后先生，竟得两个意外。

在一栋洁净安宁的公寓楼里，我敲开单元里的一扇房门，骤见温煦和蔼的王得后先生，才知他是江西永新人，是为老乡，殊觉意外。接谈之际，他亦甚为高兴，略述身世后，便专心倾听我的学术叙述。少顷不料他竟兴奋起来，从客厅向里屋连声叫唤："赵园，你也出来听听，山东来的这个研究生有见解。"房门开了，一位冷冷的女子倚在门边，显见她不愿意被访客打搅，不情愿地一摆头："说吧！"就两个字，既无寒暄亦无客气。我大为诧异，这就是北大才女赵园？向前说曾请她来军艺上课，她讲毕即走，想与她握手致意都未及，冷傲而不易接触。不想她竟是王得后先生的夫人，也是巧事。她的冷淡反令我好奇，脑中便腾腾，口里亦滔滔，说出我的新旧积蓄。意外的是她闻之良久，脸色渐渐朗然，态度亦大变，高兴后还送了一本书给我，当是她的新著，并签名示意。她的热情扫尽了初见的隔膜，没有想到她竟是一位内心卓越的高洁女性，令我钦敬有加，见之恨晚。

随后，我在军艺文学系给作家班上了一堂课。课安排在一间透亮的教室里，窗明几净，黑板硕大。一个上午，粉笔字涂满偌大黑板。讲台下的作家们活跃着，时或张望，时或深思，那里面有几位是与我喝过酒掰过手的文友，也许是他们听过我说的一些酒话，也可能那些酒话于此再次呈现在他们面前，我想，这会影响到他们的创作吗？我不知道。我更不知道鲁迅的思想人格，那个在万卷诗书与西来佛经中淘洗过的灵魂，会与他们产生何种共鸣。或者他们更感兴趣的，是鲁迅的人生故事，他的奇特的性格，弱劣的体质，还有与朱安、与许广平的婚姻。作家是感性的，我的讲述是理性的，他们会有兴趣吗？整整一个上午，我了无倦意，兴致勃勃，我想尽其所性，或许是最好的表达。一位女作家下课后说："这位山东来的研究生，讲的都是他自己的东西。"我闻之宽慰不言而喻。

世纪鲁迅，在他居住过的北京，依然有着众多的关注者，尤其是那些文化名家。走入北京至今，又是半个世纪过去了，鲁迅还活着吗？

北 京

　　远足让我看到更大的世界，兴奋与惶惑交错，归来却依旧平淡。

　　秋气渐褪，寒冷的冬天随着落叶堆地悄悄靠近。食堂里依然是汹涌的人流和广播歌曲。傍晚高高的大学生楼上，集体放歌"天上有个太阳，水中有个月亮，我不知道，我不知道哪个更大哪个更圆，哎咳哎咳哟……"吼叫响彻校园，与泉涌般的散步人群，一起溢到野外麦田里，宏然且悠扬。

　　苦恼的仍是学习与生活严重失调，尤其是在做硕士论文陷入鏖战之际。

　　那时我已出了一些学术成果，多在北方刊物《文学自由谈》《当代作家评论》《齐鲁学刊》等上面发表，在校内小有得意。因为沙龙活动常有，兴趣相投者亦有合作之举，常常聚首深谈，择时伏案，把那钢笔与稿纸，溅碰得无有闲暇。下两届新生渐多，素来安静的研究生楼，开始人声鹊起，楼上楼下，忙若居家，打水端饭，衣袂穿插。夜里摆在大楼梯口的那个大电视，每有大的国际赛事直播，必引来赞声如潮起，叹声若潮退，长长走廊里，喧声时大作。寻常读书须安静，却每有杂事缠脚。天晴须寻机洗涤衣被，为省事滥用洗衣粉，泡沫灌满水池。洗后衣物裸置楼下草坪，拉绳挂起，让充足的阳光掠去湿渍。周末往往有露天电影，同学皆去放松，人流有如磁石吸引而去，不容你稳住躁动的双腿。有时还结伴上城里电影院，自选影片与环境。那次误了法国电影《警官的诺言》，遂丢下失联的同学不计，犹夜深独行，激荡着思绪穿过寂寞的西关郊外，满足而归。还有流水般不停的球赛、画展、舞会、讲座、聚谈，应接不暇，只要你愿意，保证每天只有吃饭睡觉属于自己。静心难，寻得安放静心的场所亦难。图书馆好，惜关门太早；教室安定，又每被恋爱同学占领；寝室自是最佳归处，又常遇停电徒增烦恼。对我而言，入眠亦是大事，敏感的神经，即便是隔床同学轻轻的动作，在我也是如闻雷鸣，恍然一下惊而清醒。床前遮蔽的布帘，竟是一点用处都无，更莫提夜来鼠辈的骚扰了。老楼鼠多，鼠亦狡狯，密闭如垒的卧室，蚊蝇难进，饶是如此，夜深总能听到鼠辈的动静。一次众人皆怒，闭门群起而剿之，挪床移桌，帚扫棍击，终逼一只老鼠窜出，穿梭溜避，迅即杳无踪迹，未得鼠毛一缕。我等一场扑空，气喘吁吁，皆曰："老鼠成精了！"唯叹而已。

于是我与导师商议，干脆回家去做论文，携去相关资料，如有不足，可随时至一步之遥的宜春师专图书馆求助，导师亦表赞同。

但时间稍长，家中弊端亦渐浮出，亲友之间难免走动，饭局亦随之滋生，尤其举酒言欢，往往演为贪杯较量，一餐下来，常昏昏，然归而无计，唯卧息接续，读书写字弃之一边，大块时间荒废，怨人怨己，煞是可笑。同时家中生计，自必兼顾。其时早已改用煤气灶具，罐装煤气成为紧缺物资，总是四下奔走，托人找"气"。有次断供，只得烧柴起灶，煮炒在呛烟弥漫中，咳声不辍，仿佛回到落后乡村。家中进项，本就微薄，加上物价不时变涨，不免捉襟见肘，时或提心吊胆。妻子到菜市场采买，欲购选一条草鱼改善伙食，梭巡良久，也只敢取斤把重的，大号的便嫌贵弃之。有次逛商场，妻子为我看中一件气派夹克，价格不菲，一时无法出手。还是她有办法，最终用单位发放的购物券，积存后设法换成现金，将夹克取回。晶晶玩要的塑料跳绳断了，想要新买一根，仓促拿不出余钱，也只好暂时放下，委屈孩子嘟嘴不怿，快快而去。寒假前宜春师专请我去讲文学，一场讲座下来，得了二十元酬金。妻子喜不自胜，见年关已近，便全部买了鲜肉，做成香肠，放到太阳下去晒干。又怕家中无人时失窃，遂登上对面四层楼顶无人处，横杆悬挂，让春节又添一份欢喜。如是纷纷，不免受扰。于是常常遁入近处的宜春师专图书馆觅个自在。好在友人小谭即在馆中，方便不少，让我获得喘息空间，居家著文研究得以次第推进。

很快，新的烦恼又扑面而至，甚至更加挠心。

毕业后何去何从，原本不是问题。入学不是太久，导师便有培养我留校执教的想法，我亦表愿意。不想日久生变，起因是妻子工作不能跨省安置，同时毕业就业形势吃紧，我又不习惯北方面食，于是决然有归去之志。又不料有消息称，培养一个研究生不易，如欲归省，必须由接收地拿出相当资金补偿之。正好此际赵园处又有消息，经她向其恩师王瑶先生力荐，王答应我报考他的博士研究生，做他的最后一个关门弟子。我知先生学养了得，但年迈体弱，究竟精力不济了，尚能如此，并非易事。感念诸人之际，觉得机会难得，亦可扬我之长，竟又动心，欲赴京应考。正在斟酌时，却不料宜春方面又来消息，称愿意出资数万，欢迎我回去工作。深冬的一个晚上，有两个不速之客突然来访，是张聚宁带了宜春地委领导余达瑞来探看，冷清的家中顿显热闹。那晚我既意外又高兴，聚宁的荐举非常及时。她这时已升至宜春行政公署副专员，位高任重，犹能记得我的琐事。多年前，知识化和年轻化把她推上领导岗位，新任文化局长后，她见我依然文采洋溢，风趣依旧："苟富贵，毋相忘啊！"未把官位脸孔塑成严峻模样，反借古人名言调侃得诸君皆欢笑不已。我初识余达瑞，知他是贤者，亦是能员，才识超迈，谈笑风生，历史癖文字功亦不在方家之下，与之接谈自然如坐春风。很快便有了回音，如我毕业返乡，可在文化局、政策研究室或地委办公室等部门之间选择，至而有领导约去热情见谈。我的心理天平便开始倾斜，偏向于返赣分配了。为了能让山东方面放手，寒假后返校时，我还专门到南京去拜访了大名鼎鼎的杜平将军。

杜平在宜春一带远近闻名，曾任南京军区政委，与许世友搭档，世人皆称杜政委。盛传他乐助家乡，尤其是读书人，我便设法取得一个电话号码，与他的秘书联系上了。不承想次日便有一个干练参谋带着一辆军用吉普，小雨淅沥中到一个街巷深深的旅馆来接我。楼下女服务员高亢的喊叫今犹在耳："江西的刘密，杜政委找你！"于是见着了挂着拐杖的杜将军，面容和蔼，精神矍铄，与我热情相握，亲切相问，令我感慨莫名。我的本意是请他出面，找山东的老战友过问，放人便不是问题了。他亦爽快，挥着手大声说："江西是老区，你回去我支持。"要我先行到省厅诉告，需要时他自会援手。还嘱我回去后好好干，会记得我这个山东的研究生，到宜春时一定见面。我也没料到后来事情办得极顺，杜将军的热诚与声威，便刻在我心中了。

那段心神颠沛的日子，我还接到北京的一封意外之信，是社科院文研所的通知，邀我到京城参加"现代文学创新会"，作为研究生代表列席。学校知情后，要我在北京设法请几个名家来曲师讲学，以助我校浓郁的学术氛围。并允我赴京费用概由学校负担，算是出趟公差。山东历来重视教育，于此可见一斑。同学诸君闻讯后，当即有几位雀跃兴奋，要自费随我去京城长长见识，各导师自无意见，皆欣然促行。不过在兖州车站小遇麻烦，售票窗口受阻，一次拿不了这么多车票。众人汹汹，相持少顷，倒使我勇猛上前，取出红印醒目的会议通知，说这是一个较高级别的学术会议，万不能误，还望展示孔子家乡的博大襟怀。售票姑娘自然不知何为学术，但高级别和孔圣人是知道的，遂瞪大好奇的眼睛最终认可。于是诸君皆大欢喜，一路登车欢笑而去。只是我还扛着魏老师的一捆书，有一二十斤重，是他研究现代文艺思潮的硕果，由我奉献到会上去展示。此番赴京，亦与赵园、钱理群、刘再复、王富仁等皆已通信，知道他们均要与会，他山有美玉，我心神往之，自有未见面时的欢欣在。

从安定门出站，我们便到了阜成门外的中共北京市委党校。此处是报到会址，大院宽敞，绿树连缀，一望整肃大气，阳光扑面而至。忽见大院中尚有一中西合璧的墓园，一看才知乃是意大利人利玛窦墓址，柏树森森，碑石鲜然。利翁是明朝万历皇帝时旧人，虽是传教士身份，却披满了西洋文艺复兴时的神奇色彩，携来自鸣钟等新物，惊艳一时，却也成了西学东渐的不朽先声。众人肃肃，不免浏览瞻仰一番，念及当今改革开放，更感历史奇诡，现代化与全球化乃势所必趋，四百年前已开其端矣。

　　会开了三天，王瑶、乐黛云诸先生先后作报告。我凝视王瑶先生久之，不免思绪纷繁，一时不知如何是好。每次报告之后，便是分组讨论，列席者皆为京、沪、鲁等高校研究生，亦可发言，口耳并用。我便积极出头，数次发声，一次与王富仁对话，激情陈辞，不免少礼。王谦笑以待，豁达不拘，让我横冲直撞，引得会上一片讶然。更有趣的是京沪名牌高校的研究生，虽与我等一样列席，却也锋锐尽出，且傲视群雄。鲁籍各校研究生，自也不遑辞让，意气用事，激辩顿起，时或火药味呛人。某次场面失控，言或伤人，北京大学一干研究生，愤未畅言，竟气极一举退场，让齐鲁学子胜辩在手，暗下得意。晚上，北京诸名家亦来走动续聊，钱理群、吴福辉等皆与诸君相谈甚契，夜深方散。北大的孔庆东，即在此时认识。他的热情爽快，颇有松花江上人之特性，而其文思才识，又显出邹鲁圣人后裔的风采。最巧的是福建师范大学研究生出身的汪毅夫，闻我籍隶江西宜春，饶有兴致，与我叙事颇多。原来他祖上是中国台湾人，寄居大陆已数代，皆因甲午战败清廷割台造成。他的曾祖父汪春源，是中国台湾最后一位进士，官至三品，是近代著名的"公车上书"之发动者。清末曾到江西袁州府宜春县任知县，后因不忍萍乡煤矿开发往来官吏劣事，为上司所忌，离职转往他县。往事联翩，亲族百年，汪毅夫颇欲到宜春一游。20世纪90年代末，他做到福建省副省长，历史癖仍不能让他弃笔，依旧作文不休，著书盈笥。退休后更是致力于闽台学术文化，为祖国统一大业贡献精神营养。至今我们仍有信息交往，我每以读到他的精悍文字为快。

　　其间我亦趁隙到赵园家拜访，王得后先生热情相待，留餐长叙。聊到考博一事，我以实情相告，并说眼病亦为阻碍，还是回江西去徐图发展为好。赵园闻之颇不以为然，说："你回江西能做什么？你能做到省长吗？

做了省长又能怎么样？"我知她的深意，精神文化是读书人的至高，余则可不论矣。我亦自知不是从政之材，徒为五斗米折腰而已，读博不能解眼前之急，只得作罢。意浅言拙，赵更不认同，说："你若不到北京文化圈来，我看做什么也难。"如此我怅然亦失然，学术我所欲，回家亦我所欲，当时的掂量，至今仍难明断，非唯后悔可以掩饰，奈何？

会后与同学诸君去逛了京都名胜，还在白塔下的北海浮舟飘游，阵阵涟漪，荡漾着远远散去，消逝于迷离之境，一如我当时的思绪。张望着偌大北京的蓝色天空，苍茫云海，辽阔无垠，想象着郊外的万里长城，蜿蜒缠绕，走势何趋？愈感自我渺小，犹蚁入大海，天空何知，宇宙何晓？湖面上的风，吹得积郁的胸前凉凉的，只盼着遥远的南方，次第送来暖意。离京时在车站遇险，火车吼鸣，入站时数量庞大的人群突然发生混乱，互相挤撞。我凭着身高有劲，举着一捆书犹能挣脱出来，返顾却见几位同学沦陷在漩涡中，尤其一位女同学，已被挤倒在地，危殆万分。我弃书返冲回去，拖出那位眼镜掉落狼狈不堪的同学，帮助诸人脱身。那一场面，让我心惊。

1989年春天，我的硕士论文答辩顺利通过，论文很快发表在《中国现代文学研究丛刊》，开篇我最喜欢的一段话却被删去：

"世界性的缓和时期的开始，犹如漂泛的大潮，气势宏伟。人类深刻反思过去那些非理性的疯狂杀戮，希望根除文明与人性的弱弊，更加关心自身的精神价值。中国人重新亲切地注视着鲁迅，这是因为较之地球上其他民族，他们更懂得文化更新与经济变革必须同步的重要性。"

我当然不知编者为何如此，只是有点可惜，自己的羽毛总是美丽的，虽然也未必。我便这样结束了三年的学业，也告别了"学术的北京"，那个精英荟萃，我曾心向往之的北京。

.

后　记

　　我居住的这座城市袁州，位于江西西部，古今皆属偏僻之地。有词兴叹："何处袁州？见西赣连绵，壮哉浩浩。"我便有理由把自己称为西赣人了。

　　我觉得有必要把自己的青少年时代扼要记录下来。这倒不完全是我给年轻的读者看看，自己做了如何的努力，起点借鉴的作用。有相当的考虑是想通过个人的生活实录，照见那一整个时代的背影，留下一些历史的资料，或许对史家与有心的读者会有点作用。

　　当然，我不能把很多从日记中截取的内容照搬到文字叙述中，那必定会显得枯燥和单调。于是就取了文学的样式，做了点描写与渲染，让读者读得有趣些，得到读美文的愉悦。不过，这毕竟是生活实录，是不能当小说看的。如果算是对文体的一点创新，也确实是我的初衷。当然，想法能否实现，就不敢断言了。

　　于是就有了《西赣人》这部书。读者可以把它当个人传记看，自然也可以当历史看，在万千卷的阅读跋涉中，至此稍能休闲一下，那我也便满足了。

　　生命只是一粒微尘，不知从哪儿飘来，自然也不知会从哪儿飘去，像个过客。

　　《西赣人》也只是一粒微尘，我记录了它真实停留过的那个瞬间，但愿有趣，读者可鉴！

江西宜春甘尔居

2023年2月